बात उन दिनों की है

व्यक्तिव्यंजक निबन्ध

बात उन दिनों की है

प्रो. श्रीप्रकाश मणि त्रिपाठी

कुलपति

इन्दिरा गाँधी राष्ट्रीय जनजातीय विश्वविद्यालय

अमरकंटक

लोकभारती प्रकाशन

लोकभारती प्रकाशन
पहली मंजिल, दरबारी बिल्डिंग, महात्मा गांधी मार्ग
प्रयागराज-211 001
वेबसाइट : www.lokbhartiprakashan.com
ईमेल : info@lokbhartiprakashan.com

शाखाएँ : 1-बी, नेताजी सुभाष मार्ग, दरियागंज
नई दिल्ली-110 002
अशोक राजपथ, साइंस कॉलेज के सामने
पटना-800 006
1, अनमोल सोराबजी संतुक लेन, मरीन लाइंस
मुम्बई-400002

पहला संस्करण : 2023

आस्था पेपर कन्वर्टर
प्रयागराज द्वारा मुद्रित

BAAT UN DINO KI HAI
by Prof. Sriprakash Mani Tripathi

ISBN : 978-81-19133-99-4

मूल्य : ₹ 600

जन्म स्थान ग्राम ऊधोपुर

को

समर्पित

अनुक्रमणिका

पुरोवाक

प्रस्तुत पुस्तक 'बात उन दिनों की है' में मैंने अपने ग्राम अनुभवों को शब्दों में ढाला है। निबन्धों की किसी श्रेणी में डालना हो तो इन निबन्धों को व्यक्तिव्यंजक निबन्ध कहा जा सकता है, जबकि कई अर्थों में मेरे ये उद्गार इस कोटि से भिन्न हैं। इस पुस्तक के अनुभवखंडों की प्रकृति सहज ही उन्मुक्त है। उन्मुक्तता और राग-रंग ग्रामीण जीवन का प्रमुख रस हैं। यह रस उन्मत्त करनेवाला होता है इसीलिए ग्रामीण सहजता सदैव इठलाती रहती है। इसे 'बौराई हुई' भी कह सकते हैं—खुरदुरी, अक्खड़ और ठेठ देसी। बनावट या अडम्बर से कोसों दूर।

अपने मन के ग्राम अनुभवों को कागज के पृष्ठों पर उतारते समय मैंने यही कोशिश की है कि इस सहजता में कुछ बनाकर या 'बनावटी' न लिखूँ। मेरा यह मानना है कि धरती की कथा उल्लसित और निरावरण मुद्रा में ही लिखी जा सकती है। यह उल्लास मुझे लोक से मिला है जो लोकमानस में बिखरा पड़ा है।

आज का गाँव निश्चित ही मेरे बचपन का गाँव नहीं है। पर गाँव आज भी नगर से भिन्न है क्योंकि यहाँ लोकरुचि का महत्त्व है। लोकमत का महत्त्व है। लोकसंस्कार का महत्त्व है। यह जान लें कि लोकरुचि, लोकमत और लोकसंस्कार कभी भी 'भदेस' नहीं होते। हो भी नहीं सकते क्योंकि लोक के भीतर परोक्ष रूप से लोकप्रज्ञा सदा जागृत रहती है। मेरे लिए मेरा गाँव इस दृष्टि से विशाल भी है, प्रेरक भी और लोकज्ञान से परिपूर्ण भी।

यह मेरा सौभाग्य है कि मेरा बचपन और कैशोर्य गाँव में बीता। गाँव से ही मुझे प्रेरणा मिली, दृष्टि मिली, जीवन का अर्थ मिला और इन सबकी

ओर मैं आकृष्ट हुआ हूँ। आज भी हूँ। ग्रामीण बोध मेरी रग-रग में रचा-बसा है।

मेरा ग्रामीण अनुभव मेरे जीवनानुभव का अभिन्न अंग बन चुका है। इस अनुभव से मैंने यह सीखा है कि समाज में व्यवहार की कुशलता क्या होती है, मिलकर साथ रहने की शर्तें क्या होती हैं और संवाद स्थापित करने की उत्कंठा क्या होती है। मैंने गाँव में रहकर गाँव की संरचना और उसमें बसनेवाले मनुष्य को निकट से पहचाना है। इन्हें मैंने आत्मीय भाव से अपने भीतर बसाया है। व्यक्ति और व्यक्ति के बीच आत्मीयता के इस प्रसार को मैंने इस पुस्तक में कुछ निजी प्रसंगों के द्वारा, जिसमें मेरी भी भागीदारी रही है, बताने का यत्न किया है। यह सब बताते हुए मैंने संकोच त्यागकर, या कहें शालीनता का लबादा उतारकर इन्हें बहुत अपनत्व भाव के साथ और स्नेह से देखा है। ग्रामीण जन ने व्यक्तिगत धरातल पर मुझे बहुत गहरे प्रभावित किया है, मेरे हृदय पर अमिट छाप छोड़ी है। ऐसे कुछ अनूठे पात्रों का उल्लेख भी आपको इस पुस्तक में मिलेगा।

मैं आज भी गाँव की मिट्टी की मीठी सोंधी गंध को बहुत हुल्लसित मन से याद करता हूँ। मेरे लिए गाँव का मन और इसकी मिट्टी दोनों ही बहुत मायने रखते हैं। ये मोहक भी हैं और मृदुल भी। इतने में कि रससिक्त होकर आपके भीतर घुल जाते हैं। मेरे लिए ग्रामीण परिवेश की 'मृदुलता' का अर्थ है—व्यवहार का खुलापन, हँसी-मजाक का माहौल, छोटी-छोटी बातों में खुशी ढूँढ लेने का जज्बा और एक अलग ही ढंग की जुझारू जीवनचर्या।

ग्रामीण जीवन बहुरंगी होता है। मौसम की तरह इसके रंग बदलते और बिखरते हैं। जड़ता या एकरूपता गाँवों की प्रकृति नहीं है। जीवन का आस्वाद लेना, गपबाजी करना, सुखदुख में हिस्सेदारी तथा रूप-रंग और जाति-वर्ग की विविधता होते हुए भी किसी किस्म का कोई बिलगाव नहीं। एक सामंजस्यपूर्ण और खुला जीवन ही ग्रामीण जीवन की परिभाषा है।

गाँव का प्रत्येक व्यक्ति अपनी निजता के साथ जीता है। इस 'निजता' में भी मानवीय सम्बन्धों और आत्मीयता का स्पन्दन सदा बरकरार रहता है। लोगों की इस 'निजता' को पूरा गाँव पहचानता है। गाँव भर में इस निजता की कथाएँ प्रचलित रहती हैं। अपनी निजता को संरक्षित रखनेवाले या ग्रामीण चेतना से उद्‌बुद्ध कुछ पात्रों के व्यक्ति चित्र भी आपको इस पुस्तक में मिलेंगे। ऐसे लोगों की उपस्थिति से ही गाँव का जीवन कृत्रिमता

और विकृति से मुक्त है। मेरे भीतर ग्राम्य जीवन 'अतीत-सुख' की तरह समाविष्ट है जिसमें मेरे स्कूल के दिनों, सहपाठियों और उन प्रसंगों की बहुतायत है जिनके बीच रहकर मेरे व्यक्तित्व का निर्माण हुआ है—मैंने लोगों को जाना-पहचाना है और उनसे बहुत कुछ सीखा, समझा और ग्रहण किया है। यह भी कह सकता हूँ कि मेरे व्यक्तित्व निर्माण में ग्राम संवेदना का सर्वाधिक योगदान है।

अपने गाँव से ही मैंने सीखा है कि जात-पाँत का भेद निरर्थक है। यहीं मुझे अपनी पहचान भी हुई और यहीं मैं अपनी लोक परम्पराओं की जड़ों को महसूस कर सका। इस संग्रह में 'परिवेश' और 'नाच' के माध्यम से मैंने 'गँवई' मूल्यों की इस चैतन्य भावना को अभिव्यक्ति दी है।

पं. विद्यानिवास मिश्र का यह कथन पढ़कर मुझे बराबर यह लगता है कि मेरा मन भी तो इसी चैतन्य ग्राम भावना से निर्मित है, 'मैं गाँव में नहीं रहता हूँ। पर गाँव मुझमें रहता है। मैं गाँव की बात नहीं करता हूँ, गाँववाले के मन की बात करता हूँ। लाख शहरी प्रभावों के बावजूद शहरी नहीं हो पाता। लोक साहित्य और लोक भाषा में मुझे रस मिलता है। मैं अपने गाँव के लोगों के प्रति प्रणत हूँ कि उनके द्वारा ही मैं बना हूँ।'

लोक भाषा, लोक साहित्य और लोक जीवन में पर्वों, उत्सवों, मेले-त्योहारों की छटा बिखरी रहती है। मैं बचपन से ही इन सबमें रमकर जिया हूँ। वृक्षों और पक्षियों से हमारा लगाव था। नदी के बहाव और मोड़ों को हम पहचानते थे। गाँव की पगडंडियाँ हमारी आत्मीय थीं। मेरे गाँव में इतने पर्व-त्योहार हैं जिनकी कोई गिनती नहीं। इन सबने मुझे संस्कार दिया है, लोक संस्कृति को समझने का अवसर दिया है। कम साधन में प्रसन्न रहने और सन्तुष्ट रहने की सीख दी है और यह बताया है कि सरल वृत्ति ही हमें अपने परिवेश से सम्बद्ध करती है और तभी हमारा परिवेश भी हमें अपनाता है।

मेरा ग्रामीण जीवन लोककथाओं, लोकगीतों, लोकोक्तियों, पहेलियों और अभिव्यंजनाओं के बीच बीता है। मेरी सोच और मेरी भाषा पर इन सबका प्रभाव है। भोजपुरी बोल कर मुझे सुख मिलता है। घाघ और भड्डरी के छन्द मुझे लुभाते हैं। 'इसुरी के फाग' पढ़कर मैं मगन हो जाता हूँ। भिखारी ठाकुर मेरे प्रिय भोजपुरी लोक रचनाकार हैं। 'बात उन दिनों की है' में मैंने ग्रामीण 'बुझौवल' का एक प्रसंग दिया भी है।

ग्रामीण लोक, हँसी-मजाक या हास्य का कोई अवसर नहीं गँवाता। एक-दूसरे की चुटकी ले लेना, किसी की दबती रग को पहचान कर उसे चिढ़ा देना, बेमतलब लड़-भिड़ जाना जैसे कृत्य ग्रामीण आत्मीयता का ही दृष्टान्त हैं और इस बात की सनद हमें देते हैं कि हमारा जीवन जीवन्त है, निर्विकार है, स्वच्छ है। ऐसे कई पात्र और प्रसंग भी आपको इस पुस्तक में मिलेंगे।

ग्रामीण जीवन के स्पन्दनों से आपूरित अपनी अनुभूतियों को पूरी आत्मीयता के साथ अभिव्यक्त करने में मुझे अपार सुख की प्राप्ति हुई है। मेरे मन में ग्रामीण खानपान की यादें बड़ी सघन होकर बसी हुई हैं। शहरों में ये स्वर्गिक सुख नहीं मिलते। न हमें खेत से तोड़कर गन्ना चूसने का रस मिलता है और न ही ताजे-ताजे गुड़ का स्वाद। खेत से तोड़ी मटर और होरहा, कौड़े पर भूनकर आलू और गंजी खाने का सुख तो छिन ही गया है। गरम-गरम दाल-भात के साथ नेनुआ की मीठी-मीठी पानीदार सब्जी का स्वाद अभी तक मेरी जिह्वा पर है। गाँव का खाना-पीना बहुत मामूली होता है। अचारों की बहुतायत रहती है। कुछ सब्जियाँ बहुत प्रचलित होती हैं जैसे—कोहड़ा, सेम, लौकी, सहजन, भिंडी, बैंगन और नेनुआ आदि।

ग्रामीण आचरण भी विचित्र होते हैं। अपने स्कूल में प्रवेश की परम्परा का जिक्र करते हुए मैंने यह बताया है कि स्कूल के हेडमास्टर साहब, चाहे आपकी कोई भी जन्मतिथि हो, 01 से 15 जनवरी या 01 से 15 जुलाई तक की कोई तिथि आवेदन पत्र पर डाल देते थे। यहाँ मुझे 'अज्ञेय' के संस्मरण 'स्मृति के गलियारों से' (2000 : प्रभात प्रकाशन, दिल्ली) का स्मरण हो रहा है जिसमें उन्होंने 'कालास्वादन' का एक दूसरा ही पक्ष (निश्चित ही ग्रामीण अनुभव से युक्त) सामने रखा है कि, 'एक बार हमारी एक नानी कुछ समय आकर हमारे बीच रहीं तो उन्होंने बाढ़, भूकम्प और महामारी के समय किसी के जन्म, किसी की बारात लौटा दिए जाने, कोई गाँव बह जाने या गाँव में हुई किसी भयानक मारपीट को इन सबसे जोड़कर अपना अलग ही इतिहास बना दिया था।'

गाँवों में लोग हठ करने, आन न छोड़ने और छोटी सी बात पर रूठ जाने को बड़ी सहजता से लेते हैं। अपनी इन आदतों के किस्से वे खुद भी मजा ले-लेकर सुनाते हैं। ये किस्से गाँव में कभी लोकोक्तियाँ बन जाते हैं तो कभी छेड़छाड़ का माध्यम। गाँव में मजा भी ऐसी बातों से सहज ही

मिल जाता है जिसकी चर्चा मैंने 'मजा' में उठाई है, 'नाच' में भी एक चरित्र ऐसा है।

हमारे गाँव में जो बसाहट थी उसका भी एक अलग रंग था। भिन्न व्यवसाय के लोग (जाति के नहीं) अलग-अलग भागों में रहते थे। इस व्यवस्था में कई अन्य व्यवस्थाएँ भी शामिल थीं। इन सबको लिखते समय मुझे पं. विद्यानिवास मिश्र का एक भोजपुरी निबन्ध 'इमली के बीया' का उल्लेख यहाँ जरूरी लगता है (पुस्तक—हमार गाँव, सम्पादक अरुणेश नीरन, 2008, सेतु न्यास, मुम्बई)। पंक्तियाँ इस प्रकार हैं, 'लइकाई के एक ठे बात मन परेला त एक ओर हँसी आवेला आ दूसरे ओर मन उदास हो जाला। अब त शायद ई बात कवनो सपना लेखा बुझाय कि गाँवन में जजमानी के अइसन पक्का व्यवस्था रहे कि एक जाति के दूसर जाति से सम्बन्ध ऊँच-नीच पर कायम ना रहे, ना रुपया-पइसा के लेन-देन पर। ओ व्यवस्था में सबकर सब प हक रहे आ केहू ओ में दखल ना दे सकै। बियाहे में, जनेवे में, बाँसे के छितनी, बाँसे क डाल बनावेवाला धरिकार बसैं। ओनहन के जजमानी बँटल रहै। जवन गाँव ओनकै जजमानी के रहै ऊ गाँव उनुकर गाँव हो जाए, ओही किसिम के मिल्कियत ऊ मानैं।' (बचपन की एक बात याद आती है तो एक ओर हँसी आती है और दूसरी ओर मन उदास हो जाता है। अब तो यह बात किसी सपने जैसी लगती है कि गाँवों में जजमानी की ऐसी पक्की व्यवस्था थी कि एक जाति का दूसरी जाति से सम्बन्ध ऊँच-नीच पर आधारित नहीं था और न ही रुपये-पैसे के लेनदेन पर। इस व्यवस्था में सबका सब पर हक था जिसमें कोई दखल नहीं दे सकता था। विवाह में, जनेऊ में, बाँस की छितनी-डलिया बनानेवाले धरिवार बसते थे। इनकी जजमानी बँटी हुई थी। जिस गाँव में उनकी जजमानी रहती थी वह गाँव उनका हो जाता था। वे उसे अपनी मिल्कियत मानते थे।)

गाँवों की व्यवस्था में श्रम का यह बँटवारा मेरे गाँव में भी था। 'परिवेश' में मैंने इसका उल्लेख किया है। ये सभी इस उप-व्यवस्था में रहते हुए भी पूरे गाँव को अपना समझते थे। लोगों के बीच वस्तुओं का आदान-प्रदान होता था। सब एक साथ मिलकर पर्व-त्योहार मनाते थे। सुख हो या दुख, आपके दरवाजे पर आ जुटते थे। सहयोग की इस भावना ने मुझे उदार बनाया है और संवेदनशील भी।

गाँव का जीवन भारतीय मूल्यों से आपूरित जीवन है। भारत की मूल संवेदनाएँ और परम्पराएँ गाँवों में ही पलती और पनपती हैं। गाँव मुझे स्पन्दित और उद्वेलित किए रहता है। यही उद्वेलन 'बात उन दिनों की है' में शब्दबद्ध हुआ है। गाँव की विभिन्न छवियों को प्रकट करनेवाली इस कृति के प्रणयन से मुझे अतीव सुख और आनन्द मिला है। आशा है कि ऐसा ही आनन्द इसे पढ़कर प्रबुद्ध पाठकों को भी मिलेगा।

इस पुस्तक की पांडुलिपि को आद्यांत पढ़ने और अपने बहुमूल्य सुझाव देने के लिए मैं अपने विश्वविद्यालय के वरिष्ठ सहयोगी प्रो. दिलीप सिंह को हार्दिक धन्यवाद देता हूँ। 'बात उन दिनों की है' के अनुभव को साझा करने और तत्सम्बन्धी विवरण का वीडिओ बनाने और उसे प्रतिलेख करने के लिए तकनीकी सहयोगी प्रिय अरविन्द गौतम, प्रिय युगांक सिंह एवं प्रिय गौरव सिंह को तथा इस पुस्तक के प्रकाशन को सम्भव बनाने के लिए मैं लोकभारती प्रकाशन के श्री रमेश ग्रोवर एवं आमोद महेश्वरी को साधुवाद देता हूँ कि उन्होंने अल्प अवधि में इस पुस्तक को इतने सुन्दर ढंग से प्रकाशित किया है।

—प्रो. प्रकाश मणि त्रिपाठी

1

परिवेश

मैं जिस परिवेश से आया हूँ, वह पूर्वी उत्तर प्रदेश का एक गाँव है। अपनी सभ्यता, संस्कृति और शिक्षा के लिए अपने जनपद का यह मानक गाँव कहा जाता है। गाँव का स्वरूप कैसा था पहले इसके बारे में बताता हूँ। इस गाँव का नाम है ऊधोपुर। पूर्वी उत्तर प्रदेश का एक जनपद है देवरिया। देवरिया से पश्चिम की ओर सात किलोमीटर की दूरी पर एक रेलवे स्टेशन है बैतालपुर। आसपास के जितने गाँव हैं, वो सब अपनी विभिन्न विशेषताओं के कारण विख्यात हैं।

ऐसी मान्यता है कि यहाँ शैव और वैष्णव संस्कृतियों का संगम हुआ। इसीलिए गाँवों का नामकरण भी उसी तरह से हुआ। कहीं बैकुंठपुर, कहीं गोविन्दपुर, कहीं जगदीशपुर, कहीं मुकुन्दपुर तो कहीं धतुरा, सिरजम, सोपरी, बौड़ी (बौड़डीह) और रुद्रपुर। इस तरह से कहीं भगवान विष्णु तो कहीं भगवान शिव के नाम पर प्रचलित गाँव। गौरी बाज़ार भी माँ पार्वती के नाम पर है। ये सब गाँव शैव-वैष्णव परम्परा के द्योतक हैं। इन्हीं में से एक गाँव है—ऊधोपुर। हम लोग जब विद्यार्थी थे तो सिन्धु घाटी सभ्यता के बारे में पढ़ा था। उसकी योजना और उसकी पुरातनता के बारे में पढ़कर लगता था कि कितनी अच्छी नगरीय व्यवस्था उस समय रही होगी। जिस गाँव से मैं आया हूँ, वह गाँव भी व्यवस्था की दृष्टि से मानक है। इस क्षेत्र का सबसे बड़ा गाँव धतुरा है। यह हम लोगों का मूल गाँव है। हमारे पूर्वजों ने मूल गाँव से थोड़ी दूर पर एक नया गाँव बसाया जिसे ऊधोपुर (उद्धवपुर) के

नाम से जाना जाता है। इस गाँव की योजना सुविचारित ढंग से की गई थी। जैसे आज नगरों-महानगरों में विभिन्न प्रकार के पॉकेट्स बनते हैं, वैसे ही विभिन्न प्रकार के पॉकेट्स इस गाँव में भी थे। गाँव में पूरब दिशा में ब्राह्मण लोगों का एक पॉकेट, गाँव के मध्य में अवस्थित शिवालय के पूरब, पश्चिम और दक्षिण दिशा में पुजारी लोगों का एक पॉकेट था। कुटीर उद्योगों से सम्बन्धित भिन्न समुदाय अलग-अलग पॉकेट्स में बसे हुए थे। ऊधोपुर गाँव पूर्णत: आत्मनिर्भर था, जैसा मैंने स्वयं देखा है। कला-कौशल का कोई ऐसा क्षेत्र नहीं है, जिससे सम्बन्धित लोग इस गाँव में न हों। विपणन-व्यवस्था भी व्यापक थी। हमारे उपभोग की या हमारे दैनिक जीवन के उपयोग में आनेवाली चीजों (वस्तुओं) की समुचित वितरण एवं विपणन व्यवस्था थी।

अन्न से लेकर उस अन्न को पकाने-बनाने में जो सामग्री चाहिए, स्नान-ध्यान के लिए जो सामग्री चाहिए, दाढ़ी-बाल बनवाने के लिए जो सुविधा होनी चाहिए, व्यक्ति होने चाहिए, सब मौजूद थे। हर समूह (जाति-व्यवस्था की बात नहीं कर रहा हूँ) अपने-अपने पॉकेट्स में रहता था। लौह कला में निपुण अर्थात् हल, कुदाल, हंसिया, खुरपी, बैलगाड़ी, चारपाई, चौकी बनानेवालों काष्ठकला में प्रवीण अर्थात् मेज, कुर्सी, पलँग आदि बनानेवालों, किराना का सामान बेचनेवालों, सुई-धागा-माला बेचनेवालों, साबुन-तेल-मसाल-इत्र बेचनेवालों, धातु के बर्तन वनानेवालों, चूड़ी, बिन्दी का व्यापार करनेवाले लोगों का एक पॉकेट था। सरसों का तेल पेरनेवालों, पान (ताम्बूल) का व्यवसाय करनेवालों, पत्र से पात्र बनानेवालों, मिट्टी का बर्तन बनानेवालों, खपड़े का घर बनानेवालों, धान कूटकर चावल बनानेवालों के अलग-अलग पॉकेट्स हमारे गाँव में बने थे। यह भी कहा जा सकता है कि हर समूह के लिए एक अलग कॉलोनी या बस्ती बसी हुई थी।

एक बस्ती से दूसरी बस्ती तक जानेवाली सड़कें कच्ची थीं किन्तु पर्याप्त चौड़ी थीं जिन पर दो बैलगाड़ियाँ साथ-साथ चल सकती थीं। आज की तारीख में दो समानान्तर कारें उन पर चल सकती हैं। हर दरवाजे के सामने जल का निकास एक बड़ी नाली से मिलता था, अर्थात् जल निकासी का सम्यक प्रबन्ध था। सुरक्षा भी अत्यन्त उच्च कोटि की थी। गाँव के चारों तरफ सुरक्षा से सम्बन्धित समूहों के लिए अलग पॉकेट था। खेती से सम्बन्धित या अन्य सामान ले जाने और ले आनेवाले कामगारों के लिए अलग पॉकेट था। सभी समूहों का पर्याप्त सम्मान किया जाता था। इस गाँव

की सबसे बड़ी विशेषता यह थी कि चाहे आप जिस समूह के हों, अपने से बड़े व्यक्ति को आप भैया कहेंगे, चाचा कहेंगे, काका कहेंगे, बाबा कहेंगे, अर्थात् किसी को नाम लेकर बुलाने का सामाजिक विधान नहीं था। आप चाहे जिस समूह से सम्बन्धित हों, चाहे जिस धर्म से सम्बन्धित हों, यदि उम्र में छोटे हैं तो आपको 'बाबू' कहकर बुलाया जाता था। यह परम्परा थी, सबके प्रति सम्मान भाव की, आदर भाव की और स्नेह भाव की।

इस गाँव में जितने पर्व होते हैं, वह सब उत्साहपूर्वक मनाए जाते थे—होली, दीवाली, दशहरा, रक्षाबन्धन। और एक विशेष पर्व श्रीकृष्ण जन्माष्टमी। इन उत्सवों में सबकी सामूहिक भागीदारी होती थी। छोटे-बड़े का कोई भाव नहीं था। अगर छोटे-बड़े का भाव था भी तो सिर्फ उम्र-भेद का भाव था। जीवन स्तर का या धर्म-जाति का कोई अर्थ नहीं था। हर व्यक्ति एकसमान भाव से मिलता था। सबके बीच अद्भुत लगाव था। बाहर निकलने पर पता ही नहीं चलता था कि आप किस समूह से या किस परिवार से आते हैं। संयुक्त परिवार का भी अद्भुत विधान था। गाँव कैसे होने चाहिए, इसका आदर्श स्वरूप हमारा गाँव था जहाँ होने का ईश्वर ने मुझे गौरव प्रदान किया।

मैं उस गाँव से आता हूँ जिसकी बहुत सारी विशेषताएँ हैं। गाँव में शिक्षा का स्तर बहुत अच्छा था। पठन-पाठन की एक प्रतियोगिता होती थी जिसमें सभी विद्यार्थी सम्मिलित होते थे। गाँव में एक प्राइमरी पाठशाला थी, अब तो दो-दो हैं। सबसे रोचक बात यह है कि हर विद्यार्थी की जन्मतिथि, चाहे शास्त्र के हिसाब से, पत्रा के हिसाब से, पंचांग के हिसाब से जो भी हो, भविष्य के लिए जन्मतिथि वही होती थी जिसे उस प्राइमरी पाठशाला के पंडित जी अर्थात् हेडमास्टर साहब (प्रधानाचार्य जी) लिखते थे।

अधिकांश मामलों में यह जन्मतिथि 01 जुलाई से लेकर 15 जुलाई तक और 01 जनवरी से लेकर 15 जनवरी तक होती थी। आज की तारीख में जो भी लोग प्राइमरी स्कूल से पढ़े और बढ़े होंगे, उनकी जन्मतिथि बहुधा इन्हीं के बीच की देखने को मिलेगी। गाँव के पूरब में एक प्राइमरी स्कूल था, मूल शिक्षा, अंक-अक्षर ज्ञान, पठन-लेखन का ज्ञान तथा श्रुति-स्मृति का बोध प्राप्त करने का केन्द्र। यहीं पर मुझे और मेरे छोटे भाई चुन्नू बाबू (श्री रविप्रकाश मणि त्रिपाठी) को आरम्भिक शिक्षा मिली। इसी विद्यालय से बड़का भइया (श्री रामप्रकाश मणि त्रिपाठी) और छोटका भइया (श्री

जयप्रकाश मणि त्रिपाठी) भी पढ़े हैं। इस गाँव और इसके पश्चिमवाले गाँव (साँड़ा) के बीच की विभाजक रेखा थी—एक सरिता जो कभी चौड़ी नदी रही होगी। समय के साथ सिमटते-सिमटते उसने एक नाले का स्वरूप ले लिया और फिर उसे नकटा नाला कहा जाने लगा। उसमें बारहों महीने कुछ-न-कुछ जल जरूर रहा करता था। जल जीवन है की दृष्टि से उसे देखा जाता था। अभी भी उसका अस्तित्व है।

उस नाले के उफान की भी एक कहानी है। जब भी बरसात होती वह नाला फैलकर गाँव के पश्चिमवाले एक विशाल पीपल के वृक्ष तक आ जाता था और फिर धीरे-धीरे उसका विस्तार कम होता था। एक मान्यता यह भी थी कि नाले का जल ग्रामवासियों का अभिवादन करने के लिए वहाँ तक पहुँचता था। यह मान्यता आज भी है। बरसात में उसका पाट लगभग तीन किलोमीटर चौड़ा हो जाता था। अब भी होता है। एक नाले का इतना विस्तार हो सकता है, यह आश्चर्य की बात है। नाले के विस्तार और उफान से धान की फसल तो प्रभावित होती थी, लेकिन जितना प्रभावित होती थी उससे कई गुना अधिक गेहूँ की उपज मिल जाती थी। इसलिए नुकसान को लोग नुकसान नहीं मानते थे। यह स्थिति भी तब आती थी जब अतिवृष्टि होती थी। यह अतिवृष्टि इस गाँव की नियति पहले भी थी और आज भी है।

हमारे गाँव के पश्चिम में बसे गाँव को श्रीनेत वंशीय समुदाय का गाँव कहा जाता है। मान्यता यह है कि एक सतासी राज्य हुआ करता था रुद्रपुर। उससे सम्बन्धित समूह हमारे गाँव के पश्चिमवाले गाँव में रहने लगा था। यह गाँव छवगावाँ (अर्थात् छह गाँवों का समूह) के नाम से विख्यात है। इस समूह में एक गाँव पथरहर है जिसका अभी भी बहुत सम्मान है। यह गाँव बहुत बड़ा है जिसकी आबादी लगभग दस हज़ार होगी। अब तो बहुत विस्तार हो गया है। ऊधोपुर गाँव की जो पुरानी व्यवस्था थी, विभिन्न प्रकार के कुटीर उद्योग-धन्धे करनेवाले लोग थे, सब नगरों की ओर पलायन कर गए। गाँव में कुटीर उद्योग-धन्धे लगभग बन्द हो गए। इसलिए जो सामूहिकता, सृजनशीलता, समन्वयता का भाव था वह धीरे-धीरे कम हो गया है, पर समाप्त नहीं हुआ है।

गाँव के जो पुराने मकान थे, उनका भी स्वरूप बदल गया। अब शायद ही कोई ऐसा मकान हो जिसे मिट्टी और खपरे का मकान अर्थात् खपरैल

का मकान कहा जाता है। शायद ही ऐसा कोई घर बचा हो जिसे हम फूस के छप्परवाला घर कहते थे। सब बदल गया। गाँव अब पहले की तरह नहीं रहे।

विकासक्रम का नाम ही परिवर्तन है। इस परिवर्तन से हमारे अंचल के सारे गाँव प्रभावित हुए। लेकिन एक चीज प्रभावित नहीं हुई—इस अंचल और मेरे गाँव की सभ्यता और संस्कृति। अभी भी किसी के यहाँ खुशहाली होती है तो सभी सम्मिलित होते हैं। किसी के यहाँ तनिक भी दुख होता है तो सभी उसके द्वार पर पहुँच जाते हैं। इसलिए यहाँ दुख, दुख नहीं लगता और सुख सबके लिए सुखकर होता है। यह बड़ी विशेषता है हमारे गाँव की। और भी बहुत सारी विशेषताएँ हैं जिनपर आगे बात करेंगे।

इस गाँव से निकले लोग देश-दुनिया में कई स्थानों पर गए। कहाँ-कहाँ गए इसकी जानकारी लेना सहज नहीं है। यह माना जाता है कि इस गाँव पर माँ सरस्वती की विशेष कृपा है। यहाँ परिश्रम का सम्मान है इसलिए इसे कभी अभाव नहीं घेरता। गाँव में आज भी यह चलन है कि किसी के यहाँ अगर कोई अभाव होता है तो सब लोग मिलकर उसे दूर कर देते हैं। किसी के यहाँ अतिथि आता है तो वह गाँव का अतिथि माना जाता है। सब मिलकर उसका एक जैसा सम्मान करते हैं। यह कृषिप्रधान क्षेत्र है। इसलिए इस अंचल की जमीनें विविध प्रकार के अन्न उत्पन्न करनेवाली है। गाँव के बीच (मध्य) में एक शिवालय है। शिवालय के पूरब, पश्चिम और दक्षिण तरफ मन्दिर के समीप ही पूजा-पाठ करानेवाले पुजारियों का पॉकेट है। उन दिनों पुजारी परिवार में प्रमुख लोग थे - श्री दामोदर पांडेय, श्री वामदेव पांडेय, श्री विजयी पांडेय, श्री कपिलदेव पांडेय, श्री गिरीश पांडेय एवं श्री षड़ानन पांडेय। गाँव के पूरब में देवी का स्थान है।

गाँव के उत्तर में एक ऐसा शिव स्थान है जिसपर लोगों की अपार श्रद्धा है। इस स्थान को महदेइया अर्थात् महादेव का स्थान कहा जाता है। यह शिवलिंग मिट्टी के टीले पर है। ऐसी मान्यता है कि इस समय जो शिवलिंग वहाँ विद्यमान है, उसके पहले पाँच शिवलिंग उसी स्थान पर निकल चुके हैं। होता यह है कि एक लम्बी अवधि के बाद प्राचीन शिवलिंग लुढ़ककर नीचे आ जाता है और उसके नीचे से एक नया शिवलिंग निकल आता है। यह क्या चमत्कार है, ऐसा कैसे होता है, इसके बारे में अभी तक किसी को कोई जानकारी नहीं है। यह शिवलिंग अभी भी खुले में स्थित है, उसके ऊपर मन्दिर नहीं बना। लोगों की मान्यता है कि यहाँ मन्दिर खड़ा नहीं हो

सकता लेकिन वहाँ स्थापित शिव जी में लोक की बहुत आस्था है और लोग वहाँ दर्शनार्थ आते-जाते रहते हैं। शिवलिंग के सामने एक लम्बा-सा सरोवर है जिसने अब ताल का रूप ले लिया है। इसका विस्तार बहुत दूर तक है। बरसात में इसमें पानी भरता है तो यह नदी का रूप ले लेता है। ये सारी विशेषताएँ हमारे गाँव की हैं। बहुत पहले इसके चारों तरफ बगीचे हुआ करते थे।

गाँव के दक्षिण तरफ का जंगल हम लोगों के परिवार से सम्बन्धित है। इसे वन कहा जाता था। समय के साथ अब उसे 'बने' कहा जाने लगा है। आम, अमरूद, साखू, नीम, महुआ, शीशम, जामुन, कटहल, बड़हर, आँवला के वृक्ष यहाँ दिखलाई देते हैं। शीशम और साखू की बहुतायत हुआ करती थी। शीशम तो अभी भी हैं पर साखू के वृक्ष अब ना के बराबर हैं। अब नए युग में सागवन (सागौन) के पौधे भी यहाँ लगने और तैयार होने लगे हैं।

गाँव में पर्याप्त हरीतिमा है। कई विशाल वृक्ष यहाँ दिख जाएँगे। खपड़े (खपरैल) के घरों में गोरैया पक्षा का वास होता था। पेड़ों पर और बाग-बगीचे में तोता-मैना, गिलहरी, बगुला, कठफोरनी, पेड़ुका-पेड़ुकी, कबूतर, कोयल, कौआ, हारिल जैसे पक्षियों की अनेक प्रजातियाँ देखने को मिलती रही हैं। जाड़े में धान की फसल कटने के समय खिड़रिच (खंजन) नाम की एक पक्षी आती थी जिसे एक विशेष कोण (भंडार कोण अर्थात् पश्चिम-उत्तर के बीच की दिशा में) में देखना अच्छा माना जाता था। सूरदास जी ने लिखा है कि - 'खंजन नैन रूप रस माते।' अर्थात् खंजन पक्षी की आँख रूप-रस से परिपूर्ण होती है। हमारे दरवाजे पर अवस्थित विशाल बरगद के वृक्ष पर गिलहरियाँ अभी भी पर्याप्त मात्रा में हैं।

गाँव में हमारे घर के समीपस्थ पश्चिम और समीपस्थ दक्षिण तरफ हमारे कुल अर्थात् मणि त्रिपाठी लोगों का आवास है। हमारे गाँव में ग्राम शासन की तब परम्परागत रूप से विशेष विकेन्द्रीकृत व्यवस्था थी। ग्राम प्रधान हमारे घर से पहले बाबू जी (श्री योगेन्द्र मणि त्रिपाठी) तथा उनके ब्लॉक प्रमुख बन जाने के बाद चाचा जी (श्री अमरेन्द्र मणि त्रिपाठी) तथा उप प्रधान मेरे घर के पश्चिमवाले घर के श्री सुरेन्द्र मणि त्रिपाठी तथा सरपंच पश्चिमवाले दूसरे घर के श्री परीक्षित मणि त्रिपाठी थे। यह सर्वानुमति से हुआ था।

गाँव के बीचोबीच अर्थात् मध्य में पूरब दिशा में अवस्थित हमारे घर में दूर तक कोई अन्य आवास नहीं है। इसीलिए इसे 'पुरुब दुआर' कहा जाता है। यह संयुक्त परिवार की परम्परा का श्रेष्ठ उदाहरण है। इस पुरुब दुआर का श्रीगणेश श्री भगवान मणि त्रिपाठी से हुआ। उनके तीन पुत्र हुए : श्री सुखलाल, श्री दोयम एवं श्री नोहर मणि त्रिपाठी। श्री सुखलाल एवं श्री दोयम को कोई सन्तान नहीं हुई। श्री नोहर मणि के दो पुत्र हुए : श्री ललिता मणि त्रिपाठी एवं श्री गुदरी मणि त्रिपाठी। श्री ललिता मणि के पुत्र हुए श्री रामराज मणि त्रिपाठी एवं श्री गुदरी मणि त्रिपाठी के पुत्र हुए श्री बलदेव मणि त्रिपाठी। श्री रामराज मणि त्रिपाठी के चार पुत्र हुए - श्री चन्द्रभान मणि त्रिपाठी, श्री योगेन्द्र मणि त्रिपाठी एवं श्री चन्द्रसेन मणि त्रिपाठी तथा श्री बलदेव मणि त्रिपाठी के एक पुत्र हुए श्री चन्द्रशेखर मणि त्रिपाठी। इस कुल में नामकरण की विशेष विधा थी। हमारे पिता जी के संयुक्त परिवार में कुल पाँच भाई थे। तीन के नाम में चन्द्र जुड़ा था यथा - श्री चन्द्रभान मणि त्रिपाठी, श्री चन्द्रशेखर मणि त्रिपाठी एवं श्री चन्द्रसेन मणि त्रिपाठी तथा दो के नाम में इन्द्र जुड़ा था यथा - श्री योगेन्द्र मणि त्रिपाठी एवं श्री अमरेन्द्र मणि त्रिपाठी। हमारी वर्तमान पीढ़ी में संयुक्त परिवार के ग्यारह भाइयों में 'प्रकाश' शब्द जुड़ा है यथा—श्री रामप्रकाश मणि त्रिपाठी, श्री जयप्रकाश मणि त्रिपाठी, श्रीप्रकाश मणि त्रिपाठी (मैं स्वयं), रविप्रकाश मणि त्रिपाठी, सत्यप्रकाश मणि त्रिपाठी, शशिप्रकाश मणि त्रिपाठी, चन्द्रप्रकाश मणि त्रिपाठी, ज्ञानप्रकाश मणि त्रिपाठी, अवनिप्रकाश मणि त्रिपाठी, वेदप्रकाश मणि त्रिपाठी एवं आत्मप्रकाश मणि त्रिपाठी। इनमें से श्री चन्द्रभान मणि त्रिपाठी के एक पुत्र हैं श्री जयप्रकाश मणि त्रिपाठी, श्री योगेन्द्र गणि त्रिपाठी के पाँच पुत्र हैं— श्री रामप्रकाश मणि त्रिपाठी, श्रीप्रकाश, सत्यप्रकाश, चन्द्रप्रकाश एवं अवनिप्रकाश, श्री अमरेन्द्र मणि त्रिपाठी के तीन पुत्र हैं— रविप्रकाश मणि त्रिपाठी, शशिप्रकाश एवं ज्ञानप्रकाश तथा श्री चन्द्रसेन मणि त्रिपाठी के दो पुत्र हैं— वेदप्रकाश मणि त्रिपाठी एवं आत्मप्रकाश। श्री चन्द्रशेखर मणि त्रिपाठी को कोई सन्तान नहीं हुई।

उस समय यह खपरैल का घर तीन खंड का हुआ करता था अर्थात् इसमें दो आँगन, आँगन के चतुर्दिक ओसारा (बरामदा), ओसारे में खुलते हुए कमरे तथा दो खंडों के बीच दालान (चौड़ा गलियारा) हुआ करते थे। ओसारे, दालान और कमरे में ताखा (दीपक एवं छोटे-बड़े सामान रखने

के लिए) बने होते थे तथा कपड़ा टाँगने के लिए खूँटियाँ लगी होती थीं। बड़े खंड में बखार (गेहूँ, धान रखने के लिए) की व्यवस्था थी। छोटे खंड में छोटी बखार एवं डेहरी (दाल हेतु) थी। एक खंड पक्का था, इसे बँगला कहा जाता था। खपरैल के मकान से जुड़े हुए दरवाजे पर दाएँ तरफ भुसौला था। उसमें गाय, बैल, भैंस का चारा रखने के लिए दो बड़े कक्ष थे जिसके चौड़े बरामदे में बैल बाँधे जाते थे और चारा (बजड़ा, मटर, गन्ना, पुआल) काटने की मशीन लगी थी जिसे हाथ से चलाया जाता था। उन दिनों चोकट मियाँ इससे चारा तैयार करते थे और हम लोगों को एक 'सीख' भी देते थे। कहा करते थे कि, 'आलू गोभी की तरकारी कड़ुआ तेल (सरसों का तेल) मांगेला।' अर्थात् अच्छे स्वाद के लिए अच्छी सामग्री चाहिए। पढ़ाई में अच्छे अंक के लिए पर्याप्त परिश्रम चाहिए। उनके बाद पशुओं को खिलाने का कार्य इसरापल्ल, मुंशरीम और इस्लाम किया करते थे। बाद में यह कार्य विरेन्द्र और विद्या ने किया।

घर के मुख्य द्वार पर चौकठ (दहलीज / देहरी) होता था और उसके पीछे बड़ा-सा फाटक। फाटक के आगे और पीछे बन्द करने के लिए कुंडी। पीछे कुंडी के साथ-ही-साथ किल्ली (लकड़ी से बनी) भी होती थी। चौकठ की बहुत मान्यता रही है। बहुत सारे लोग इसी का नमन करते हैं। वस्तुतः यह मर्यादा की दीवार है, प्रतीक है। दरवाजे पर बाएँ तरफ एक 'घारी' थी, भैंस और गाय बाँधने के लिए। घारी के पूरब एक पोखरा (जलाशय) है। नए स्वरूप में भी यह घर 130 फिट लम्बा और 90 फिट गहरा है। बरामदे से नीचे उतरने पर बाएँ-दाएँ गुलाब, चमेली, रात रानी, दिन राजा और गुड़हल के फूल लगे हैं। हमारे दरवाजे पर श्री चन्द्रशेखर मणि त्रिपाठी द्वारा लगाया हुआ एक बरगद का वृक्ष है जो अब बहुत विशाल हो गया है। ऐसी मान्यता है और जो हम लोगों की जानकारी में है कि उसकी आयु लगभग डेढ़ सौ वर्ष की है। पिता जी श्री योगेन्द्र मणि त्रिपाठी इसी बरगद के नीचे बैठकर पंचायत लगाते थे और न्याय करने का कार्य करते थे। बाद में चाचा जी श्री अमरेन्द्र मणि त्रिपाठी ने इस परम्परा को आजीवन जीवन्त बनाए रखा। कुछ दिनों तक यह दायित्व मेरे पास भी था।

गाँव के चतुर्दिक और गाँव के अन्दर जल का विशेष प्रबन्ध था। हमारे गाँव के पूरब और पश्चिम में अच्छे-अच्छे पोखरे अभी भी हैं। गाँव के बीच में कूप (कुआँ) भी हुआ करते थे। गाँव के मध्य भाग में अवस्थित

शिवालय के सामने भी एक कूप है जिसके जल से भगवान भोलेनाथ का अभिषेक किया जाता है। लेकिन व्यवस्था बदली। कूप का महत्त्व घटा। हैंडपम्प लगने लगे। अब ओवरहेड टैंक भी लोगों ने घरों में बनवा लिए हैं जिनमें मोटर से पानी भरा जाता है। उसकी आपूर्ति होती है। हमारे अनुज डॉ. सत्यप्रकाश मणि त्रिपाठी (गुड्डू बाबू) जब विधायक बने तो उन्होंने गाँव के चतुर्दिक सड़क निर्माण करवा दिया। अब पूरब, पश्चिम, उत्तर, दक्षिण किसी भी दिशा से गन्तव्य तक जाया जा सकता है। गाँव के अन्दर से पश्चिम की ओर जल निकासी की सम्यक व्यवस्था हो गई है। पूरे गाँव में हर घर शुद्ध जल आपूर्ति के लिए बड़े ओवरहेड टैंक की व्यवस्था तथा एक स्वास्थ्य केन्द्र की व्यवस्था उनके द्वारा करा दी गई है।

गाँव में आधुनाकि सुविधाएँ बहुत बढ़ गई हैं। सड़क, बिजली, पानी सबकुछ पर्याप्त मात्रा में है। इस गाँव से हमने अध्ययन किया और उस अधीतकाल में मुझे बहुत सारे अनुभव भी हुए। एक-एक करके ये आपको दिखते चले जाएँगे।

2

पाठशाला

बात उन दिनों की है जब प्राइमरी पाठशाला ज्ञानार्थी होने का, ज्ञानार्जन करने का, शिक्षित, साक्षर होने का अंक और अक्षर बोध कराने का एकमात्र केन्द्र हुआ करती थी। जो यहाँ पढ़ाते थे बहुधा उन्हें पंडित जी, मास्टर साहब, बाबू साहब, मुंशी जी या मौलवी साहब कहा जाता था। उन दिनों शिक्षक लोगों में प्रमुख थे श्री बृजकिशोर मणि त्रिपाठी (प्रधानाचार्य) तथा श्री अयोध्या पांडेय, श्री रामविलास पांडेय, श्री दिवाकर तिवारी, गिरी जी एवं वहिन जी। बाद में श्री मार्कंडेय सिंह जी एवं श्री रामाधीन सिंह जी भी शिक्षक होकर आए। बहुधा पढ़ानेवाले जैसे शिक्षक होते थे, उनका नामकरण भी उसी तरह हो जाता था। अगर महिला शिक्षिका है तो उन्हें बहन जी कहा जाता था। इन्हें विद्यार्थी सम्बोधन भी इन्हीं नामों से देते थे। 'जी' लगाकर गुरुजनों को आदर देते थे। यह तो शिक्षक का क्रम हो गया। एक हेडमास्टर साहब होते थे, और शेष सभी सहायक अध्यापक होते थे। जहाँ तक ज्ञात है, आरम्भ में इस पाठशाला में शिक्षक के रूप में श्री विश्वनाथ मल्ल, श्री दल बहादुर सिंह एवं श्री जंग बहादुर सिंह रहे हैं।

कभी-कभी इंस्पेक्शन होता था प्राइमरी पाठशाला का। डिप्टी इंस्पेक्टर ऑफ स्कूल आते थे जिन्हें डिप्टी साहब कहा जाता था। डिप्टी साहब का आना विद्यालय के लिए एक पर्व होता था। विद्यार्थियों के लिए यह भय का विषय होता था। विद्यालय की बहुत अच्छी तैयारी होती थी। एक

महीना पहले से विद्यार्थियों को प्रशिक्षित किया जाता था। बहुत तेज, थोड़ा कम तेज, थोड़ा और कम तेज विद्यार्थियों के ग्रुप बनाकर उन्हें क्लास में अलग-अलग बैठा दिया जाता था ताकि डिप्टी साहब अगर कोई प्रश्न पूछें तो तेज वाला बच्चा बता देगा। बहुत सुन्दर तरीके से तैयारियाँ की जाती थीं। जब डिप्टी साहब आते थे उनका बहुत स्वागत होता था। उस दिन सभी बच्चे नए-नए कपड़े पहन कर आते थे। हेडमास्टर साहब और शिक्षक लोग भी नए कपड़े पहन कर आते थे। पूरे विद्यालय की साफ-सफाई देखते ही बनती थी। गाँव के लोग भी डिप्टी साहब के स्वागत के लिए तैयार होते थे। इंस्पेक्शन (निरीक्षण) के बाद डिप्टी साहब को ग्राम प्रधान के घर ले जाया जाता था। उन दिनों मेरे यहाँ आना होता था। तो उनसे बहुत सारी बातें होती थीं विद्यालय में सुधार के लिए। वह सहमति जताते थे तो पूरे गाँव का उत्साह और बढ़ जाता था।

एक बात और है कि जब कक्षा में कोई अध्यापक पढ़ा रहा होता था तो डिप्टी साहब पीछे से जाकर चुपके से बैठ जाते थे। फिर सामने से आकर बच्चों से कुछ प्रश्न करते थे। बच्चे प्रश्न का उत्तर नहीं बता पाते थे तो बाद में अध्यापक से पूछा जाता था और यह माना जाता था कि अध्यापक में गम्भीरता का अभाव है। कुछ रोचक प्रश्न भी होते थे और उसके उत्तर भी बहुत रोचक हो जाते थे इस तरह से प्राइमरी पाठशाला में व्यवस्था बनाई जाती थी।

तब की बात है कि जब लगभग पाँच वर्ष की आयु पूरा करनेवाला विद्यार्थी प्राइमरी पाठशाला में आता था। प्राइमरी पाठशाला के विद्यार्थी को आरम्भ में अपने साथ पटरी लेकर आना होता था। पटरी, आप लोग पटरा सुने होंगे, कुछ छोटा-छोटा काट के लगभग डेढ़ फीट लम्बी, एक फीट चौड़ी पटरी बनती थी, जिसके आगे पकड़ने के लिए कलाकृति बनी होती थी जिसे मुठिया कहते थे। हैंडल टाइप छोटा-सा तिकोना होता था वह लेकर विद्यार्थी आता था। उन दिनों मेज, कुर्सी नहीं हुआ करती थी। प्राइमरी पाठशाला में तो बहुधा सभी छात्र अपने घर से कोई छोटा बिछावन या बोरा लेकर आते थे और उसे बिछाकर बैठते थे। पाठशाला में कुछ पतले टाट भी बैठने के लिए होते थे, लेकिन वह सभी के लिए पर्याप्त नहीं होते थे। पटरी पर लिखने के लिए 'भट्ठी' होती थी जिसे सीसी में घोलकर लाया जाता था। पटरी पर भट्ठी से लिखना ही प्रचलित था, तब पेन का चलन नहीं था।

दो प्रकार की कलम होती थी। एक सरकंडा की कलम होती थी और एक किरिच की कलम हुआ करती थी। सरकंडे की कलम तो कहीं अभी भी गाँव में दिख जाती है पर किरिच की कलम अब कहीं नहीं दिखती। तो भट्ठी के घोल में, सरकंडे की लेखनी को डुबोकर पटरी पर लिखा जाता था। पटरी काली हो तभी उस पर सफेद रंग चढ़ेगा। पटरी को काला करने का विधान भी गाँव में हर घर में था। गाँव के मिट्टी के घरों में एक ताखा होता था। उस ताखा में शाम के समय ढेबरी रखी जाती थी। ढेबरी गोल आकृति की होती थी, जिसमें मिट्टी का तेल भरा जाता था। उसके ढक्कन पर कपड़े की एक बाती निकाल दी जाती थी। अँधेरा होते ही इसे जला दिया जाता था। उसके जलने से ताखा में काजल तैयार होता था। उस काजल को पतले कपड़े में रखकर भिगो लेते थे और उस पोटली को पटरी पर रगड़ा जाता था। रगड़ने के बाद उस पटरी पर चमक आए, उसके लिए टूटी हुई चूड़ी अथवा काँच की छोटी सीसी, इससे मेल्हा अर्थात् मला (रगड़ा) जाता था। फिर पटरी चमक उठती थी। इसके बाद लिखते समय लाइन सीधी हो इस हेतु स्केल बहुत कम मिलती थी। विद्यार्थियों को प्राइमरी स्कूल के समय तो स्केल का काम लेने के लिए धागा हुआ करता था। उस धागे को उस भट्ठी में डुबोया जाता था। एक लड़का दोनों हाथों से उस धागे को पकड़ता था और दूसरा लड़का उस धागे को उठाकर छोड़ता था तो पटरी पर लाइन बन जाती थी। इस तरह 4 या 5 लाइनें पटरी पर बना ली जातीं और उन लाइनों के बीच में क, ख, ग, घ, लिखना शुरू होता। उन्हीं लाइनों के बीच में 1,2,3,4 भी (हिन्दी वर्तनी में अर्थात् 1, 2, 3, 4, 5, 6, 7, 8, 9, 10 के रूप में) लिखा जाता था।

अंक ज्ञान के साथ ही धीरे-धीरे वाक्य लिखवाए जाते। इमला लिखा जाता था, फिर नकल लिखा जाता था। यह सारा लेखन पटरी पर ही होता था। नरकुल, नरकट या सरपत की कलम से यह काम होता था। किरिच तो बाद में मिलता था, जब बच्चे छठवीं क्लास में जाते थे। पटरी को काला करने के लिए उस समय जो टॉर्च का सेल होता था, उसका भी उपयोग किया जाता था। टॉर्च को गाँव में चोरबत्ती कहा जाता था। बहुधा चोर लोग इसका प्रयोग करते थे। चोरों से बचने के लिए गाँव के सम्भ्रान्त लोग टॉर्च का प्रयोग करते थे। वे बोलते थे कि यह चोरों को देखनेवाली चोरबत्ती है, इसलिए टार्च का नाम 'चोरबत्ती' पड़ गया था। इस बत्ती से चोर पकड़

में भी आते थे। घरों में प्राय: टॉर्च नहीं होता था। रात में कहीं जाना हो तो लालटेन साथ ले जाते थे। लोग यह भी कहते थे कि चोर बत्ती जलाए तो जान लेना चाहिए कि चोर पास ही है और गाँव के लोगों को सावधान हो जाना चाहिए। तो एक तरह से सतर्कता इससे होती थी। टॉर्च पहले 2 सेल की, 3 सेल की होती थी। 3 सेल की टॉर्च बड़ी होती थी। इसकी रोशनी तेज होती थी। इसलिए इसे अच्छा माना जाता था। सेल जब खराब हो जाते थे, तो उसको तोड़ कर कार्बन निकाल कर पटरी को तैयार किया जाता था लिखने के लिए।

थोड़ा आगे चलने पर स्लेट आ गया। गाँव में स्लेट को रंगने के लिए या उसे काला करने का तरीका वही पटरीवाला। खड़िया होती थी, आप कह सकते हैं चाक की पेंसिल जिसे हम लोग 'खड़िया' कहते थे, उससे भी स्लेट पर लिखा जाता था - क,ख,ग.....ज्ञ और फिर कपड़े से उसे मिटा दिया जाता था। स्लेट और खड़िया के आ जाने से लिखे हुए को मिटाना आसान हो गया। स्लेट का वज़न थोड़ा कम होता था। फ्रेमवाली अच्छी-अच्छी स्लेटें बाज़ार में आ गई थीं। पटरी का स्थान स्लेट ने ले लिया। एक से पाँच के दौर में जो किताबें होती थीं उन्हें स्कूल ले जाने के लिए बेठन होता था। बेठन मतलब एक छोटा-सा कपड़ा, जिसमें लपेट करके उन किताबों को बाँधा जाता था और जिसे लेकर विद्यार्थी विद्यालय में आता था, खोलता था, पढ़ता था, याद करता था। याद करने के मामले में पहाड़ा प्रमुख होता था। जिस विद्यार्थी को 20 (बीस) तक का पहाड़ा याद हो जाता था उसे बड़ा मेधावी माना जाता था। कभी-कभी पहाड़ा याद करने में पहाड़ लगता था। पहाड़ जैसा पहाड़ा जिसे याद हो गया, तो लगता था वह पहाड़ चढ़ गया। यह स्थिति होती थी प्राइमरी स्कूल में पढ़ने की। विद्यार्थी लोगों को स्कूल लाने के लिए बड़ा उद्यम अर्थात् प्रयास करना पड़ता था। कुछ ऐसे विद्यार्थी होते थे जिनको डर लगता था कि गुरु जी मारेंगे अगर गलत बता दिया तो। वह लोग गाँव में भाग जाते थे या खेत में जाकर छिप जाते थे। ऐसे विद्यार्थियों को पकड़ने के लिए दो-तीन विद्यार्थी जाते थे जो। एक विद्यार्थी उस भगोड़े के दोनों हाथ पकड़ ले, और दूसरा दोनों पैर पकड़ ले। इस तरह से भगोड़े विद्यार्थी विद्यालय में लाए जाते थे। फिर अर्धवार्षिक परीक्षा होती थी, परीक्षा परिणाम निकलते थे। सभी विद्यार्थी सामान्यतया पास हो जाते थे।

प्राइमरी स्कूल में पी.टी. (फिजिकल ट्रेनिंग अर्थात् शारीरिक प्रशिक्षण) कराया जाता था। हम लोग पी.टी. जानते थे, फुलफॉर्म तो बाद में जान सके। उसमें योग की विधाएँ जितनी तरह की आज के समय में हैं, वह होती थीं। खेलकूद के लिए दौड़ना होता था। यह सारा काम उन दिनों चलता था। पढ़नेवालों को 'पढ़ुवा' कहा जाता था, जो लड़का दिन-रात पढ़ता था उसे 'पढ़ाकू' कहते थे।

पाँचवी क्लास तक फाउंटेन पेन का उपयोग नहीं होता था। जब मैं छठवीं क्लास में गया तब फाउंटेन पेन और जी-निब का प्रयोग किया। एबीसीडी प्राइमरी स्कूल में नहीं पढ़ाया जाता था, वह छठीं क्लास से पढ़ाया जाता था। और छठीं क्लास में एबीसीडी लिखने के लिए जी-निब हुआ करती थी। उससे बहुत अच्छी राइटिंग बनती थी। मैंने स्वयं छठवीं क्लास में एबीसीडी लिखना सीखा है। अब तो बच्चों के माता-पिता आरम्भ से ही एबीसीडी शुरू करते हैं। क,ख,ग,घ तो बाद में सिखाया जाता है। तब के बच्चे क से लेकर ज्ञ तक बहुत तेजी से मुँहजबानी बोल देते थे। आज के बच्चों से अगर पूछा जाए जो इंटरमीडिएट पास हैं क से ज्ञ तक बोलने को कहा जाए तो थोड़ी कठिनाई होती है पर बता तो देते हैं। ए टू जेड बताने में कोई कठिनाई नहीं है लेकिन क से ज्ञ तक बताने में थोड़ी कठिनाई होती है। इतना परिवर्तन आ गया। हम लोगों को उस दौर को फिर से याद करना चाहिए। राष्ट्रीय शिक्षा नीति में मातृभाषा के माध्यम से पठन-पाठन का विधान किया गया है। हमें फिर उसी स्थिति का ध्यान करना चाहिए जब हम अपनी मातृभाषा में पढ़ाई करते थे और उससे चिन्तन प्रवाह तेज होता था। यह प्रवाह तेज होने के लिए हमें पुनः अपनी मातृभाषा में पढ़ाई करनी होगी।

दुनिया की सभी भाषाएँ सरस्वती की स्वरूप हैं। हमें मातृभाषा के साथ ही अन्य भाष्ााओं को भी सीखना-समझना चाहिए। तब हम लोग हिन्दी और अंग्रेजी विधिवत जानते थे। कुछ विद्यार्थी उर्दू भी जानते थे, लेकिन उनकी संख्या बहुत कम थी। उर्दू जानना उस समय इसलिए आवश्यक समझा जाता था क्योंकि कोर्ट-कचहरी की भाषा उर्दू थी, धीरे-धीरे हिन्दी और अंग्रेजी हो गई। आज जरूरत है कि हम हिन्दी और अंग्रेजी के साथ ही अन्य

प्रांतों की भाषा समझें। वह तेलुगु हो सकती है, मलयालम हो सकती है, कन्नड़ हो सकती है, उड़िया हो सकती है। हमें अन्य भाषाओं को भी जरूर सीखना चाहिए। यह राष्ट्रीय एकीकरण के लिए भी आवश्यक है। भारत की जितनी बोलियाँ हैं, भाषाएँ हैं जिनका उल्लेख संविधान में भी है उन सभी में बहुत अच्छे ग्रन्थों का प्रणयन हुआ है। उन्हें हम पढ़ेंगे तो उन ग्रन्थों की भी जानकारी मिल जाएगी। ज्ञान जहाँ कहीं भी हो, जीवन के मूल्य जहाँ कहीं भी अंकित हों, हमें अवश्य ग्रहण करना चाहिए। उन दिनों जब हम प्राइमरी स्कूल में पढ़ते थे तो गाँव के सयाने लोग बहुत सारी कथाएँ बताते थे, और उन कथाओं के माध्यम से हम लोग बहुत कुछ जान जाते थे। घर में दादी होती थीं जिन्हें हम लोग 'ईआ' कहते थे, बड़की माई होती थीं, अम्माँ जी होती थीं, अम्माँ होती थीं, चाची होती थीं। इन लोगों से भी हम लोग कहानियाँ सुनते थे। कहानियों के माध्यम से बहुत कुछ सीख जाते थे। वे कहानियाँ आज तक मानस पटल पर अंकित हैं और बहुत प्रेरक हैं कि हमें कब कैसा व्यवहार करना चाहिए, कब किस तरह से बोलना चाहिए, कहाँ जाना चाहिए, कहाँ नहीं जाना चाहिए, यह सब कुछ हम लोग कहानियों के माध्यम से सीखते थे। सीख कहानियों के माध्यम से, ज्ञान अनुभव के माध्यम से और ध्यान अपने श्रेष्ठजनों के माध्यम से और इन सभी के समन्वित रूप अपने विद्यालय के माध्यम से हम लोग जान सकते थे, सीख सकते थे, अर्जित कर सकते थे। मैं आज की तारीख में अपने उन सभी शिक्षकों का नमन करता हूँ जिन्होंने मुझे अंक और अक्षर ज्ञान कराया है।

3

पहाड़ा

पहाड़ा, प्राथमिक स्कूल के पाठ्यक्रम का एक अनिवार्य हिस्सा हुआ करता था। प्राथमिक स्कूल में अंक और अक्षर ज्ञान कराया जाता है। अक्षर से हम फिर वाक्य बनाते हैं, फिर लेखन करते हैं।

प्राइमरी स्कूल में इमला सिखाया जाता है, नकल करके लिखना सिखाया जाता है। हमारी लेखनी या राइटिंग अच्छी बने इसका अभ्यास कराया जाता है। गीत के माध्यम से, कहानी के माध्यम से विभिन्न प्रकार की जानकारियाँ दी जाती हैं। इन कहानियों में, गीतों में राष्ट्रभक्ति और हमारी संस्कृति के मूल तत्व निहित होते थे। यह सब हम प्राइमरी स्कूल में सीखते थे। यहीं से हमें भाषा का बोध होता था, भाषा का संस्कार मिलता था। हम भाषा का अभ्यास करते थे कि हम अपनी बात कैसे कहें, कैसे लिखें, कैसे व्यक्त करें और कैसे समझाएँ।

भाषा हमारी अभिव्यक्ति का माध्यम है। प्राइमरी स्कूल में हम बातचीत करना सीखते थे। हमारा पूरा जीवन ही गणना है, सब कुछ गिना हुआ है। सब कुछ गिन कर चलता है। हमारा पथ, हमारे कदम, यह सब गणना ही है।

हाथ की हथेली और हथेली की अँगुलियाँ। आँख, नाक, कान यह सब गणना बोधक हैं। हम निरन्तर गणना करते हैं कि आज एक दिन और बीत गया। आनेवाले दिन अच्छे होंगे इसकी कामना भी गणना है। कौन कितने वर्ष का हो गया, यह भी गणना ही है। किस कक्षा तक हम पढ़ चुके, कितना, कब, कैसे सीखा, यह सब गणना का विषय बन जाते हैं।

गणित गणना का विषय है। गणित का ज्ञान हमारे अच्छे के लिए है। गणित ही योग का कारक है। यही संजोग बनाता है और यही विकास का मार्ग भी प्रशस्त करता है। यही गति का कारक है। गणना गति का भी कारक है इसका हमेशा ध्यान रखना चाहिए। गणना के क्रम में हम किसी निष्कर्ष पर पहुँचते हैं या अंकों के जोड़, घटाने, गुणा, भाग से नए समीकरणों तक पहुँचते हैं। तो जोड़, भाग, गुणा, घटाना यह सब हमें प्राइमरी स्कूल से सिखाया जाता था। इन सबको सहजता से हल करने के लिए पाठ्यक्रम का जो महत्त्वपूर्ण हिस्सा था उसे 'पहाड़ा' कहते थे।

पहाड़ा जैसे, दो दूनी चार, दो तियाई छह यानी क्रम में गुणा का क्या परिणाम आएगा इसे 'पहाड़ा' कहा जाता था। इसे याद करने में बड़ा आनन्द आता है। इसी के माध्यम से हम बहुत सारी चीजें हल कर लेते हैं। आमतौर पर प्राइमरी स्कूल में दस तक का पहाड़ा या बीस तक का अधिकतम पहाड़ा पढ़ाया जाता था। हम लोग इन्हें याद करते थे, बाद की कक्षाओं में पहाड़ा नहीं पढ़ाया जाता था।

आजकल के बच्चे ज्यादा सुविधा सम्पन्न हैं। ज्ञान की विधाओं के विस्तार के लिए उनके पास अनेक उपाय हैं। अध्यापन की शैली बदली है, तकनीकी मदद मिली है तो बहुत आसानी से बच्चे गुणा कर लेते हैं। और अब तो उनके हाथ में एक ऐसा यन्त्र है कि वे किसी भी अंक को किसी भी अंक के साथ गुणा (मल्टीप्लाई) कर सकते हैं और पल भर में निष्कर्ष (रिजल्ट) उनके पास आ जाता है। लेकिन हम लोगों के पास ये सुविधाएँ नहीं थीं। उस समय मास्टर साहब हम लोगों को पहाड़ा याद कराते थे। पहाड़ा अभ्यास से याद होता था। कभी-कभी भूल भी जाता था। यह माना जाता था कि जिसको पहाड़े याद हैं, वह गणित में पारंगत होगा। वह सवाल सही-सही हल कर लेगा। इसलिए हम लोग मनोयोग से पहाड़ा याद करते थे।

पाँचवीं क्लास के बाद पढ़ने के लिए हमारे दो विकल्प थे - बैतालपुर जाना होता था या देवरिया। अभी हम लोग पाँचवीं क्लास में थे। हमसे वरिष्ठ एक और विद्यार्थी थे। हमारे गाँव के पश्चिमवाले गाँव के थे। उस गाँव का नाम सांड़ा था। वो हमारे गाँव से पढ़ने के बाद छठीं क्लास में बैतालपुर पढ़ने चले गए। जब वे यहाँ पढ़ते थे, प्राइमरी स्कूल में तब भी हमें 20 तक का पहाड़ा याद था। लेकिन उन्हें आठ का पहाड़ा याद नहीं रहता था। भूल जाते थे।

बीस तक का पहाड़ा धड़ल्ले से लेकिन आठ के पहाड़े में अटक जाएँ। बहुत कोशिश की उन्होंने कि उन्हें आठ का पहाड़ा याद हो जाए लेकिन आठ सते छप्पन तक तो वो पहुँच जाते थे, पर उसके बाद उनके दिमाग का कम्प्यूटर काम करना बन्द कर देता था। वह ब्लैंक हो जाता था। तो आठ का पहाड़ा वह कभी याद नहीं कर पाए। हमें लगता था कि जब ये छठीं क्लास में जाएँगे, वहाँ पढ़ेंगे यह पहाड़ा उन्हें याद हो जाएगा। उनके दिमाग में भी यह बात बैठ गई कि आठ का पहाड़ा उन्हें कभी याद नहीं हो सकता।

इस बात का यह सन्देश सबके लिए है कि आप किसी चीज को कठिन मान लेंगे तो वह कठिन ही होता चला जाएगा। लेकिन यदि यह मान लेंगे कि कठिनाई तो हल करने के लिए होती है, उसका समाधान करने के लिए उद्यत होंगे तो हर कठिनाई हल हो जाएगी। आप प्राणपण से ठान लेंगे कि इस सवाल को हम हल कर ही लेंगे तो निश्चित ही हल कर लेंगे चाहे वह सवाल कितना ही जटिल क्यों न हो। इसके विपरीत एक सामान्य-सा सवाल हो और दिमाग में बैठ जाए कि हम इसे हल नहीं कर पाएँगे तो स्वाभाविक है कि हम उसे कभी भी हल नहीं कर पाएँगे।

आठ के पहाड़ा के फेर में फँसे हुए हम लोगों के वरिष्ठ विद्यार्थी थे, एक वर्ष वरिष्ठ थे, उनका नाम था सत्यशील। उनके घर में उनको सत्यम कहा जाता था। इसी नाम से उन्हें हम लोग जानते थे। बाद में सर्टिफिकेट पर उनका नाम सत्यम सिंह हो गया। वह जब अपनी कक्षा में पहाड़ा पढ़ते थे तो हम लोग भी देखने के लिए जाते थे। हम लोग उन्हें 'बाबू साहब' कहते थे। हमें यह देखने की उत्सुकता रहती थी कि वे पहाड़ा कैसे पढ़ते हैं। वह धड़ल्ले से पढ़ते थे। उनकी तेजस्विता की बड़ी धाक थी। सात तक का पहाड़ा तो धड़ल्ले से पढ़ लेते थे। जब आठ पर आते थे, तो हम लोग उन्हें कौतूहल से देखते थे। वह अटक जाते थे। उसके लिए उन्हें बहुत फटकार भी पड़ती थी कि वे आठ का पहाड़ा याद कर लें लेकिन वह कर नहीं पाए। जब छठीं क्लास में पहुँच गए तो हमारे गाँव से होकर एक रास्ता था, बैतालपुर का, वहीं से आते-जाते थे।

हमारे यहाँ के प्राइमरी पाठशाला के पंडित जी का घर गाँव के पूरब दाहिनी तरफ प्रमुख पथ पर था। 'बाबू साहब' जब लौटते थे तब तक प्राइमरी स्कूल की छुट्टी हो जाया करती थी। पंडित जी अपने दरवाजे पर बैठे रहा करते थे। वहाँ बाबू साहब के पाँव स्वत: ठिठक जाते थे। पंडित जी

के यहाँ वह पानी पीते थे और पढ़ाई का अपना अनुभव सुनाते थे। पंडित जी हेडमास्टर थे। उन्हें याद था कि इन्हें आठ वाला पहाड़ा याद नहीं हो पाता था, हो सकता है अब इन्होंने याद कर लिया हो।

हर सप्ताह एक दिन बाबू साहब वहाँ बैठते थे। और एक वही क्रम चलता था। जब पानी पी लेते थे तो पंडित जी उनसे पूछते थे कि सत्यम वह पहाड़ा याद हो गया जो यहाँ छोड़ कर गए थे? तो वह बोलते थे बहुत अभ्यास करते हैं। शुरू होते थे। न जाने क्यों आठ का पहाड़ा ही पंडित जी उनसे पूछते थे। हम लोग भी पहुँच जाते थे कि बाबू साहब आए हैं तो कुछ-न-कुछ होगा। उनकी कठिनाई लोगों के लिए कौतुक या हास्य का विषय बन गई थी पर वह निर्विकार भाव से निःसंकोच होकर पहाड़ा सुनाते थे। शुरू करते थे उसी क्रम में - आठ एकन्ने आठ, आठ दूनी सोलह, आठ तिरिक्के चौबीस, आठ चौके बत्तीस, आठ पचे चालिस, आठ छके अड़तालिस, आठ सते छप्पन, आठ अठाई.??...आठ अठाई..??.. फिर पंडित जी कहते हाँ... हाँ सत्यम आठ अठाई.?..... आठ अठाई, वह कम-से-कम 10 बार आठ अठाई बोलते थे।

फिर हम लोग ढाँढ़स देते थे कि, अब तो याद हो ही गया होगा बोलिए-बोलिए। वह कहते थे हाँ आठ अठाई?? और वह कभी बोल नहीं पाए। तो हम उनकी इस बेबसी का मजा लेते थे। आज सोचता हूँ कि पर क्या यह उचित था। पर बाल-व्यवहार ऐसा ही होता है। वह हमारे आनन्द-भाव से घबराते नहीं थे। फिर शुरू होते थे आठ एकन्ने आठ, आठ दूनी सोलह, और अन्त में जाकर वह आठ अठाई पर रुक जाते थे। और बोलते थे पंडित जी हम अगली बार आकर जरूर सुना देंगे (भोजपुरी भाषा में)। नौ का पहाड़ा बताते थे, दस का पहाड़ा बताते थे लेकिन इस आठ अठाई क। वह क्या करें? जिन्दगी में कभी नहीं बता पाए।

फिर वह वहाँ से जाने लगते तो पंडित जी उनसे कहते, चलिए छोड़िए आठ का पहाड़ा जब अगली बार आप आएँगे तो बता ही देंगे। (संवाद भोजपुरी में होता था)। पंडित जी भी कम आनन्द नही लेते थे।

क्या पढ़ाया गया? तो वह बताते थे कि, कहानियाँ पढ़ाई गईं तो पंडित जी अपनी एक किताब देते थे और कहते थे कि इसको फर्राटे के साथ पढ़िए, तेजी के साथ पढ़िए। अगर किसी वाक्य में आ गया कि, 'इस तरह से रामेन्द्र

ने कहा कि हमें आगे के लिए हमेशा तैयार रहना चाहिए' तो जहाँ 'रा' अक्षर आ जाया करता था, (यह बात प्राइमरी स्कूल से उनके दिमाग में बैठ गई थी) वह बोल उठते थे - अरे यह तो बाबू राजगादी सिंह लिखा है। उनके लिए 'रा' का मतलब था राजगादी सिंह।

उनके गाँव के एक बहुत महत्त्वपूर्ण व्यक्ति थे जिनका नाम था, राजगादी सिंह। जैसे ही उस किताब में कोई अक्षर 'रा' से मिले रामेन्द्र मिले, राम मिले, राजनीति मिले, तो वह बोलते थे कि वाह पंडित जी क्या बात है आपकी किताब में तो लिखा है बाबू राजगादी सिंह। तो ये उनके दिमाग में सेट हो गया था कि 'रा' मतलब राजगादी सिंह।

छठीं कक्षा में बोलचाल की भाषा में उनका नाम हो गया बाबू राजगादी सिंह और इसी नाम से वह आजीवन जाने गए। ना तो रा अक्षर बाद में वह कभी पढ़े। उनके सामने अगर अखबार आ गया और उसमें 'रा' अक्षर देख लेते थे तो कहते थे अखबार रख दीजिए इसमें बाबू राजगादी सिंह का नाम लिखा हुआ है।

राजगादी सिंह से उनका व्यक्तिगत विरोध था। जहाँ 'रा' दिखे, उन्हें राजगादी सिंह दिख जाएँ। इस तरह उन्होंने अखबार पढ़ना बन्द कर दिया और पंडित जी से बोले पंडित जी मैं पढ़ाई भी बन्द कर दूँगा क्योंकि हर किताब में राजगादी सिंह लिखा हुआ है। जहाँ देखो वहाँ राजगादी सिंह। इस तरह उन्होंने कक्षा छह के बाद पढ़ाई बन्द कर दी। अन्त तक उन्होंने इस भ्रम का निवारण नहीं किया कि 'रा' का अर्थ राजगादी सिंह ही नहीं होता है, या आठ अठाई का भी निश्चित अंक होता है।

जो कुछ भी हो, अपने जीवन में वह बहुत भले इनसान के रूप में जाने गए, बहुत अच्छे कृषक के रूप में जाने गए। अपने व्यवहार और परिश्रम के कारण उनकी बहुत ख्याति थी। पढ़ाई उन्होंने सिर्फ इसलिए नहीं की कि किताब के पन्ने-पन्ने और अखबार में राजगादी सिंह लिखा हुआ रहता है।

पहाड़ा जब भी पढ़ने की बात आएगी वह याद आएँगे। आठ अठाई पहाड़ा पढ़ना पड़ेगा। वह हमारे बस का नहीं है यह मानकर उन्होंने पढ़ाई छोड़ दी। ऐसा भाव नहीं रखना चाहिए कि पहाड़ा कठिन चीज है। सभी बच्चे पहाड़ा आसानी से पढ़ लेते हैं। आज के बच्चे तो और ज्यादा तेजी से।

इतना मैं जरूर कहूँगा कि हमें पहाड़ा (जिसे टेबल कहते हैं) पढ़ते समय हथेली पर रखे हुए यन्त्र का उपयोग नहीं करना चाहिए। ईश्वर

ने हमें बहुत बड़ा कम्प्यूटर दिया है - हमारा दिमाग। इसका जितना ही प्रयोग करेंगे, यह कम्प्यूटर उतना ही ज्यादा सक्रिय होगा और ज्यादा तेज होगा। भूलिए नहीं कि इसमें असंख्य गणना अंक रखने की क्षमता है। असीमित ज्ञान को भर लेने की क्षमता है। इसीलिए प्रकृति ने हमें यह कम्प्यूटर दिया है। अब तक का यह सर्वश्रेष्ठ और सर्वोच्च कम्प्यूटर है। हमें इसका खूब उपयोग करना चाहिए। अंक अक्षर ज्ञान की प्रक्रिया में हमें यह कभी नहीं मानना चाहिए कि यह कठिन है या इसका हम निवारण नहीं कर सकते। यह बात विशेष करके मैं गणित के विद्यार्थियों से कहूँगा। जिन्हें लगता है कि गणित की पढ़ाई कठिन है वे गलत हैं। गणित सबसे आसान विषय है। हम जीवन में गणना लेकर चलते हैं। गणना हमारे जीवन का अभिन्न अंग है।

माता-पिता दो हैं। आँखें दो हैं। कान दो हैं। दो हाथ हैं, हाथों की अँगुलियाँ दस, दो पैरों की अँगुलियाँ दस। दस-दस बीस हो गईं। हम अपने शरीर से ही यह पूरा गणित पढ़ सकते हैं। हमारे पास जो कुछ भी है सब गणित है, गणित के आधार पर दिन-रात होते हैं। गणित के आधार पर व्यवहार भी नियन्त्रित हैं— कितने लोगों से मिले कितने लोगों से मिलना है।

ये सारे गणित भाव हैं कि कितना कुछ हमारे पास है कितना कुछ हमें अर्जित करना है। जीवन का प्रतिपल गणित है। इसलिए गणित से कभी घबराना नहीं चाहिए। विद्यार्थियों को गणित में मन लगाना चाहिए। बहुत आसान है। जिसे वास्तव में बहुत ऊँचाइयों तक जाना है उसे गणित के बोध को सहज मानकर ग्रहण करना चाहिए।

गणित डरानेवाली विद्या नहीं है। गणित बाधाओं को मिटानेवाली विद्या है। इससे हम बहुत कुछ कर सकते हैं। इससे हम बहुत कुछ सीख सकते हैं और अपने छोटे भाई-बहनों को सिखा सकतें है। गणित सीख देती है और हम गणित के माध्यम से सिखाते हैं। इसलिए गणित को कभी भी कठिन नहीं मानना चाहिए। गणित पल-पल पर हमारी सहायक है। हम गिन कर कदम रखते हैं। कदम-कदम आगे चलते हैं। दिन-के-दिन बिताते हैं। हमें गणित से कभी डरना नहीं चाहिए और गणित के अंकों में अपने को फंसा हुआ नहीं मानना चाहिए - ऐसी कोई उलझन नहीं है जिसका समाधान नहीं है।

4

छपहरा

बात उन दिनों की है जब ग्रामीण अंचल में महामारी के निर्मूलन के लिए शासन द्वारा टीकाकरण का अभियान चलाया जाता था। जो टीका लगानेवाली टीम आया करती थी या उसमें जो व्यक्ति होता था उसे 'छपहरा' (छापनेवाला) कहा जाता था; कि वह इंजेक्शन लगाएगा और छप जाएगा हाथ में तो इसलिए वह छपहरा है। हाथ पर छाप देगा निशान, तो इससे लोग बहुत डरते थे। जब पता चल जाता था कि गाँव में टीका लगानेवाली टीम आ रही है; जैसे हैजा है, चेचक है ऐसे जितनी महामारियाँ होती थीं, संक्रामक बीमारियाँ थीं इनसे बचने के लिए शासन स्तर पर मेडिकल बोर्ड की ओर से टीम आती थी विशेषज्ञों की। विशेष टीकाकरण अभियान था जिसमें इंजेक्शन लगाया जाता था और यह इंजेक्शन दो जगह लगता था, हथेली से ऊपर हाथ में अथवा बाजू में। तो कुछ लोग हथेली से ऊपरवाले स्थान पर लगवा लेते थे और कुछ बाजू में लगवाते थे। उन दिनों जब टीका लगता था तो उसमें कभी-कभी सूजन हो जाती थी और सूजन होने के बाद वह पक जाता था और पकने के बाद कई दिन तक घाव रहता था और सूखने के बाद अच्छा खासा निशान बन जाता था। उसे छापा कहा जाता था क्योंकि टीका के बाद छापा पड़ जाता है, हाथ में छाप बन जाता है टीका का इसीलिए टीका लगानेवाले को छपहरा कहा जाता था।

टीम जब गाँव में आती थी तब यह एक नियमित अभ्यास था कि जो प्राइमरी स्कूल में बच्चे पढ़ रहे हैं अथवा छोटे बच्चे हैं उनको टीका लगाया

जाए। जैसे ही पता चले प्राइमरी स्कूल में कि टीका लगानेवाले आ रहे हैं तो बच्चे भाग कर छिप जाते थे और यह भूल जाते थे कि क्लास छोड़ने पर पंडित जी ठीक से पिटाई करेंगे। लेकिन बच्चे भागते थे और गाँव में जाकर इधर-उधर छिप जाते थे। गाँव के बच्चों को पता चल जाए कि टीकाकरण या टीका लगाने वाली टीम आई है तो गाँव के बच्चे भी भाग कर कहीं छिप जाते थे। यहाँ एक शब्द का प्रयोग किया जाता था कि 'लुका' जाते थे। 'लुकाना' बोलते थे छिपने को। फिर भी जो चैतन्य अभिभावक थे, वे बच्चों को खोज कर खींचते हुए टीका लगवाने लाते थे। टीका लगता था कुछ को प्रलोभन देकर कि इससे इतने लाभ होने हैं। कुछ ऐसे बच्चे भी होते थे जो कहते थे कि अगर टीका लगेगा तो हमको 'सीसी' दे दीजिए। कुछ 'सीसी' के नाम पर टीका लगवाते थे। उस समय चॉकलेट होता था गाँव में जिसे बाद में टॉफी कहा जाने लगा, छोटा-छोटा लेमन चूस कहते थे। कुछ उसके प्रलोभन में, कुछ माता-पिता के विशेष प्रलोभन पर कि उन्हें नया कपड़ा खरीद दिया जाएगा। इसी तरह के कुछ-न-कुछ प्रलोभन देकर बच्चों को टीका लगवाया जाता था।

फिर भी आबादी का बहुत बड़ा हिस्सा विद्यार्थियों की संख्या का, शिशुओं की संख्या का टीकाकरण से अछूता रह जाता था। क्योंकि भयवश बच्चे भागकर छिप जाते थे। छिपने के डर के पीछे कुछ किंवदन्तियाँ थीं कि टीका लगवाने के बाद पक जाएगा, बड़ा दर्द होगा, बहुत दिनों तक ये ठीक नहीं होगा। आश्चर्य की बात यह है कि टीका लगने के बाद उस पर लगाने के लिए एंटीसेप्टिक टाइप कुछ भी नहीं था। जिस नाद में बैल, गाय या भैंस खाना खाते थे उस नाद के पानी को; अर्थात् जिस में भूसा, खली मिला कर रखा जाता था घरेलू जानवरों को खाने के लिए, उसमें जो पानी होता था उससे कई लोग हाथ धो लेते थे और ठीक हो जाते थे। यह एक मान्यता थी कि वह एंटीसेप्टिक नहीं था, लेकिन लोग उसका प्रयोग करते थे। इस तरह का एक प्रचलन था गाँवों में। बड़े-बड़े लोग भी छपहरा से घबराते थे। कुछ लोग छपहरा जब आता था, या दो-तीन लोगों की टीम आती थी, उसे घर पर बिठाकर उसका विशेष स्वागत करते थे, कि बता दीजिएगा कि हमारे यहाँ सब का टीकाकरण हो गया है या उसे टीका लग गया है, छापा लग गया है।

कितना आवश्यक था टीका, आज के दौर में हम उसे समझ सकते हैं। अब शिशु जब गर्भस्थ होता है तब माँ एवं शिशु दोनों को एक निश्चित

अवधि तक कई प्रकार के टीकाकरण की प्रक्रिया से गुजरना पड़ता है और टीके लगाए जाते हैं। वस्तुतः ये टीके बच्चे की प्रतिरोधक क्षमता बढ़ाने के लिए होते हैं ताकि जो घातक विषाणु हैं, कीटाणु हैं, जीवाणु हैं उनका कुप्रभाव शिशु के ऊपर न पड़े। शिशुरक्षण प्रमुख धर्म माना जाता था उन दिनों भी और आज भी यह प्रमुख धर्म है। मानव समाज को स्वस्थ एवं रोगमुक्त रखने का टीकाकरण कारक भी है और कारण भी। उन्हीं के कारण सभ्यता और संस्कृति का विकास होता है और सब कुछ उन्हीं से होता है। बच्चों का महत्त्व इसलिए है कि जितने सामाजिक सम्बन्ध हैं उन्हीं के कारण बनते हैं। एक बच्चा जब घर में पैदा होता है तो उसके पैदा होते ही माता-पिता पद सृजित हो जाते हैं। छोटा बच्चा है या उससे बड़ा कोई बच्चा है तो भैया-भाभी का पद आ जाता है, बहन है तो भाई-बहन का पद आता है, बुआ है तो बुआ-फूफा जी का पद आता हैं, चाचा-चाची का पद आता है, मामा-मामी का पद आता है, काका-काकी का पद आता है। जितने सामाजिक सम्बन्धों के स्वरूप हैं, रिश्तों के नाम हैं, ये सब शिशु के आते ही शुरु होते हैं। आप कह सकते हैं कि पूरा सामाजिक विन्यास शिशु जन्म के माध्यम से चलता है। इसलिए उनके संरक्षण के लिए पहले से बहुत सारे उपाय किए जाते रहे हैं। बाल्यावस्था में ही शरीर पुष्ट हो जाए इसलिए बच्चों की मालिश करने की भी परम्परा होती थी। आजकल हम लोग जो योग करते हैं उसका अभ्यास माताएँ शिशु को बचपन में ही करा देती थीं।

बाएँ हाथ की उंगली को दाहिने पैर के अँगूठे पर मिला देना, दाएँ हाथ की उँगली को बाएँ पैर के अँगूठे से मिला देना अर्थात् योग का श्री गणेश शिशु अवस्था से ही माताएँ करा देती थीं ताकि बेटा हो या बेटी, वे हृष्ट-पुष्ट बनें और उनके शरीर में लोच आए। कहीं दौड़ते समय गिर जाएँ और छिल जाएँ तो उस पर सरसों के तेल का लेप कर दिया जाता था। वस्तुतः उन दिनों सबसे बड़ा 'एंटीसेप्टिक' सरसों का तेल और माँ का दूध होता था। माँ का दूध तो हर चीज का उपचार हुआ करता था। सयाने हो जाने पर भी कहीं अगर कट जाए तो सरसों का तेल सबसे बड़ा निदान होता था। आज भी जिन घरों में शुद्ध सरसों के तेल में भोजन बनता है, सब्जी बनती है वहाँ व्याधियाँ दूर रहती हैं, ऐसी मान्यता है, और यह यथार्थ भी है। लेकिन सरसों का तेल शुद्ध होना चाहिए। तो छपहरा की जो यात्रा है वह टीका लगाने से लेकर एंटीसेप्टिक (उन दिनों जो हुआ करता था) वहाँ तक की यात्रा है।

तब एक दृढ़ विश्वास होता था कि हम एंटीसेप्टिक के रूप में जो भी प्रयोग करेंगे वह शुद्ध होगा और बचाव का कारण भी होगा। आज भी इस प्रसंग के माध्यम से मैं इतना कहना चाहता हूँ कि टीकाकरण का स्वागत होना चाहिए और इसके माध्यम से जो शिशु हैं उनके जीवन रक्षण के उपाय किए जाने चाहिए। छपहरा हमारा मित्र है, टीके लगानेवाला हमारा मित्र है। अब तो इतनी अच्छी व्यवस्था हो गई है कि इंजेक्शन लगता है तो पता ही नहीं चलता है कि इंजेक्शन लगा है। अब तो स्पिरिट भी होती है, एंटीसेप्टिक भी होता है कॉटन के साथ लगाने के लिए। उन दिनों तो स्पिरिट बहुत कम होता था लेकिन अब तो पर्याप्त है तो कोई दिक्कत नहीं होती है। बच्चों का टीकाकरण जरूर करवाना चाहिए। सयाने लोगों को भी समय-समय पर अपनी समग्र शारीरिक सुरक्षा हेतु टीकाकरण कराना चाहिए। सुई लगवानी चाहिए।

5

मजा

मजा लेना होता है, मजा करना होता है, मजा मारना होता है, मजा मिलना होता है, मजा देखना होता है। कई तरह से मजा शब्द हमारे जीवन में आता है और प्रभावित करता है। यह बात उन दिनों की है जब गाँव में यातायात के साधन उन्नत किस्म के नहीं थे। रास्ते बहुत ठीक नहीं थे। फलदार वृक्ष पर्याप्त थे। पेड़ पर चढ़कर फल तोड़ने का मजा अलग ही था। दो शब्द गाँव में चलते थे डंडा और ढेला, कंकड़ से फल पर निशाना साधकर गिरा लेना अथवा किसी वृक्ष की टहनी पर डंडा मारकर फल को गिरा लेना। दोनों के अलग-अलग मजे थे।

मजा के कई उपाय थे। मजा लूटने के छोटे-छोटे तरीके थे। जैसे कहाँ-कहाँ से मजा मिल सकता है, इसकी पहचान थी। आजकल मजा-मजेदार शब्द अलग सन्दर्भ लेकर व्यापक हो गए हैं। लेकिन वे दिन 'सहज मजाक' के दिन थे। गाँव से अगर कोई बैलगाड़ी निकल रही हो तो छोटे बच्चे दौड़ कर उसके ऊपर चढ़ जाते थे, और कुछ दूर जाने के बाद उस पर (बैलगाड़ी) से उतर कर चले आते थे और कहते थे कि मजा आ गया। मतलब कुछ दूर बैलगाड़ी पर चढ़कर जाना और फिर पैदल ही वापस आना एक प्रकार का मजा था।

बैलगाड़ी पर कुछ देर बैठने में मजा आ जाता था। किसी के खेत से गन्ना तोड़ लिया, चूस लिया, मजा आ गया। कोई किताब पढ़ ली, मजा आ गया। अखबारों या पत्रिकाओं में छोटे-छोटे कार्टून देख लिए, मजा आ

गया। तब मजा कहीं से भी आ जाता था। लोग कंचा खेलते थे। एक कंचे से जमीन पर बिखरे कंचों में से चुने गए कंचे को मारकर छोटे बच्चे भी बोल उठते थे कि मजा आ गया।

लोगों के द्वारा मजा के अवसर कहीं से भी ढूँढ लिए जाते थे। तलाश लिए जाते थे। मजा चखाया भी जाता था। किसी से अगर बच्चे नाराज हो जाते थे तो पीछे से उसे धक्का देकर गिरा देते थे, लीजिए, मजा चखा दिया। या किसी ताल के किनारे जो बहुत गहरा न हो वहाँ खड़े हैं, उनसे किसी बात पर नाराजगी है तो धक्का दे दिया पानी में गिरा दिया वह भीग गया, मजा चखा दिया। किसी के फलदार वृक्ष से फल तोड़ लिया मजा आ गया। हमारे गाँव में उस समय मजा लेने के ढेरों उपाय थे।

हम खेलकूद में भाग लेते थे। एक बच्चे के आगे कूदकर निकल गए मजा आ गया। इस तरह मजा-ही-मजा था हमारे ग्रामीण जीवन में। आजकल तरीके थोड़ा बदल गए हैं। छोटी-छोटी बातों में, क्रियाओं में हम मजा ढूँढ़ लेते थे, तब छोटे-छोटे लोहे के चक्र (डग्गा) बनते थे। उन्हें एक लोहे की छड़ से ढकेलते हुए चक्र के पीछे दौड़ लिए, मजा आ गया। धान की फसल जब तैयार होती थी तो अधपके धान से बना चूड़ा खा लिया, मजा आ गया।

कोल्हू के बैल से तेल निकालने का काम लिया जाता था, उसके पीछे दौड़ लिए मजा आ गया। गन्ना पेरने की मशीन के चतुर्दिक बैल चलते थे, उनके पीछे-पीछे थोड़ी देर चल लिए मजा आ गया। इस तरह मजा के बहुत सारे विधान थे। खाने में भी अपना मजा था। रुचि का भोजन मिल गया, मजा आ गया।

गाँव का बाज़ार लगता था, उसमें थोड़ा घूम लिए, मजा आ गया। आसपास धार्मिक मेले लगते थे वहाँ चक्कर लगा आए, मजा आ गया। उस समय परम्परा थी कि कोई कार्य हो तो लोग जब दावत खाकर निकलते थे तो उन्हें पान दिया जाता था। छोटे बच्चों को पान खाने की मनाही थी। छिपकर पान खा लिया, मजा आ गया। तो इस तरह मजा के बहुत सारे विधान थे जो समय के साथ बदलते चले गए। अब तो हम बड़ी-बड़ी चीजों से भी मजा नहीं पा पाते। मजा के छोटे-छोटे स्त्रोत ही मानो सूख गए हैं।

पानी में तैरना नहीं आता था कूदे और किसी तरह छपर-छपर कर निकल आए और मजा आ गया। मजा उस समय कहीं से भी मिल जाता

था। जम कर पढ़ाई कर ली, मजा आ गया। दोपहर में नहीं सोना चाहिए, इस नियम के विरुद्ध सो लिए, मजा आ गया। हाथी गाँव से निकल गया उसके पीछे-पीछे दौड़ लिये, उतनी देर मजा आ गया। मजा वह शब्द है जो हमें आन्तरिक सुख प्रदान कर देता है। हम कोई काम करके सन्तुष्ट नहीं होते। अगर कभी किसी काम से सन्तुष्ट हो गए, मजा आ गया।

हमने कुछ ऐसा देख लिया जो मनोहारी लगा - किसी के यहाँ बहुत अच्छे फूल खिले हैं जाकर देखा। उनकी बागवानी अच्छी है देखकर मजा आ गया कि बहुत अच्छे फूल थे। इस तरह प्रकृति भी हमें मजा देती थी। नैसर्गिक हास्य या बिना चले चल लेने का जो आनन्द मिलता था कि बस मजा आ जाता था।

किसी बदमाश साथी को पीछे से धक्का देकर गिरा देने, अच्छा खाना खाकर तृप्त होने, कुछ दूर बैलगाड़ी में लटककर यात्रा करने में आनन्द की जो अनुभूति होती थी उसका कोई मोल नहीं है। समय के साथ यह अनुभूति बदल गई। नाच देख लिया मजा आ गया। अच्छा गाना सुन लिया, संगीत सुन लिया मजा आ गया।

मजा लेने के तमाम तरीके थे। अति सामान्य, पर उस समय ये हमें प्रफुल्लित कर देते थे। मजा बनाए रखते थे। अच्छा कपड़ा मिल गया मजा आ गया, अच्छी मिठाई मिल गई मजा आ गया कि बहुत अच्छी मिठाई थी। हमारा ग्रामीण बचपन मजे से भरा हुआ था। ये मजे ज्यादातर खाने से, पहनने से, मेला देखने से या घूमने से सम्बद्ध थे।

थोड़ा हट के सुख-सुविधाएँ मिल जाने पर मजा आ जाता था। रेल-यात्रा में तो मजा-ही-मजा था। मैंने पाया है कि उम्र के साथ मजा लेने का तौर-तरीका बदलता है। पार्क में प्रौढ़ावस्था के लोग साथ-साथ घूमते हैं। अतीत की बातें करते हैं और बातों-ही-बातों में कहते हैं कि आप से बात करके मजा आ गया। आज के यन्त्रवत जीवन में हम मजा की खोज में भटक गए हैं। छोटी चीजों से हमें खुशी नहीं मिलती। हमारी मजा लेने-देनेवाली संवेदना कुन्द होती जा रही है। आनन्द कहीं से भी बटोरा जा सकता है, पर इसके लिए आपके 'मजा-भाव' का चैतन्य / जीवन्त रहना आवश्यक है।

सबको मजा मिले सभी आनन्दित हों - मजा का यही एकमात्र सूत्र है कि आप आनन्दित हों और आपके साथ के लोग भी आनन्दित हों। मजा एकनिष्ठ नहीं होता और न ही नकारात्मक क्रियाओं से प्राप्त होता है। किसी

को गिरा कर मजा लेना मजा नहीं है। किसी को कष्ट देकर मजा लूटना अमानवीय कृत्य है। किसी को तनाव में डालकर मजा लेना निकृष्ट वृत्ति है। मजा तो वह है जिसमें सभी प्रसन्न रहें, सभी सुख की अनुभूति करें। हम भी सुखी रहें और लोग भी सुखी रहें। मजा का अर्थ हमने ग्रामीण परिवेश में रहते हुए ही सीखा है। ऐसा मजा, जिसमें हमारे संस्कार हमारे साथ चलें, जिससे हमारी सभ्यता-संस्कृति समृद्ध हो, ऐसी गतिविधि, ऐसा उद्यम, ऐसा उपक्रम ही हमारे जीवन में मजा लानेवाला होगा।

6

चिट्ठी

बात उन दिनों कि है जब सूचना, सन्देश अथवा संवाद सम्प्रेषण का प्रमुख माध्यम हम लोग पत्र, पाती या चिट्ठी को मानते थे, और उसका प्रयोग करते थे। चिट्ठी की बहुत सारी शैलियाँ होती थीं। डाक विभाग से जो चिट्ठी आती थी उसमें पोस्टकार्ड, अन्तर्देशीय, लिफाफा प्रमुख होते थे। पोस्टकार्ड संयुक्त भी होता था, कभी-कभी इसे 'जवाबी पोस्टकार्ड' भी कहते थे। एक और चिट्ठी होती थी, जिसे बैरंग कहते थे। 'बैरंग चिट्ठी' उसे कहते थे जिस पर डाक टिकट नहीं लगा होता था, लेकिन लिखकर प्लेन पेपर को आगे-पीछे से चिपका दिया जाता था और उस पर बैरंग लिखा भी जाता था।

बैरंग अर्थात् वह चिट्ठी जहाँ पहुँचेगी प्राप्तकर्ता इसका शुल्क देंगे। बहुत सस्ते दर पर यह सम्प्रेषण की क्रिया चलती थी। उस समय 15 पैसे में पोस्टकार्ड मिलता था, 25 पैसे में अन्तर्देशीय और इतने में ही लिफाफा भी मिलता था। इनकी कीमत इतनी ही हुआ करती थी बहुत सुन्दर-सुन्दर उन पर चित्र भी होते थे जिनके नाम पर पोस्टकार्ड चलता था। मतलब पोस्टकार्ड के ऊपर एक चित्र होता था, जो भारत सरकार की तरफ से निर्धारित होता था।

हर जिले में जिला मुख्यालय पर, तहसील मुख्यालय पर, ब्लॉक पर बाद में गाँव में भी पोस्ट ऑफिस खुले, क्योंकि यह संवाद सम्प्रेषण का सबसे प्रमुख साधन हुआ करता था। उन दिनों टेलीफोन की व्यवस्था नहीं

थी, मोबाइल की व्यवस्था नहीं थी, सन्देश जाए तो कैसे जाए? सन्देशवाहक भी सबके पास नहीं होते थे और सन्देशवाहक तो 15-20 किलोमीटर की दूरी ही तय कर सकते थे।

विदेश जिसे सात समुन्दर टप्पू पार कहा जाता था में जो लोग आवश्यकतावश जाकर रहते हैं अथवा इसी देश में किसी कोने पर सेवा कार्य करने के लिए गए हुए लोग हैं उनका सन्देश कैसे गाँव में पहुँचे। हमारी आबादी का अधिकांश हिस्सा गाँव में निवास करता था। और आजीविका के जो प्रमुख साधन थे वह वस्त्र उद्योग थे, कोयलांचल था, जिसे हम लोग कोईलड़ी कहा करते थे। डल्लफ (डनलप) टायर भी एक प्रमुख उद्योग था, जहाँ लोग काम करते थे। कलकत्ता जिसे अब कोलकाता कहा जाता है, प्रमुख व्यापारिक केन्द्र हुआ करता था। हमारे गाँव के लोग कामकाज के लिए कलकत्ता ही जाते थे।

तब भाप (कोयले) के इंजन चला करते थे। हम लोग बाल्यावस्था में जब रेलवे स्टेशन के सामने से गुजरते थे और उस समय यदि स्टीम इंजन अर्थात् भाप इंजन गति पकड़ता था तो उसमें से जो आवाज निकलती थी हम उसका भाष्य करते थे। ''झल-झल पैसा, चल कलकत्ता''। ऐसी आवाज इंजन से निकला करती थी। अगर आपको धनार्जन करना है, तो कोलकाता चलिए। बाद में मायानगरी (बंबई) का महत्त्व बढ़ गया, बहुत सारे उद्योग खुल गए। सूरत का महत्त्व बढ़ गया, जहाँ-जहाँ नए उद्योग खुले। आजीविका के साधन विकसित हुए तो लोग वहाँ भी जाने लगे। कोईलड़ी में बहुत सारे लोग जाया करते थे।

'धनबाद' उस समय प्रमुख कोयला केन्द्र हुआ करता था। उस समय कोयलांचल के बारे में कई प्रकार की कहानियाँ विकसित होती थीं—अच्छे कार्यों की भी और आपराधिक जगत की भी। आजीविका के इन स्थानों पर रहने वाले लोगों का सन्देश घर तक कैसे आए? उसका एकमात्र माध्यम डाक (पत्र) ही हुआ करता था।

घर परिवार से जो बच्चे बाहर पढ़ने जाते थे, उन्हें भी कुछ सन्देश देना होता था। घर पर अथवा घर से उनके पास सन्देश भेजना होता था। सब का माध्यम यह पत्र ही हुआ करता था। उन दिनों पत्र लिखने की एक विशेष शैली हुआ करती थी, जिसे अगर मैं अविकल उल्लिखित करूँ तो यूँ होता था, जो व्यक्ति पत्र लिखकर भेजता था तो उसकी पहली लाइन होती थी—

‘सोस्ति (स्वस्ति) श्री सर्व उपमा जोग (योग्य) लिखि’ फलाने अर्थात् पत्र लेखक की तरफ से घर पर जितने लोग हैं उनका नाम लिख करके, माता जी-पिता जी, भाई-बहन सभी को यथायोग्य प्रणाम व आशीर्वाद पहुँचे। आगे ईश्वर से नेक मनाया करता हूँ जे सुन के दिल खुश हो। अपरंच समाचार यह है कि, मैं यहाँ पर अच्छी तरह (कुशलपूर्वक) से हूँ। आगे यह भी बताना है कि पिछले महीने मैंने जो राशि गाँव पर भेजी थी, सम्भवत: मिल गई होगी। अपरंच समाचार यह है कि गाँव से दो लोग यहाँ पर आए थे और तीन-चार दिन हमारे साथ रहे। अपरंच समाचार यह है कि मामा जी के लड़के आए थे अथवा फूफा जी के लड़के आए थे अथवा नाना जी के परिवार से कोई आया था, जो हमारे साथ तीन-चार दिन रह करके गए हैं। अपरंच समाचार यह है कि यहाँ पर रहने की स्थिति बहुत अच्छी नहीं है। कठिनाइयों में गुजर-बसर करना होता है। बहुत जल्दी मैं घर पर आऊँगा। आप लोगों की बहुत याद आती है। आप लोगों का निरन्तर मुझे ध्यान रहता है। जितना कुछ बन पाता है करने की कोशिश करता हूं। अपरंच समाचार यह है कि अगर कोई गाँव से आ रहा होगा तो उसके साथ कुछ चावल और दाल हमारे पास भिजवा दीजिएगा, जिससे कि खर्चा-खुराक ठीक से चलता रहे और इस पर हमें अधिक व्यय भी न करना पड़े। अन्त में एक बार पुन: सभी बड़ों को प्रणाम और छोटों को आशीर्वाद।

‘दूसरी’ एक शैली होती थी पत्र की (यह जो मैंने बताया यह पोस्टकार्ड पर भी हो सकता था, लिफाफे पर भी हो सकता था और अन्तर्देशीय पर भी हो सकता था) जिसमें कवर पेज के ऊपर ‘मकान अन्दर’ लिखा रहता था। बहुधा तो सारे पत्र घर के मुखिया के नाम से ही सम्बोधित होकर आते थे, अन्य किसी के नाम से सम्बोधन की विधा नहीं थी। लिफाफे अथवा अन्तर्देशीय के ऊपर अथवा पोस्टकार्ड के ऊपर, लेकिन पत्र की भाषा से पता हो जाता था कि यह पत्र किसके लिए लिखा गया है।

लिफाफा के ऊपर या अन्तर्देशीय के ऊपर ‘मकान अन्दर’ लिखा हुआ पत्र विशेष प्रयोजन का होता था। लेकिन पत्र पर पता के स्थान पर घर के मुखिया का नाम लिखा रहता था। अगर कोई शादीशुदा व्यक्ति है बाहर से पत्र लिखा हुआ है तो वह पत्र उनकी पत्नी के नाम से होता था, उसमें अपने मनोभाव जिस स्थान पर वह व्यक्ति कार्यरत होता था—वहाँ कैसी स्थिति है, कैसा समाज है, काम किस तरह से किया जाता है, कितनी आमदनी

होती है, कितना बचत कर पाते हैं, आगे आने पर उनके लिए क्या लाना है, उनकी क्या जरूरतें हैं, पत्नी को लिखी ऐसी बातें उस पत्र में अंकित होती थीं।

इस पत्र के उत्तर में भी पत्र जाता था पत्नी की तरफ से। पत्नी स्वयं कभी-कभी लिखती थी या किसी से जो निकटतस्थ रिश्तेदार होते थे, पढ़ी-लिखी ननद हो, देवर हो या पढ़े-लिखे परिवार के कोई सदस्य हों। उन दिनों पढ़ाई का स्तर बहुत ऊँचा नहीं था। सभी लोग ऊँची शिक्षा नहीं प्राप्त करते थे विशेषकर लड़कियाँ और महिलाएँ। जो समझ में आता था लिखा जाता था अथवा लिखवाया जाता था। और फिर यही बात पत्र धारक के पास पहुँच जाती थी अर्थात् सन्देश, संवेग, संवेदना इन तीनों की अभिव्यक्ति का सबसे प्रमुख माध्यम यह पत्र हुआ करते थे जिसे पत्र, चिट्ठी अथवा पाती भी कहा जाता था। अन्तर्देशी पर अथवा लिफाफे के अन्दर लिखी हुआ चिट्ठियाँ लम्बी होती थीं। रोचक यह होता था कि अन्त में लिखा होता था 'थोड़ा लिखना बहुत समझना।' पीले रंग के पोस्टकार्ड, हलके नीले रंग की अन्तर्देशी एवं हल्के पीले रंग के लिफाफे के अन्दर लिखी चिट्ठियों में लिखने के विशेष सलीके होते थे। उम्मीद लगी रहती थी कि डाकिया चिट्ठी लेकर आएगा, स्वयं पढ़ लिया तो ठीक अथवा पढ़ा-लिखा बांच कर सुनाएगा। अन्यथा डाकिया ही पढ़कर बताएगा कि क्या-क्या लिखा है। इससे माँ को आस मिलती थी, पिता को सम्बल मिलता था कि हमारे स्वजन, परिजन जहाँ कहीं भी हैं यथास्थान कुशलपूर्वक हैं। 'मकान अन्दर' अंकित चिट्ठी में लिखे का भाव एवं मर्म नवविवाहिता अकेले में समझती थी, मुस्कुराती थी, हर्षित होती थी, चिट्ठी को सीने से लगाती थी, स्नेह और बिछोह के आँसू बहाती थी। इस तरह चिट्ठी बताने, बुलाने, हँसाने, रुलाने, मनाने और गुदगुदाने का कार्य करती थी। कभी-कभी सुलाने और जगाने का भी।

इन पत्रों को पहुँचाने का क्रम जिसके माध्यम से होता था उस व्यक्ति को डाकिया, चिट्ठीरसा, अथवा पोस्टमैन कहा जाता था। चिट्ठी के साथ-साथ उन दिनों तार मारने (भेजने) की भी प्रथा थी, जिसे टेलीग्राम कहते थे। अगर कोई नौकरी पर गया और बहुत दिनों तक नहीं आया, उसका कोई सन्देश न्ाहीं मिल रहा है तो घर से उसके पास टेलीग्राम जाता था। तार की भाषा अंग्रेजी होती थी जिसे कम-से-कम शब्दों में सूत्रवत लिखा जाता था।

तार के सन्देश का शुल्क प्रति शब्द के हिसाब से तय होता था। इसीलिए लिखा जाता था—कम सून, फादर इल, मदर सीरियस, तो इस प्रकार संक्षिप्त सन्देश लिख करके उस व्यक्ति के पास भेजा जाता था, जो घर से दूर कहीं नौकरी करने के लिए अथवा पढ़ने के लिए गए हैं और ज्यादा दिनों से अपना समाचार नहीं दे रहे हैं।

टेलीग्राम हमारे गाँव पर भी आते थे। टेलीग्राम का अर्थ उन दिनों गम्भीर स्थिति से लिया जाता था। अर्थात् टेलीग्राम आया है तो बहुत गम्भीर स्थिति है। कभी-कभी बहुत विचित्र स्थिति उत्पन्न हो जाती थी। टेलीग्राम लानेवाला व्यक्ति भी डाकिया ही होता था तो चाहे वो पोस्टकार्ड लाए, लिफाफा लाए, अन्तर्देशीय लाए या तार लाए। वही ले करके आता था। कभी ऐसा भी हो जाता था कि डाकिया तार लेकर आया तो जिसके घर पर गया तो अंग्रेजी पढ़नेवाले कम होते थे तो तार का नाम सुनकर लोग घबड़ा जाते थे कि इसमें अच्छी सूचना नहीं होगी।

बाद में जब पढ़कर कोई बताता था कि इसमें ऐसा कुछ नहीं लिखा गया है तो फिर जो उस समय चिन्ताजनक स्थिति मान ली गई होती थी वह रुकती थी। डाकिया का बड़ा महत्त्व होता था क्योंकि सन्देश लाने का सबसे प्रमुख माध्यम वही होता था। उसके लिए गाँव में एक उक्ति चलती थी 'डाकिया आया, डाक लाया'। डाक में यह सब तो होता ही था, एक मनीआर्डर भी होता था। जो बाहर नौकरी करते थे मनीऑर्डर के माध्यम से घर पर राशि भेजते थे।

डाकिया मनीऑर्डर (धनादेश) से प्रेषित रुपया लेकर आता। जिस व्यक्ति के नाम से होता था, उसे वह दे जाता था। तो 'डाकिया आया डाक लाया'' के कई अर्थ होते थे - यह हमारे प्रियजन का सन्देश लेकर आए हैं अथवा हमारे लिए कुछ धन ले करके आए हैं। डाकिया एक तरह से प्रसन्नता का कारण हुआ करता था। डाकिया को शुभ सन्देश सूचक कहा जाता था।

डाक के रूप में पार्सल भी होता था। कुछ सामान भी बाहर से आ जाते थे तो बहुत कुछ काम डाकिया के माध्यम से लाने का होता था। उन दिनों गाँव में चलने का मूल साधन साइकिल हुआ करती थी। डाकिया बड़े से झोले में पूरे गाँव की पोस्ट लेकर के आते थे। हर घर, जहाँ की भी चिट्ठी हो वह वहाँ पहुँचाते थे। पहला तो यह कि डाकिया आया डाक लाया,

दूसरी बात उनके लिए जो कही जाती थी - 'जिसको आता हुआ देखकर सबका मन हर्षाता है। रुपया, पैसा, पत्र, पार्सल लिए डाकिया आता है।' जब डाकिया आता है तो उसको देख करके सबका मन हर्षित हो जाता है क्योंकि इतनी चीजें लाता है—रुपया, पैसा, पत्र, पार्सल और सन्देश।

यह डाकिया सन्देशवाहक के साथ-ही-साथ एक चलता-फिरता शिक्षक हुआ करता था। जिसके दरवाजे पर वह चिट्ठी लेकर जाए, बहुत आवश्यक नहीं कि सभी लोग पढ़े-लिखे हों फिर डाकिया चिट्ठी पढ़कर भी सुनाता था और लोगों को आश्वस्त करता था, कि जो आपके सुजन, परिजन, बाहर हैं वह कुशलपूर्वक हैं।

एक बहुत महत्त्वपूर्ण बात थी कि गाँव में आरम्भिक दौर में प्राइमरी पाठशाला के जो गुरुजन थे, शिक्षक थे वह तो पढ़ाने का काम करते ही थे लेकिन जो डाकिया आते थे गाँव में सचल शिक्षक थे। जिसके दरवाजे पर बैठते थे चिट्ठी पढ़ना नहीं आता था तो उसे बताते थे कि इस अक्षर का यह अर्थ है, यह ऐसे लिखा गया है। तो यह एक बहुत महत्त्वपूर्ण भूमिका उनकी होती थी।

बहुत दिनों तक गाँव में अगर डाकिया नहीं आता था तो चिंता होती थी कि किसी के यहाँ कोई अच्छा समाचार नहीं आ रहा है लेकिन डाकिया को देखते ही सभी लोग प्रसन्न हो जाते थे। डाकिया एक विशेष किस्म का इनसान होता था। सचल शिक्षक, बहुत सारी महत्त्वपूर्ण सामग्री देनेवाला, सूचना देनेवाला। इसके अतिरिक्त कभी-कभी चिट्ठियों में प्रियकर चीज नहीं भी होती थी, चिन्ताजनक होती थी डाकिया अपनी शैली से, चिन्ताजनक बात को भी सामान्य बना देता था।

अगर किसी ने सूचना लिखी की 'आगे अपरंच समाचार यह है कि' मैं बहुत गम्भीर हूँ, स्वास्थ्य ठीक नहीं है तो डाकिया उसे दूसरे रूप में व्यक्त करता था। पिछले कुछ दिनों से उनकी तबीयत खराब थी, अब धीरे-धीरे ठीक हो रहे हैं, चिट्ठी में लिखे हैं ठीक हो जाएँगे अर्थात् घर पर किसी को कोई तनाव न आए तो तनाव दूर करने का काम भी डाकिया के माध्यम से होता था।

एक तरह से जो डाकिया होता था, पोस्टमैन होता था या चिट्ठीरसा होता था वह दो मनोभावों के बीच का सेतु हुआ करता था। एक मनोभावना उसकी जिसने चिट्ठी लिखी है और एक मनोभावना उस परिवार की, जिसमें

बहुत सारे लोग बैठकर के चिट्ठी सुनते थे। इतना ही नहीं होता था, अगर किसी के यहाँ चिन्ताजनक स्थिति है तो वह डाकिया अगल-बगल के लोगों को भी लेकर आता था कि इन्हें समझाइए की इनके यहाँ कोई दिक्कतवाली बात नहीं है। अर्थात् वह सामूहिक स्थिति बनाने का एक सशक्त माध्यम था।

इसलिए गाँव में डाकिया का बहुत अधिक सम्मान होता था, क्योंकि उसके माध्यम से अनुकूल, आवश्यक और उपादेय वस्तुएँ भी मिल जाती थीं। जैसे पार्सल आया तो उसमें किसी का कपड़ा होता था, किसी का कुछ भी सामान होता था, किसी के लिए पेन होता था, किसी के लिए खिलौना होता था। यह सारी चीजें पार्सल से आया करती थीं। इस तरह से डाकिया पूरे गाँव के लिए व्यवस्था में सहयोग करनेवाला व्यक्ति होता था। यद्यपि डाकिया उस गाँव का नहीं होता था, लेकिन अपने व्यवहार से अपने जानकारी से, अपनी कुशलता से गाँव की सामूहिक जिन्दगी का वह एक अनिवार्य हिस्सा बन जाता था।

ग्रामीण जीवन में सामूहिकता बहुत महत्त्वपूर्ण हुआ करती थी, और वह सामान्य बात हुआ करती थी। सामाजिकता में किसी को मिला लेना ग्रामीण समाज का एक विशेष योगदान माना जा सकता है। आज जब हम तकनीकी दौर में हैं जिसे कह सकते हैं इलेक्ट्रॉनिक एज में हैं तो ऐसे में डाकिया की उपस्थिति अब बहुत कम होने लग गई है। गाँव में आमतौर पर डाकिया का आना-जाना कम हो गया है क्योंकि अब मोबाइल और टेलीफोन के माध्यम से सभी जानकारी प्राप्त हो जाती है। सामान भी अन्य माध्यमों से पहुँचने लगे हैं, धनराशि सीधे खाते में भेजी जा सकती है, पत्र का तो चलन ही लगभग समाप्त हो गया है।

लेकिन जो सुख जो आनन्द और जो अनुभूति चिट्ठी के माध्यम से होती थी, वह न तो दूरभाष से सम्भव है, न मोबाइल से सम्भव है, न इलेक्ट्रॉनिक सन्देश से सम्भव है। चिट्ठी में गहनता होती थी और उस गहनता को, एक व्यक्ति से दूसरे व्यक्ति तक, एक स्थान से दूसरे स्थान तक पहुँचाने की भूमिका का एकमात्र सूत्रधार डाकिया होता था।

इसलिए डाकिया बहुत महत्त्वपूर्ण व्यक्ति होता है। अभी भी जब कोई डाकिया डाक लेकर के गाँव में आता है तो प्रसन्नता का विषय होता है। ऐसा लगता है कि कोई अच्छी सूचना लेकर आया है। अब तो टेलीग्राम का दौर रहा नहीं, अब मोबाइल के माध्यम से सन्देश (मैसेज) बहुत जल्दी

पहुँच जाते हैं, टेलीग्राम की प्रक्रिया लगभग समाप्त ही हो गई है। पोस्टकार्ड भी अब न के बराबर मिल रहे हैं। लेकिन लिफाफे में अभी भी चिट्ठी जाती है, तब लिफाफा वही होता था जो पोस्ट ऑफिस में मिलता था। अब तो अलग-अलग लिफाफे बनने लग गए हैं जो सब जगह पहुँचने लग गए हैं। रजिस्ट्री (रजिस्टर्ड पत्र), रजिस्टर्ड पार्सल और 'स्पीडपोस्ट' ने डाकिया की भूमिका को जीवन्त बनाए रखा है। विशेष पर्व पर अभी भी डाकिया आ जाते हैं। जब रक्षाबन्धन का पर्व होता है तो 'राखी डाक' लेकर अभी भी डाकिया घरों में पहुँचते हैं और उस परम्परा को जीवन्त बनाए रखते हैं। ऐसे डाकिया को हमारी ओर से बहुत-बहुत अभिनन्दन।

7

कउड़ा (कौड़ा)

एक ग्रामीण शब्द है कउड़ा (कौड़ा)। यह भी कह सकता हूँ कि यह मेरे अनुभव की दहलीज का पहला मुकाम है। तो कउड़ा की बात का शुभारम्भ करते हैं। हर बड़े घर के सामने उन दिनों कउड़ा जलाने का विधान था। ठंड के मौसम में कउड़ा के चतुर्दिक पन्द्रह-बीस लोग बैठकर हाथ सेंकते थे। उन दिनों सबके पास जाड़े से निपटने के लिए पर्याप्त गर्म कपड़े नहीं होते थे। इसलिए लोग ऐसी जगह पर जुट जाते थे जहाँ कउड़ा जल रहा हो। कउड़ा जलाने की सामर्थ्य भी सबके पास नहीं थी क्योंकि सबके पास ईंधन की वह सामग्री नहीं होती थी जो भू-स्वामियों के पास होती थी। गाँव में वैसे तो सबके पास थोड़ी बहुत जमीन थी लेकिन जिसके पास ज्यादा जमीन होती थी वह भू-स्वामी के नाम से जाना जाता था और उनके घर को दरबार कहा जाता।

पुरुब दुआर पर बरगद के पेड़ के नीचे शाम को कउड़ा जलाने की परम्परा थी। जाड़े में सब लोग वहाँ बैठते थे। बाबू जी (श्री योगेन्द्र मणि त्रिपाठी), चाचा जी (श्री अमरेन्द्र मणि त्रिपाठी), बड़े बाबू जी (श्री चन्द्रभान मणि त्रिपाठी), छोटे बाबू जी (श्री चन्द्रशेखर मणि त्रिपाठी), छोटे चाचा जी (श्री चन्द्रसेन मणि त्रिपाठी) भी कभी-कभी कउड़ा के पास बैठते थे और सयाने लोगों के साथ विविध विषयों पर परिचर्चा करते थे।

कउड़ा वह जगह है जहाँ शीत का प्रकोप कम हो जाता है और ऊष्मा का बोध होता है। कउड़ा के इर्द-गिर्द बैठकर बहुत सारी बातों पर बातचीत होती थी। दिनभर की थकान उतारी जाती थी। काम के अनुभव लोग एक दूसरे से बाँटते थे। एक तरह से कहा जाए तो कउड़ा सामूहिक संवाद का स्थान था।

यहाँ हर प्रकार की बात होती थी—कठिनाइयों की बात, उपलब्धियों की बात, जीवनचर्या की बात और हास-परिहास, यह सब होता था। इसे एक प्रकार का चौपाल कह सकते हैं जहाँ लोग मिल-बैठकर गाँव की सुविधा, समस्या, आवश्यकता और सम्भावना पर विचार-विमर्श करते थे। यहाँ गाँव-जवार, बाज़ार-व्यापार, तीज-त्योहार, लोगों का आना-जाना, खाना-पीना, नून-तेल-तरकारी, नगद-उधारी, खेत-खलिहान, बखरी (मालिक का घर जहाँ सेवा कार्य करने के लिए बहुत लोग होते थे तथा जिनकी भू-सम्पदा व जमीन से कई लोगों की आजीविका चलती थी), गोनसारी (जहाँ चावल, चना, मटर, अरहर का भूजा भुनाया जाता था), एक दूसरे के साथ उठना-बैठना, देश का विधि-विधान, हास-परिहास, मेल-जोल, विचार-व्यवहार से लेकर देश-दुनिया तक की चर्चा होती थी। यहाँ कभी-कभी ऐसे चरित्र भी बैठ जाते थे जिन्हें पीठ-पीछे 'सुराग रसिक' कहा जाता था अर्थात् जिन्हें इधर-उधर की गुप्त / गोपनीय बात जानने-बताने में रुचि हो, अथवा अपने हिसाब से ऐसी बातों में चासनी मिलाकर प्रस्तुत करने में आनन्द की अनुभूति होती हो। इनकी बातें यदा-कदा माहौल को मनसाइन (रोचक) बना देती थीं।

कउड़ा से हास-परिहास की लहरें उठा करती थीं। ठहाके सुनाई पड़ते थे। बहसों के स्वर उभरते थे। कभी-कभी यह हास-परिहास गम्भीर रूप भी ले लिया करता था। जैसे ही इसमें गम्भीरता आती थी, तो जिनके कारण यह गम्भीरता उत्पन्न हुई और जिसके लिए हुई वे स्वयं ही कउड़ा छोड़कर चले जाते थे। इसलिए बात, विवाद या टकराव की स्थिति तक नहीं पहुँच पाती थी।

हलका-फुलका तनाव जरूर होता था पर इससे मुक्ति का यही उत्तम उपाय होता था कि तनाव बढ़ने के पहले ही उसके कारण या कारक लोग उस स्थान को छोड़कर चले जाएँ। यह तरकीब बहुत अच्छी भी है और कारगर भी। अगर आपके मन में क्रोध का भाव जागृत हुआ, या किसी से गरमा-गरमी हो गई, तो यही तरीका उत्तम था कि जिसके प्रति आप क्रोध कर रहे हैं या जिसके साथ तनातनी हुई है, वह स्वत: ही आपके सामने से हट जाए, आप अपना ध्यान कहीं और केन्द्रित करें, या आप ही कउड़ा छोड़कर चले जाएँ। क्रोध पर विजय कैसे पाई जा सकती है, यह मैंने कउड़ा के माध्यम से ही सीखा है।

कउड़ा ने हमें यह भी सिखाया कि अगर आप सफलता से दूर हैं तो वहाँ तक पहुँचने के लिए आपको क्या प्रयास करना चाहिए। उद्यमशीलता का

क्या अर्थ है। आदि। लोक-संवाद से हम कितना कुछ सहज ही सीख जाते थे। कउड़ा में खाने की बहुत सी अच्छी चीजें भी बन जाती थीं। जाड़े के महीनों में तब तक आलू भी तैयार हो गया रहता था। एक कंद है जिसे गंजी या शकरकन्द कहते हैं। उसे कउड़ा में डालकर, भूनकर खाने का अलग ही स्वाद मिलता था। कभी-कभी भूनकर इसे छत पर थाली में रख दिया जाता था। शीत मिश्रित होकर यह सुबह और अधिक मीठा, और अधिक स्वादिष्ट हो जाता था। कौड़े में भुना आलू भी बहुत स्वादिष्ट होता था। यह सुख वर्णनातीत है। वहाँ बैठकर गन्ना चूसने का क्रम भी चलता था—गन्ना चूसिए और उसके छिलके (बोकला) को कउड़ा में डाल दीजिए। वो भी जलकर आपको ऊष्मा प्रदान करता था। उसकी मीठी-मीठी गंध भी उठती थी।

कउड़ा वह स्थान था जहाँ गाँव के पन्द्रह-बीस लोग—सयाने, युवा और बालक भी बैठकर बोल-बतिया लेते थे। कउड़ा के स्थल पर बैठने का सर्वसुलभ साधन थी, मचिया (चारपाई का छोटा रूप)। यह बाध से बिनी बाँस की होती थी जिसे 'बसहटा' भी कहते थे। एक साधन और था - बीड़ा, जो धान के पुआल से बनता था। इसे छोटी आसनी भी कह सकते हैं। समझिए तीन इंच मोटी, चौकोर या गोल आकार की आसनी जिसे बीड़ा कहते थे। जहाँ बीड़ा सुलभ नहीं था वहाँ पुआल को मोड़ करके पुआल से ही कस दिया जाता था, इसे बिठुई कहते थे। तो बिठुई, बीड़ा, मचिया और कभी-कभी लकड़ी की कुर्सी भी आसन थे कउड़ा के पास बैठने के। जहाँ ये सब भी न हों, तो अगल-बगल से नम्बरिया ईंटा ला-लाकर लोग कउड़ा के आसपास बैठ जाते थे। इस तरह कउड़ा एक सामूहिक स्थल था, जहाँ से ऊष्मा मिलती थी। आगे के लिए ऊर्जा मिलती थी। बतरस मिलता था। जीवनानुभवों की मंजूषाएँ खुलती थीं। जाड़े के दिनों में सामूहिकता का अड्डा था कउड़ा।

सामान्य दिनों में जहाँ पशु-पालन होता है, या दूध देनेवाले पशु रहते हैं, उनपर मक्खियाँ न लगें, कीड़े न लगें, इसलिए पशुशाला के आसपास भी कउड़ा जला दिया जाता था। पशुओं के लिए यह क्रम बारहों महीने चलता था। इस तरह कउड़ा हमारे आकर्षण का भी विषय था, आराम का भी, बतकही का भी और गाँव से जुड़े रहने की कला में पारंगत होने का भी। कउड़ा की कितनी बातें हैं, कितनी यादें हैं, इनका अन्त नहीं है।

8

होरहा

बात उन दिनों की है जब जाड़े के महीने में गन्ने की फसल तैयार हो जाती थी। मटर जिसे देशज भाषा में 'केराइ' कहा जाता था तैयार हो जाती थी, चना की फसल तैयार हो जाती थी। गन्ने का रस और कोल्हू से गन्ने की पिराई, गुड़ निर्माण की प्रक्रिया और उसका स्वाद वर्णनातीत है। उसी दौर में युवा लोग होरहा (होरा) तैयार करने का काम करते थे। होरहा बनाने की भी एक विधि है और उस विधि से जो अधपका-पका अन्न है, मटर के रूप में या चने के रूप में उसका स्वाद बहुत अच्छा लगता था। मिर्च के अचार के साथ जिसे 'भरवा मिर्चा' कहा जाता है। उसे खाने में बहुत मजा आता है। गाँव में अभी भी होरहा खाने का प्रचलन है। होरहा ग्रामीण जीवन का अभिन्न अंग है। मेरे गाँव में होरहा की बड़ी महिमा थी।

कड़ी ठंड के दिनों में मटर के डंठल और चने के झाड़ फलियों से भर जाते थे। गाँव में लोग इन्हें धूप में बैठे-बैठे टूँगते रहते। हम बच्चे स्कूल जाते समय भी किसी खेत से मटर के डंठल या चने के झाड़ तोड़ लेते और रास्ते भर इनका आनन्द लेते। बस और रेल-गाड़ी में भी लोग कच्चा मटर और कच्चा चना खाते दिख जाते थे।

मुझे याद है उन दिनों गन्ने के खेत के किनारे जो मटर का खेत होता था अथवा चने का खेत होता था, उनमें से हरा मटर जिसकी फली में दाने लग गए हों अथवा हरा चना जिसकी फली में दाने लग गए हों, उसे बाग भर का उखाड़ा जाता था और गन्ना तोड़कर उसकी पत्ती छील करके किनारे की जाती थी। उसकी सूखी पत्ती को सरियाकर उसके ऊपर दो गन्ने पकड़कर

दो लोग खड़े हो जाते थे। नीचे से एक व्यक्ति सूखी पत्ती में आग लगाता था और एक व्यक्ति दो गन्नों के ऊपर हरा डंठल रखता था, चाहे मटर का डंठल हो या चने का झाड़ (डंठल) हो और फिर जल जाने के बाद उसे इकट्ठा किया जाता था। इस प्रकार के पके-अधपके मटर अथवा चने को छीलकर मिर्च के अचार के साथ खाना आज भी मुझे नहीं भूलता। मिर्च के अचार को गन्ने के हरे पत्ते के ऊपर रखकर खाया जाता था। होरहा का दाना बहुत मीठा और मीठी-मीठी सुगन्ध देनेवाला होता है। उसे खाते जाइए मन ही नहीं अघाता।

ठंड के दिनों में चौपालों पर या किसी के घर के दालान में आग तापने के लिए कउड़ा जलाया जाता था। इस समय मटर एवं चने के साथ ही ऊंख या गन्ना की फसल (गन्ना) भी तैयार हो जाती थी। कउड़ा के ऊपर भी मटर एवं चने की डंठल रख दी जाती। धीरे-धीरे मटर/चने की फलियाँ भुन जातीं। फलियों को फोड़ने पर गरम-गरम होरहा हाथ लगता। आग में तपकर इसका स्वाद ही बदल जाता। सोंधाहट आ जाती, कउड़े पर होरहा भूनने का यह क्रम चलता ही रहता। कभी-कभी तो गाँव के कुछ लोग कउड़े में आलू भी डाल देते थे। इस समय गन्ने का रस पीने का भी अपना आनन्द था। रस के साथ होरहे के दाने खाने का मजा ही कुछ और था। हम आठ-दस दाने मुँह में डाल लेते और उसे चबाते हुए ही एक घूँट गन्ने का रस मुँह में भर लेते। होरहे का रस गन्ने के रस में भिनता जाता और एक अनूठा स्वाद पैदा हो जाता। यह अनोखा स्वाद अविस्मरणीय है।

ताजी हरी मटर या हरे चने का स्वाद बहुत अद्‍भुत होता था। कहीं-कहीं हरे मटर को या हरे चना को होरहा कहा जाता है और जब किसी परिवार में किसी व्यक्ति की वजह से थोड़ी कठिनाई आती है या कोई व्यक्ति लोगों की चिंता का कारण बन जाता है तो उसे कहा जाता था 'क्या होरहा की तरह भूंज रहे हो' या 'क्या होरहा भूँज रहे हो'।

चने को लेकर एक लोककथा बड़ी प्रचलित है कि जब औरंगजेब ने अपने पिता शाहजहाँ को आगरे के किले में नजरबन्द कर दिया तो उसने एक दिन आकर शाहजहाँ से पूछा कि आप अपने लिए कोई एक काम और खाने के लिए कोई एक अन्न चुन सकते हैं। शाहजहाँ ने बच्चों को पढ़ाने

का काम चुना और चने को अन्न के रूप में। बच्चों को पढ़ाने से आदेश देने, दंड देने, शासन करने की उनकी बादशाही वृत्ति बनी रही थी और चने से अनगिनत नमकीन-मीठे व्यंजन बनाए जा सकते थे, तो यह है होरहा की महिमा। होरहा का एक अपना अलग स्वाद है, अपना एक अलग मजा है। होरहा का आनन्द लेते समय चने को लेकर बहुत सारी बातें भी कही जाती हैं। मटर को लेकर 'गुदली' बनती है। हरी मुलायम मटर को भून के खाने या तेल और लहसुन का तड़का लगाकर खाने का विशेष सुख होता है। ऐसा ही हरे चने को लेकर भी है। हरे चने को वैसे भी लोग नमक के साथ खाते हैं, अच्छा लगता है।

चने की वेदना पर भी बहुत सारी बातें कही जाती हैं। चने को लेकर तमाम कहावतें हैं। "चने का झाड़, अकेला चना भाड़ नहीं फोड़ता, थोथा चना बाजे घना", साहित्य में बहुधा इनका प्रयोग होता रहता है अर्थात् चने के माध्यम से बहुत सारे सन्देश दे दिए जाते हैं। अतीत काल में हग लोगों ने ऐसी बहुत सारी कहानियाँ सुनी हैं। चने को लेकर 'बुझौवल' भी होता है। एक बुझौवल यह है "मेरा नाम बताओ साँच, मुझे उलट कर देखो नाच', इसी बुझौवल में चने का नाम छिपा हुआ है। मुझे उलट कर देखो नाच, नाच का उल्टा कर दीजिए तो चना। ऐसी बुझौव्वल भी गाँव में बुझाई जाती थी।

चना स्वयं अपने उपयोग को लेकर कितना चिन्तित हुआ, इसका भी एक दृष्टान्त सुनाया जाता है। एक बार वह अपनी फरियाद लेकर विष्णु जी के पास पहुँच गया, ऐसी कथा हम लोगों ने सुनी है। विष्णु जी से जाकर उसने कहा कि हे प्रभु आपने मुझे कैसा बना दिया कि कई प्रकार से मेरा उपयोग होता है।

मुझे अपने हर रूपाकार में लोगों को सुख देनेवाला माना गया है। मेरी कोंपले फूटकर जब मुलायम पत्तियोंवाली हो जाती हैं तो साग के रूप में मुझे खाया जाता है। ये पत्तियाँ कच्ची भी खा ली जाती हैं, नमक और हरी मिर्च की चटनी के साथ। फिर दाने आ जाते हैं जिन्हें तरह-तरह से खाया जाता है। और फिर कड़ेर होने या अन्न का रूप ले लेने पर इसका विविध प्रकार से उपयोग होता है।

तो चने ने विष्णु जी से कहा कि मुझे कच्चा भी खा लिया जाता है। सूखने पर मुझे दाल बनाकर भी खा लिया जाता है। मुझे सूखने के बाद पीसकर बेसन बना लिया जाता है। मुझसे बने बेसन से कई प्रकार की

पकौड़ी बन जाती है, कई प्रकार की सब्जी बन जाती है। पानी में भिगोकर मेरी सब्जी बना ली जाती है। मुझे पानी में भिगोकर के सुबह नाश्ता कर लिया जाता है। हरा हूँ तो थोड़ा मिर्चा डाल दिया, थोड़ा नमक डाल दिया और खा लिया। मुझे भून के भूजा बनाकर खा लिया जाता है। मेरे बेसन से बूँदी का लड्डू बना लिया जाता है। सोनपापड़ी बना लिया जाता है। बेसन का चीला बना लिया जाता है, कढ़ी बना ली जाती है। नमकीन भुजिया मेरे द्वारा बना लिया जाता है। दालमोठ मुझसे ही बनता है, सेंव मुझसे ही बनता है। क्या-क्या नहीं होता। यह माना जाता है कि अंकुरित चने से बड़ी ऊर्जा मिलती है। लोग इस रूप में भी मुझे खाते हैं। मेरे बेसन से हलुवा भी बना लिया जाता है। कई तरह की मिठाई, नमकीन और सब्जी बनाई जाती है। सत्तू के रूप में मेरा पौष्टिक पेय तरल आहार की तरह ग्रहण किया जाता है। मेरे सत्तू को आटे की तरह गूंथकर भी सीधे ग्रहण कर लिया जाता है। इस रूप में मुझे दुनिया का त्वरित (तुरन्ता) और सर्वाधिक सुपाच्य, सुरक्षित और पौष्टिक भोजन माना जाता है। मेरा बहुत उपयोग होता है और मेरे आधार पर कई प्रकार की लोकोक्तियाँ बनती हैं, मुहावरे भी बनते हैं। प्रभु बताइए क्या मेरे साथ यह उचित व्यवहार है?

इस पर भगवान विष्णु बोले—थोड़ा रुक जाओ, तुम्हारी महिमा तो अपरम्पार है। हम भी तुम्हारा स्वाद ले कर देखें। वास्तव में है क्या तुम्हारे में जो कि तुम्हारा हर तरह से स्वाद लिया जाता है। तुम्हारा गुण हम भी तो जानें। आशय यह है कि चना इतना उपयोगी है कि भगवान विष्णु स्वयं इसका स्वाद चखने के लिए आतुर हो गए। यह एक हास्य प्रसंग है। मेरा आशय सिर्फ इतना है कि होरहा ग्रामीण खानपान में बहुत महत्त्व रखता है और इसकी महत्ता के कारण ही आज भी होरहा की संस्कृति ग्रामीण जीवन में पल्लवित है। जिसने होरहा नहीं खाया उसने होरहा का स्वाद नहीं जाना। इसलिए आप जाड़े के मौसम में कभी गाँव की तरफ से आएँ तो, होरहा जरूर खाएँ। होरहा सामूहिकता का आहार माना जाता है, सामूहिक वृत्ति का सन्देशवाहक माना जाता है। चने और मटर का नैसर्गिक स्वाद क्या होता है, इसका परिचायक होता है। हमें प्रकृति के साथ मिलकर उसके नैसर्गिक स्वाद का आनन्द लेना चाहिए। यह हमारे लिए सुपाच्य भी है, सुस्वादु भी है और पौष्टिक भी है।

9

चिढ़ना

बात उन दिनों की है जब गाँव में कोई व्यक्ति किसी शब्द या सम्बोधन को सुनकर अचानक ही तुनक जाने (नाराज होने) के लिए अभ्यस्त हो जाता था। एक शब्द है चिढ़ना। इसका प्रयोग होता है - वो चिढ़ गए, चिढ़ा दिया। इसके अन्य अर्थ भी होते हैं— किसी व्यक्ति को खिन्न कर देना, किसी घटना से खिन्न हो जाना किसी बात से आहत होकर प्रतिक्रिया दे देना। यह सब इसमें निहित होता है। चिढ़ने के बाद चेहरे का हाव-भाव बदल जाता है। इसलिए इस शब्द में बहुत मर्म होता है।

कभी-कभी कुछ घटनाएँ इतना ज्यादा विचलित कर देती हैं कि आदमी आवेश में आ जाता है। चिढ़ना में आवेश निहित होता है। आवेश रहित चिढ़ने का कोई अर्थ नहीं है। वह आवेश व्यक्त भी हो सकता है और अव्यक्त भी हो सकता है। लेकिन आवेश तो होता है कि किसी बात से चिढ़ गए। किसी व्यक्ति से अगर चिढ़ गए तो इच्छा होती है कि उस व्यक्ति से फिर मुलाकात ही ना हो। किसी घटना से चिढ़ गए तो कोशिश होती है कि ऐसी घटनाएँ न दिखाई दें और न सुनाई दें।

चिढ़ने के बहुत सारे विषय होते हैं। कभी-कभी कुछ शब्द चिढ़ा देते हैं। लेकिन चिढ़ने और चिढ़ाने के उपक्रम में कम-से-कम दो व्यक्ति का होना बहुत ही आवश्यक है। कुछ ऐसे प्रसंग हैं जो हर जगह दिखलाई देते हैं। अकारण किसी बात से चिढ़ जाना, अकारण किसी प्रतीक से चिढ़ जाना,

अचानक किसी व्यक्ति से चिढ़ जाना, अचानक किसी स्थान से चिढ़ जाना। यह व्यक्ति की एक मानसिक कमजोरी है, ऐसा आप कह सकते हैं। जो इस मानसिक कमजोरी पर विजय प्राप्त कर लेता है उनका फिर चिढ़ने का भाव खत्म हो जाता है और वह सदा प्रसन्न रहता है।

चिढ़नेवाले व्यक्ति को कुछ समय के लिए घोर अप्रसन्नता की स्थिति मालूम होती है। कभी-कभी वह तनाव की स्थिति में भी आ जाता है। इसलिए चिढ़ने के जो बिन्दु-बिम्ब और स्थान हैं इनका बहुत ध्यान नहीं रखना चाहिए। अगर हम किसी चीज को गाँठ बाँध लेते हैं तो चिढ़ जाते है। उदाहरण के लिए हमारे गाँव में एक पिता-पुत्र खेत की तरफ जा रहे थे। बात-चीत के क्रम में जैसा कि होता ही है कि कौन सी सब्जी अच्छी लगती है कौन सा चावल अच्छा लगता है कौन सा खाना अच्छा लगता है जैसे रोजमर्रा के विषय पर पिता-पुत्र संवाद करते ही हैं।

एक पिता-पुत्र आपस में संवाद कर रहे थे कि साकेट (साकेत) का चावल और नेनुआ की सब्जी का स्वाद बहुत अच्छा लगता है। छप्पर का नेनुआ हो, साकेट का ताजा-ताजा धान से निकला हुआ चावल हो उसमें बहुत अद्‌भुत मिठास हुआ करती है। अब तो बहुत सारे किस्म के चावल हो गए हैं। अब शायद साकेट चावल जिसे साकेत कहते हैं उसे अब नहीं बोया जाता होगा। उस समय साकेट धान और इसके चावल की बड़ी मान्यता थी, बड़ी मिठास थी। अब तो कई किस्म के चावल हो गए हैं, बहुत सारे नाम।

कई प्रकार की चर्चाएँ चावल के विषय में होती हैं और चावल अत्यन्त महत्त्वपूर्ण है। अक्षर और अक्षत हमारे साहित्य और हमारी परम्परा में महत्त्वपूर्ण हैं। अक्षर इसलिए की वो कभी नष्ट नहीं होते। इसलिए जब भी हम बोलें तो सोच समझकर बोलें। वायुमंडल में शब्द गूंजते रहते हैं। अक्षत चावल को कहते हैं। उसे अक्षत इसलिए कहते है क्योंकि वो कभी क्षत नहीं होता है, नष्ट नहीं होता है। कई हजार वर्ष पुराना चावल भी मृद्‌भोड में जमीन के नीचे मिल जाता है।

मैं जिस क्षेत्र से आया हूँ उस क्षेत्र में मैंने स्वयं इसे देखा है। हमारे गाँव में एक डीह का खेत है जहाँ खुदाई के समय या खेती करते समय, हल से जुताई करते समय बहुत बड़ा मृद्‌भोड निकला था जिसमें चावल (धान) भरा था। बिलकुल अच्छा जिसे कह लें खराब नहीं हुआ था। वह धान कई हजार वर्ष पुराना था, माना जाता है कि चावल कभी क्षत (नष्ट) नहीं होता।

एक जगह है सिद्धार्थ नगर। काला नमक चावल का क्षेत्र कहा जाता है। वहाँ भी नीचे से बहुत सारे पुराने चावल मिले थे। सोहगौरा एक जगह है वहाँ भी खुदाई के दौरान बहुत नीचे से मृद्भोड मिले। उसमें धान अक्षत मिला। अब तो बहुत सारी किस्में है इस चावल की बहुत सुखकर, रूचिकर, स्वास्थ्यप्रद। मैं जिस विश्वविद्यालय में हूँ, अमरकंटक, वहाँ कोदो ब्रांड है। यह चावल का एक प्रकार है, इसे बहुत अच्छा माना जाता है। पहले हम लोगों के तरफ भी कोदो हुआ करता था। यह दो प्रकार का होता था। इसे मोटा चावल कहते थे। यह बहुत पौष्टिक माना जाता था, लेकिन कभी-कभी नशा उत्पन्न करनेवाला कोदो मिल जाता था। उसे मतवना कोदो कहते थे। इसे रात्रि भर पानी में भिगोकर रखने से इसका दुष्प्रभाव कम हो जाता था। यह कभी संक्रमित प्रजाति रही होगी। मतवना कोदो को यदि बैल या पशु खा लेते थे तो वह बीमार हो जाते थे। इसलिए हमारे क्षेत्र में अचानक कोदो की खेती बन्द हो गई। लेकिन इस क्षेत्र (अमरकंटक) में कोदो की खेती होती है।

अमरकंटक कोदो बहुत पौष्टिक माना जाता है। इसे शरीर में प्रतिरोधक क्षमता बढ़ाने वाला माना जाता है। वैसे चावल स्वयं में बहुत महत्त्वपूर्ण है। इसीलिए पूजा-पाठ में अक्षत का प्रयोग होता है। अक्षत शब्द चावल से सम्बन्धित है। अक्षत का आशय है कभी नष्ट न होनेवाला।

प्रसंग था नेनुआ की सब्जी और साकेत चावल का। बस संवाद में निकल गया कि साकेत का चावल और नेनुआ की सब्जी बहुत अच्छी लगती है। यह संवाद खेत में काम करनेवाला खजांची नाम का एक कामगार भी सुन रहा था। उसने पिता-पुत्र से कहा कि हाँ मालिक यह जो नेनुआ की सब्जी और साकेत का चावल है वह बड़ा मजा देता है। यह उनको बड़ा नागवार गुजरा और वह अपशब्दों का प्रयोग करने लगे। धीरे-धीरे लोगों को पता चल गया कि नेनुआ की सब्जी कहने पर वह चिढ़ जाते हैं। अब वह जब भी किसी क्षेत्र से निकलते और कोई कह दे कि नेनुआ की सब्जी बहुत अच्छी होती है तो कुपित हो जाते थे। इसे ही चिढ़ना कहते हैं। उन्हें तीन-चार महीने के बाद लगा अगर हम इसी तरह चिढ़ते रहे तो हम गाँव भर में लोगों के मनोरंजन का विषय बन जाएँगे। वह बहुत बुद्धिमान व्यक्ति थे। उन्हें सेतु भी कहा जाता था। उनके विषय में यह भी प्रचलित था कि 'सात समन्दर का जल सोधे जाकर पड़ गया सेतु नाम'। अर्थात् उन्हें सात समुद्र के विषय में जानकारी थी। अब जब कोई उनसे कहता था की नेनुआ की सब्जी अच्छी

होती तो वह कहते थे कि उसके साथ साकेत का चावल भी होना चाहिए।

नेनुआ की सब्जी के साथ चावल का स्वाद बहुत अच्छा होता है। आप लोग खाकर तो देखिए। तो यह जो चिढ़ने का विषय था बाद में सबके लिए यह खास आहार बन गया और अभी भी मान्यता है कि नया चावल हो और उसके साथ नेनुआ की सब्जी बने तो इन दोनों की जो युति होती है इसकी मिठास का कोई जवाब नहीं होता है। नई प्रकार की रेसिपी जिसे कहते हैं तो यह एक नए प्रकार का व्यंजन का द्योतक बना। लेकिन यह चिढ़ना शब्द वहीं खत्म हो गया। कभी-कभी कुछ शब्दों से लोग चिढ़ जाते हैं। हम लोगों के यहाँ एक बुजुर्ग थे जिन्हें हम लोग काका कहते थे। अचानक उनके मन में आ गया कि हमको लोग चिढ़ाने के लिए काहो शब्द का प्रयोग करते हैं। हुआ यूँ कि एक बार उनके यहाँ दो-तीन लोग आए। उन्होंने स्वयं एक से पूछा काहो कहाँ से आवाताड़े (भोजपुरी), मतलब काहो कहाँ से आ रहे हो? तो वह लोग हँस पड़े (संवाद भोजपुरी में)। वह लोग हँस दिए तो इनको लगा कि यह लोग हमारे काहो शब्द बोलने से हँसे। उसको बुरा मान गए और इससे चिढ़ने लगे।

स्थिति यह आ गई कि गाँव में जब कहीं से निकलते थे और अचानक उनके सामने कोई आए और दूसरे से पूछे कि का हो का हाल चाल बा? तो उनको लगता था कि का हो का प्रयोग हमारे लिए कर रहे हैं और फिर वह धाराप्रवाह गाली सुनाने लगते थे।

अब वह कहीं जाएँ भी किसी गाँव की तरफ से तो दो लोगों को लग जाता था कि का हो से ये चिढ़ते हैं तो उनसे कोई यह नहीं बोलता था क्योंकि वह सम्मानित व्यक्ति थे। आपस में वह लोग कहते थे 'का हो का हाल चाल बा' और इस पर वह बहुत ज्यादा नाराजगी व्यक्त करते थे। का हो शब्द उनके नाराजगी का कारण बन गया। ऐसे ही कई बार बाज़ार में कुछ लोग जाते हैं और करेले की सब्जी की दुकान पर चले गए। पूछने लगे करेली कैसे है? दो-तीन लोग देख लिए। प्रसंग-प्रसंग में कहा जाने लगा कि करैली बाज़ार में आ गई है। बहुत गुणकारी है। अब करैली मिल रही है। अब उनको करैली शब्द से ही चिढ़ हो गई।

फिर वह जब कहीं जाएँ और कोई कह दे कि करैली बहुत अच्छी है वो चिढ़ने लगते थे और नाराज होकर बहुत कुछ कह जाते थे। तो इस तरह कुछ प्रतीकों से आदमी जब चिढ़ने लगता है तो प्रतीक उनके लिए घातक

बन जाता है। इस दृष्टान्त के माध्यम से सिर्फ इतना ही कहना है कि कोई व्यक्ति अगर आपको हास्य का कारण बना रहा है किसी बिंब को लेकर, दृष्टान्त को लेकर, प्रतीक को लेकर, वस्तु को लेकर या विषय को लेकर तो आप उससे चिढ़िए नहीं। आप उसको दूसरे रूप में ढाल दीजिए। अगर आपको किसी प्रतीक के नाम से कोई बुलाता है तो उसके गुण बताइए और जब वह दोबारा मिलता है तो स्वयं उससे कहिए इस शब्द में आपको आनन्द तो आता होगा तो चिढ़ाने वाला व्यक्ति खुद शर्मसार हो जाएगा।

इस तरह उसका जो हथियार है आप उसको शर्मसार करने के लिए प्रयोग करें। आप किसी नाम से न चिढ़ें। किसी वस्तु से न चिढ़ें, किसी प्रतीक से न चिढ़ें, चिढ़नेवाले व्यक्ति को लोग चिढ़ाते हैं और इससे बचना चाहिए और यह तब होगा जब आप चिढ़ने के विषय को सकारात्मक ले लें और चिढ़ानेवाले को इसी के माध्यम से पराभूत करने का प्रयास करें। अर्थात् इस संसार में कोई ऐसी वस्तु नहीं है जो आपके प्रतिकूल है, कोई ऐसा शब्द नहीं है जो आपके अनुकूल नहीं हो सकता और कोई ऐसा भाव नहीं है जो आपके भाव से मेल न खाए। आप इसके लिए सकारात्मक प्रयास करें। इसलिए कभी भी किसी भी स्थिति में विचलित नहीं होना चाहिए।

10

क्रोध

बात उन दिनों की है और अब भी कभी-कभी, कहीं-कहीं देखने-सुनने को मिल जाता है कि कोई व्यक्ति बात-बात पर नाराज हो जाने के लिए चर्चित हो जाता है। एक शब्द है क्रोध जो हम आप सभी को कभी-न-कभी घेरता है। अक्रोधी होना तो किसी योगी के ही बस की बात है। कोई सज्जन, साधु, सन्त या सन्यासी ही क्रोध पर नियन्त्रण कर पाता हो तो कर पाता हो। हमारे शास्त्रों में तो कई ऋषि मुनि भी परम क्रोधी स्वभाव के हो चुके हैं। क्रोध तो देवता भी करते है। जो क्रोध मुक्त हो वह देव और नर दोनों से इतर कोटि का होगा। पर क्रोध है हिंसक भाव, इसमें कोई सन्देह नहीं।

क्रोध पर नियन्त्रण करना संयम का विषय है और यह बहुत मुश्किल होता है। कभी-न-कभी हमें क्रोध आ ही जाता है। हम जानते हैं कि हमें क्रोध नहीं करना चाहिए पर इसके चक्कर में फंस जाते हैं। ऐसे में हमारा विवेक ओट में चला जाता है। अर्थात् क्रोध विवेक का हरण करनेवाला होता है। हम मनुष्य इसीलिए कहे जाते हैं की हम में विवेक है। प्रत्येक मनुष्य से विवेक की अपेक्षा होती है। क्रोध, विवेक की ऐसी-तैसी कर देता है। क्रोध करते ही हमारा विवेक कमतर हो जाता है। क्रोध की दशा में बोले गए वाक्य प्रियकर नहीं होते, किया गया कार्य सुखकर नहीं होता, किया गया बर्ताव अप्रिय होता है। इसलिए यथासम्भव हमें क्रोध से बचना चाहिए।

पर क्या हम ऐसा कर पाते हैं। क्रोध हमारा बहुत नुकसान करता है। अच्छे-बुरे, प्रिय-अप्रिय, अपने-पराए, का भेद भुलवा देता है। हमारे भीतर

ईर्ष्या, प्रतिकार और हिंसा के भाव को इतना प्रज्वलित कर देता है कि हम अपना 'आपा' तक भी खो बैठते हैं। क्रोध मनुष्य के साथ लगा ही रहेगा। यह सब कालों में रहा है। वह कल भी था, आज भी डटा है और कल भी वह बना रहेगा।

कमजोर आदमी क्रोध अधिक करता है। कमजोर मनुष्य की सवारी क्रोध आसानी से कर लेता है। कभी-कभी हम क्रोध की अभिव्यक्ति नहीं करते, उसे पी जाते हैं। इस स्थिति में क्रोध हमें भीतर ही भीतर जलाता रहता है। बेचैन किए रहता है। बलवान व्यक्ति का क्रोध तत्क्षण अभिव्यक्त हो जाता है। क्रोध का परिणाम सामनेवाले को भोगना पड़ता है। इसीलिए क्रोध बहुदा अपने से कमजोर लोगों पर अधिक कारगर होता है। बलशाली लोगों पर कमजोर का क्रोध कम ही असर करता है। हर स्थिति में क्रोध एक नकारात्मक और नुकसानदेह भाव है। अत: हमें इससे बचना चाहिए।

उन दिनों दो नाम हमारे यहाँ, जब हम लोग प्राइमरी स्कूल में पढ़ते थे, विशेष चर्चा में थे। एक थे फुलेना और दूसरे बुद्धिराम। फुलेना कई कारणों से मशहूर थे। पहला कारण तो यह था कि तब प्राइमरी स्कूल में पढ़ने के लिए बच्चों को बुलाया जाता था। शायद बच्चों को सबसे ज्यादा भय पढ़ने से ही लगता है। मैं स्वयं शिक्षण संस्थान में हूँ और शिक्षा के कारण ही यहाँ तक पहुँचा हूँ। मुझे लगता है कि व्यक्ति के ऊपर पहला बन्धन शिक्षा का ही पड़ता है।

स्वाभाविक है कि बन्धन से आदमी भागता है। हालाँकि शिक्षा वह बन्धन है जो अन्य बन्धनों से हमें मुक्त करती है। अन्धकार को मिटाती है। हमारी कलुषित सोच को प्रज्वलता में परिवर्तित करती है। अज्ञानता को तो दूर करती ही है। हमारी जितनी कमियाँ हैं शिक्षा उन सब से हमें मुक्त कर देती है। शिक्षा के माध्यम से हमे सम्पूर्ण वैभव की प्राप्ति होती है।

वैभव का आशय केवल धन नहीं है। शिक्षा हमें मनुष्य बनाने की विधा है। हम सबको इसी के माध्यम से अपने स्वरूप को पहचानने का अवसर मिलता है। प्राइमरी स्कूल में पढ़ने के लिए कुछ बच्चे स्वत: जाते थे, तो कुछ माता-पिता के दबाव पर या कुछ बड़े भाई की पिटाई के डर से।

बड़े भाई या बड़ी बहन पढ़ने जा रहे हैं तो उनके पीछे-पीछे जाना होता था। लेकिन कुछ लोगों को पढ़ने से बड़ा डर लगता था कि वहाँ पंडित जी

पढ़ाएँगे, कुछ नहीं आएगा तो मारेंगे। हालाँकि ऐसा होता नहीं था। बहुत कम ऐसा होता था कि पंडित जी को नाराज होकर छड़ी उठानी पड़े।

फुलेना के मन में यह भय बैठ गया था कि स्कूल जाने पर पंडित जी मारेंगे। हमारे गाँव के विद्यालय का यह नियम था कि नाम लिखवाने के बाद यदि कोई विद्यार्थी जो दो-चार दिन स्कूल नहीं आया तो कुछ विद्यार्थी उसके घर भेजे जाते थे। उसने आनाकानी की तो दो विद्यार्थी उसका हाथ पकड़ते थे और दो पैर। इस तरह ऐसे विद्यार्थी को जबरिया उठाकर लाया जाता था।

फुलेना का प्रसंग इस लिहाज से महत्त्वपूर्ण प्रसंग है। जब भी विद्यार्थी उसे पकड़ने के लिए जाते थ्रे तो उस समय गंवई संरचना में जितनी गालियाँ फुलेना को याद थीं उनमें वह सब को खूब सुनाते थे, सुनाते हुए घर से भागते थे, कभी-कभी ढेला (कंकड़) या डंडा (छोटी छड़ी) लेकर खूब दौड़ाते थे। इससे भी बात नहीं बनी और धर लिए गए तो हाथ-पैर चलाने लगते थे। यह भी कारगर न हुआ तो दाँत से काटने का काम भी करते थे। किसी तरह धर-पकड़ कर उन्हें विद्यालय तक लाया जाता था। दिन भर मुँह लटकाए बैठे रहते थे। विद्यालय में लाने का यह उपक्रम उनके अन्दर क्रोध उत्पन्न करता रहता था। वह दिन भर जलते-भुनते रहते।

शायद इसीलिए वह बात-बात में क्रोध करते थे। किसी से कहीं भी उलझ जाते थे। अकारण अथवा सकारण झगड़ पड़ते थे। क्रोधावेश में उन्हें यह भी भान नहीं रह जाता था कि जिससे उलझ रहे हैं वह शरीर-बल में उनसे बहुत ज्यादा है। इसीलिए अधिकतर झगड़ों में वह पिट-पिटा जाते थे। पर इससे उन्हें कोई फर्क नहीं पड़ता था। फुलेना के कई नाम प्रचलित थे। उनके पिता जी उन्हें फलाने कहते थे। कुछ लोग उन्हें चौधरी कहते थे। उनके स्वभाव के कारण कई लोग उन्हें गुस्सैल भी कहते थे। उनसे सम्बन्धित एक प्रसंग है। कउड़ा प्रसंग।

हम सब लोग शाम के समय हाथ सेंकने और आग तापने के लिए कउड़ा के चतुर्दिक बैठे हुये थे। फुलेना भी बैठे थे, हँसी-ठिठोली हो रही थी। तभी हम लोगों से उम्र में बड़े एक सज्जन आए। उन्होंने कहा कि मैं एक बुझौव्वल बुझा रहा हूँ आप लोग इसका उत्तर दीजिए। बुझौव्वल का अर्थ है कि कुछ संकेत प्रधान प्रश्न किए जाते हैं जो लगभग अबूझ होते हैं, जिन्हें आमतौर पर लोग नहीं जानते। प्रतीकों या संकेतों के आधार पर अनुमान करके इसका उत्तर दिया जाता है।

समय काटने का, मनोरंजन और ज्ञानवर्धन का यह एक अच्छा उपाय था। उस समय सबसे बड़े जो बुझक्कड़ थे, पहेलियों को बूझनेवाले, किसी भी प्रश्न का जवाब देने में समर्थ, उस समय उन्हें लोग लाल बुझक्कड़ कहकर सम्मान देते थे, उन्हें याद करते थे। यह कहावत भी प्रसिद्ध थी कि—यह तो बूझै लाल बुझक्कड़ और न बूझे कोय। इनके बारे में तमाम कहानियाँ भी प्रचलित थीं। अभी तो यह कि कउड़ा पर जो सज्जन आ कर बैठ गए थे, उन्हें हम 'भैया' कहते थे। उन्होंने आते ही कहा कि एक बुझौव्वल है, उसका जवाब दीजिए। हम तीन-चार सहपाठी बैठे हुए थे। फुलेना भी थे। भैया ने पूछा कि—ऊपर से गिरा चोचा तोरे बाप का दाढ़ी नोचा। इसका शाब्दिक अर्थ यह हुआ कि ऊपर से एक ऐसा फल गिरा कि गिरने के बाद उसने तुम्हारे पिता की दाढ़ी नोच ली। इसमें ऐसा कोई शब्द या भाव नहीं था जिस पर नाराज हुआ जाए। बाप की और दाढ़ी नोचने की बात थी, तब भी। हमें तो सीधा-सीधा उत्तर खोजना था।

हम लोगों के एक सहपाठी मालवर ने फुलेना को भड़का दिया कि फुलेना, अब यह स्थिति आ गई है कि भैया कह रहे हैं कि ऊपर से गिरा चोचा तोरे बाप का दाढ़ी नोचा। अब ये तुम्हारे बाप की दाढ़ी नोचने की बात भी करेंगे। फुलेना सच में भड़क गए, फौरन खड़े हुए और जितना उलटा-सीधा कह सकते थे भैया को कह सुनाया। भैया फुलेना के घर के बगल में ही रहते थे फिर भी उन्होंने जदबद कहने में कोई कसर नहीं छोड़ी। भैया दुखी होकर कउड़ा के पास से उठकर चले गए।

मुझे थोड़ा अप्रिय लगा। हमने फुलेना को बैठा कर समझाया की यह तो बुझौव्वल था। यह बात तो समझिए। फिर भैया को बहुत मुश्किल से बुलाया गया। भैया आए। तो हम लोगों ने उनसे कहा हम तो नहीं बूझ पाए, अब आप ही इसका उत्तर बता दीजिए। फुलेना को जो सुनाना था सुना ही चुके थे। बहुत शर्मिंदा भी थे। भैया ने कहा के बाबू, इसका अर्थ इतना ही था कि जो ताड़ का वृक्ष होता है, उसके फल को जब खोलते हैं तो उसमें से जो खुज्झा निकलता है वह दाढ़ी की तरह होता है। तो इसका उत्तर हुआ—ताड़ का फल।

हम लोग हँसने लगे। और फुलेना को भी अपनी गलती का अहसास हुआ और उन्होंने नाराजगी छोड़ी। अब इस प्रसंग के क्लाइमैक्स पर आते हैं। क्लाइमैक्स यह है कि जब यह प्रसंग खत्म हो गया तो भैया ने फुलेना

से कहा कि फुलेना आप कितने अच्छे आदमी हैं, कितने भले हैं, कितना अच्छा व्यवहार है। आप तो नाराज भी नहीं होते। पता नहीं भैया की इस बात को फुलेना समझे की नहीं।

एक प्रसंग बुधिराम का है। अकेले रहते थे लेकिन कोई उनका सम्बल बने इसकी लालसा रखते थे। गाँव में उन्हें चिनफिनहा कहा जाता था। छोटी-छोटी बात पर मुँह फुला लेते थे। यदि कोई कार्य कर रहे होते थे तो उसे छोड़कर चल देते थे या उसे बिगाड़ देते थे या सीमा से अधिक करने लगते थे। अच्छी बात भी उन्हें बुरी लग जाती थी। उनके क्रोधी स्वभाव के कारण कोई उनसे किसी काम के लिए नहीं कहता था। वह बकरी पाले थे। बकरियों को चराने में उनका समय बीत जाता था। एक बार बकरी चराते समय कुछ युवक हँसी ठिठोली करते हुए उनके बगल से निकल रहे थे, उन्हें बहुत नागवार गुजरा। कुछ बोले नहीं। अपनी अधेड़ उम्र के कारण मन मसोस कर रह गए। उसी समय एक बकरी उनकी ओर देखते हुए मुँह चलाने लगी। एर राहगीर ने कहा—बुधिराम भाई! लगता है बकरी मुँह चिढ़ा रही है। फिर क्या था। बुधिराम बकरी पर ही पिल पड़े। दे दना दन। बकरी गिर पड़ी। बुधिराम वीर रस में बोल पड़े—जो उन्हें चिढ़ाएगा उसका यही हस्र होगा। क्रोधी स्वभाव व्यक्ति को चिढ़ना बना देत्ाा है और वह अन्ततः मजाक और उपहास का पात्र बन जाता है। बुधिराम को देखते ही बरबस हँसी आ जाती थी।

क्रोध बहुधा कमजोर व्यक्ति पर ही निकलता है। बड़े से क्रोधवश उलझने पर अपना ही नुकसान होता है। क्रोध करने से अपना भी अहित होता है। नकारात्मकता की वृत्ति आ जाती है। क्रोध कमजोरी का द्योतक होता है। यह पश्चाताप का बहुत बड़ा कारण होता है। संयम और सहनशीलता से इस पर नियन्त्रण पाया जा सकता है।

11
होली

बात उन दिनों की है जब किशोर अवस्था में होली का अर्थ हम समझने लगे थे। रंग, उमंग, तरंग, उत्साह, उछाह यह सब कुछ होली में देखने को मिल जाता है। कई प्रकार के राग और रागों का राजा फाग यह सब सुनने को मिल जाता था, होली में। होली का तो कहना ही क्या है और बात तब बनती है जब हम ऊधोपुर की होली का ध्यान करते हैं। मेरे गाँव ऊधोपुर की होली का रंग ही कुछ और था। पूरा गाँव एक होकर मस्ती के रंग में डूब जाता था। रंगभरी एकादशी के दिन से ही सयाने लोग रंगे कपड़ों में दिखाई देने लगते और अन्य लोग यह समझ जाते कि वे लोग अपनी ससुराल या समधियाने से होकर आए हैं। इसी दिन से होली का माहौल बनने लगता। घर में तैयारियाँ होने लगती। स्त्री-पुरुष, बच्चे-सयाने, युवा-वृद्ध सब मगन और मुदित हो जाते।

होली के दिन हम रघुवीर को भी याद कर लेते हैं, अपने वीरों को भी याद कर लेते हैं। होली के दिन हम होलिका को भी याद कर लेते हैं, हिरण्यकश्यप को भी याद कर लेते हैं और प्रह्लाद को भी याद कर लेते हैं। अशुभ का समापन जहाँ होता है उसे होली कहते हैं और शुभ का श्रीगणेश जहाँ से होता है उसे होली कहते हैं। इसीलिए इसे रंगों का पर्व कहते हैं। प्रकृति भी रंग बरसाती है। नाना प्रकार के फूल दिखाई देने लगते हैं। बसन्त का उत्कर्ष होती है होली।

ऊधोपुर की होली का एक व्यवस्थित क्रम होता था, होली की पूर्व रात्रि में सम्मति जलाने का एक विधान होता है। बसन्त पंचमी के अनन्तर होली के पूर्व गाँव में एक निश्चित स्थान पर होलिका जी (सम्मति) गाड़ी जाती अर्थात् लकड़ियाँ जुटाकर उन्हें स्थापित कर दिया जाता। यहीं सम्मति जलाने के पूर्व पूरे गाँव में युवाओं की टोली घूमती है। 'पाँच दे' 'पंचगोइठी दे'- अर्थात् उस सम्मति में हवन के रूप में डालने की सामग्री गाँव भर के लोगों से माँगी जाती। जिसके यहाँ जो सामग्री सुलभ होती, किसी के यहाँ लकड़ी, किसी के यहाँ गोंईठा, अन्य-अन्य प्रकार की जो भी सामग्री हो, ऐसी सामग्री जो जलाने के काम आए, लोग देते और उसे सम्मति में डाला जाता।

एक और भी परम्परा है ग्रामीण समाज की, नागरी समाज की या उस समाज की जहाँ से हम आए हैं। घरों में हाथ या पैर पर 'बुकवा' (जो सरसों पीसकर बनाया जाता है जिसे उबटन भी कहते हैं), लगा करके मैल छुड़ाई जाए और मैल को ले जाकर सम्मति में डाल दिया जाए। ऐसी मान्यता है कि इसे चढ़ाने के साथ जितने दोष और विकार हैं, उस सम्मति में जल जाते हैं, और जितनी व्याधियाँ और चिन्ताएँ हैं सब उसमें जलकर भस्म हो जाती हैं और जितने अच्छे गुण हैं फिर से शरीर में आ जाते हैं। यह परम्परा अभी भी है।

होली के एक दिन पहले शाम ढलने पर सम्मति जलाई जाती अर्थात् होलिका जलाई जाती और इसके चारों तरफ घूमकर लोग होरी गीत गाते। युवा उत्साही मस्ती के नारे लगाते। इस तरह 'दूल्हेरी' होली अर्थात् सम्मति दहन की प्रक्रिया पूरी होती। सम्मति जल जाती है तो सुबह से होली का कार्यक्रम सब जगह पर शुरू होता है। विशेष रूप से ऊधोपुर में तीन चरण में होली मनाई जाती है। पहला चरण शुरू होता है 'धुरहेरि' के साथ, 'धुरहेरि' शब्द से ही स्पष्ट है कि इसमें धूल का विधान होगा। गाँव के युवाओं की टोली और कुछ सयानों का साथ सम्मति (होलिका) के पास जाते हैं और गमछा जिसे हम कन्धे पर रखते हैं और बहुत उपयोगी होता हैं, जिसे हम बिछाकर सो भी सकते हैं, उसे सर पर बाँध भी सकते हैं, स्नान करके शरीर भी पोंछ सकते हैं, बहुत उपयोगी होता है गमछा। गमछे में सम्मति की राख एकत्रित करके रखी जाती है और फिर पूरे गाँव में भ्रमण किया जाता है।

साथ में ढोल मंजीरे की टीम चलती है, जो ढोल बजाते हैं, मंजीरा बजाते हैं और गाना गाते हैं। शिवालय से यह क्रम शुरू होता है।

गाँव के ठीक बीच में ही शिवालय है। गाँव के पूर्व तरफ देवी माँ का मन्दिर है। यह भ्रमण शिवालय से शुरू होता है। फाग गाने का और 'धुरहेरि' खेलने का यह क्रम फिर पूरे गाँव में फैल जाता है। सयानों और युवाओं की पूरी टीम चलती है। आरम्भ में, जहाँ तक मेरी स्मृति में है श्री बल्देव मणि त्रिपाठी, श्री सरदार मणि त्रिपाठी, श्री दिवाकर मणि त्रिपाठी, श्री रामदास, श्री चुनमुन अन्यान्य की टीम नेतृत्व करती थी ढोलक, झाल मंजीरे के साथ गाने बजानेवालों को लेकर। बाद में श्री अमरेन्द्र मणि त्रिपाठी, श्री सुरेन्द्र मणि त्रिपाठी, श्री परीक्षित मणि त्रिपाठी, श्री सूर्यनाथ यादव, श्री स्वामीनाथ यादव, श्री उत्तिम यादव, श्री सिकन्दर यादव, श्री बृजेन्द्र मणि त्रिपाठी, श्री बृजेश मणि त्रिपाठी अन्यान्य की टीम नेतृत्व करती थी। बाद में रविप्रकाश मणि त्रिपाठी, सत्यप्रकाश मणि त्रिपाठी (गुड्डू बाबू), श्री आनन्द प्रकाश मणि त्रिपाठी (विनोद जी), श्री राकेश मणि त्रिपाठी (झिनकू बाबू), श्री पारस मणि त्रिपाठी, चन्द्रप्रकाश मणि त्रिपाठी, राममनोहर त्रिपाठी, रामख्याली यादव, रामदरश यादव, रमेश पांडेय, चिन्तामणि त्रिपाठी (पतरकू भैया), लालन, सुदामा यादव, शिवदरश यादव, मालवर, रुदल, रमापति, नरपति अन्यान्य के नेतृत्व में पूरे गाँव में भ्रमण का दौर चलता रहा है। अभी भी होली में धुरहेर के समय सत्यप्रकाश मणि त्रिपाठी (गुड्डू) बाबू की गाँव और क्षेत्र के लोगों को प्रतीक्षा रहती है उमंग, उत्साह और उछाह के लिए। जो भी रास्ते में मिलता है उसे राख लगाते हैं जो सम्मति (होलिका) से ली गई होती है। कहीं-कहीं मिट्टी भी लगाते हैं। पूरा क्रम चलता है 3 घंटे का, प्रात: 08:00 बजे से 11:00 बजे तक।

मेरे गाँव में 'कबीरा' और 'जोगीरा' का वाचन भी होता था। एक समय था जब भारत में कबीर पन्थ और नाथ पन्थ का बोलबाला था। दोनों में वैचारिक ठना-ठनी लगी रहती थी। तो कबीरपन्थियों ने 'जोगीरा' का और नाथपन्थ जोगियों ने 'कबीरा' का गायन प्रारंभ किया जिसमें एक दूसरे के मतों की खिल्ली उड़ाई जाती थी। मेरे गाँव में होली पर ये दोनों होली के लोकप्रिय एवं धारदार संवाद की लोकशैलियाँ थीं, जिनका लोग भरपूर आनन्द उठाते थे। 'कबीरा स र र र' या 'जोगीरा स र र र' का उद्घोष सुनते ही लोगों पर 'फगुनहट' (फागुन का नशा) चढ़ जाती थी। 11:00 बजे

के बाद नहा धो के नाश्ते/भोजन के बाद 01:00 से 04:00 तक फिर रंग खेलने का विधान होता है। नाना प्रकार के रंग पानी में घोलकर एक दूसरे के ऊपर रंग फेंकने का एक अलग मजा होता। रंग तो हमारा खर्च होता है लेकिन दूसरे के कपड़े पर पड़ता है तो खुशी होती है। अपने हाथ में भी रंग मलते और दूसरे के चेहरे पर पोत देते हैं। उससे भी खुशी मिलती। फिर बाद में छुड़ाना तो दोनों को पड़ता लेकिन यह आनन्द लेने का, मजा लेने का, प्रसन्न होने का एक विशेष भाव था। यह अपनी खुशी दिखाने का, बाँटने का एक भाव है जिसे अपने रंग में किसी को रंगने का भाव भी कह सकते हैं।

रंग कई तरह से लगता है, कई प्रकार से लगता है। रंग के भी अनेक रंग हैं, जिस पर समय-समय पर साहित्यकार बन्धु चर्चा करने लगते हैं कि कौन रंग हैं जो अछूट होता है, जो छूटता नहीं है। कुछ ऐसे रंग लगाते हैं जिन्हें रंग भी नहीं कहते। कई-कई प्रकार की बातें रंग को लेकर होती हैं।

लेकिन होली का जो विशेष रंग होता है वह लालित्यपूर्ण होता है। रंग लगने से चेहरे का लालित्य बढ़ जाता है। कभी-कभी थोड़ा अति उत्साही लोग लाल रंग की जगह दूसरे रंग का भी प्रयोग कर लेते हैं लेकिन वह प्रियकर नहीं होता है। तो 1:00 बजे से लेकर 4:00 बजे तक पूरे समय पिचकारी से रंग खेलने का विधान होता। प्लास्टिक, पीतल और बाँस की पिचकारी का प्रयोग किया जाता।

अब इसका समय बदलकर अपराह्न 02:00 बजे तक कर दिया गया है। प्रातः 11:00 से 02:00 बजे तक और फिर स्नान, ध्यान और भोजन के बाद सब लोग तैयार होते हैं। सायं 04:00 से 06:00 बजे तक हमारे दरवाजे पर उस क्षेत्र के विभिन्न गाँव के लोग अपना कला-कौशल दिखाने के लिए आते हैं। कला-कौशल अर्थात् उस क्षेत्र के जिस गाँव में जिस प्रकार के भी नाच-गाने हैं वह नाच-गान होता है। 10-10 मिनट सबको मिलता है। फिर भेड़ा लड़ाने का विधान था। गाँव में जो लोग भेड़ा पालते थे वह भेड़ा लाकर दरवाजे पर लड़ाते थे। यह प्रथा भी अब बन्द हो गई है। बहुत भीड़ होती है, हजारों की भीड़ लगती है होली के इस कौतुक में।

कुछ लोग मुर्गा लड़ाते थो तो कुछ तीतर लड़ाते थे। अब पशु-पक्षियों की लड़ाई नहीं होती है। नाना प्रकार का खेल होता था। कुछ दड़ारी (उछल कर शरीर पलटने की क्रिया) मारते थे। यह भी एक खेल है जो नाग पंचमी के दिन विशेष रूप से होता है। लेकिन हमारे यहाँ यह होली में भी होता

है। कुछ योग कला और कौशल भी दिखाते हैं। उसके बाद गायनवाले भी आते हैं। कुछ बिरहा गाते हैं। कुछ हाथ में फरी (लोहे का लगभग एक फीट का छड़नुमा वाद्य यन्त्र) लेकर, करताल लेकर बजाते हैं और गाते हैं। कुछ एकल गायन होता है, कुछ सामूहिक गायन होता है। यह पूरा क्रम चार बजे से लेकरके छह बजे तक चलता है अर्थात् यह दो से ढाई घंटे का कसा हुआ (पैक्ड) कार्यक्रम होता है। इसी के अनंतर गँवई नृत्य और कवित्त का भी कार्यक्रम होता था। इसके कलाकारों में प्रमुख थे—झगरू, छट्टू, नरेश, भागीरथी, सागीरथी, अन्यान्य।

कार्यक्रम दिखानेवालों पर रंग की जगह जमकर अबीर-गुलाल फेंका जाता है ताकि उनके कपड़े गीले न हों, उन्हें ठंड न लगे। उनका उत्साह और बढ़ता जाए। जितना तेज गाना उतना तेज अबीर-गुलाल का उड़ाना। यह क्रम चलता है सबको कुछ-न-कुछ (पारितोषिक पुरस्कार/उपहार) भी दिया जाता है।

होली के अनन्तर शाम को क्रमवार पुरुष-स्त्रियाँ सब गाँव में निकल पड़ते हैं। परिचितों-मित्रों के घर जाते, होली खेलते और गले मिलते। रंग-गुलाल की होली राधा-कृष्ण भाव से सम्बद्ध थी। लोग इनसे सम्बन्धित शृंगारिक पद भी गाते। साढ़े छह बजे के बाद लोग फिर अबीर के साथ गाँव में घूमते हैं। मेरे दरवाजे को पुरूब दुआर (पूर्वी दरबार या द्वार) कहा जाता है। यहाँ से वह क्रम शुरू होता है फिर लौट के यहीं पर वह क्रम समाप्त होता है, लोग सब के घर जाते हैं। सबके यहाँ जो पकवान बने होते हैं वे सबको खिलाए जाते हैं। गुझिया तो होली के दिन का राष्ट्रीय पकवान हो गया है। विभिन्न प्रकार की मिठाइयाँ होतीं जिनमें गुझिया जरूर होती। होलाr पर मालपुआ बनता है। तो यह सब उस दिन खाने को मिलता है। थोड़ा-थोड़ा लेने पर भी बहुत ज्यादा हो जाता है।

सायं 06:30 बजे से लेकर रात्रि 09:00 बजे तक यह उपक्रम होता है जिसमें छोटे बच्चे, किशोर, युवा, बढ़े से लेकर बुजुर्ग तक और वह व्यक्ति जो चल सकते हैं, सभी पहुँचते हैं और सम्मान भाव व्यक्त करते हैं। अबीर-गुलाल आवश्यक नहीं कि सर पर लगाया जाए। सैकड़ों लोग हम लोगों को प्रणाम करने की मुद्रा में यह अबीर रख कर जाते हैं, प्रणाम करते हैं, आशीर्वाद लेते हैं। जिसका जो पद है, मान्यता है, सामाजिक सम्बन्ध है उस हिसाब से अबीर लगाने का विधान है।

जहाँ थोड़े मनोरंजन के लिए दोनों गालों पर अबीर-गुलाल मल दिया जाता है। सम्मानित व्यक्ति के माथे पर टीका लगाया जाता है या अबीर उसके पैरों के पास नीचे रख देते हैं। इस तरह सायं 06:30 बजे से लेकर रात्रि 09:00 बजे तक अबीर के साथ होली खेलने का क्रम चलता है और नाना प्रकार के गीत संगीत से यह पूरा होली का त्योहार सजा-संवरा होता है। इसलिए इसको भी हम अपनी पुरातन संस्कृति का एक अनिवार्य हिस्सा मानते हैं।

हमारे घरों में होली के दिन मालपुआ और गुलगुला बनाया जाता था। ये दोनों ग्रामीण जीवन के विशिष्ट व्यंजन हैं। दूध, आटा, चीनी और मेवे का घोल बनाकर मालपुआ घी में तला जाता है। मुलायम मीठा और सुगन्धित मालपुआ तैयार होते समय ही अपनी सुगन्ध चारों ओर फैला देता था कि मुँह में पानी-सा आ जाए। आटे में गुड़ मिलाकर थोड़े गाढ़े रूप में छोटे-छोटे गोलों के रूप में तलने पर गुलगुले तैयार हो जाते थे। गुड़ और आटे के सहयोग से और घी में तले जाने से गुलगुले भी स्थायी प्रभाव का अद्‌भुत स्वाद देते थे।

हमारे गाँव के कई घरों में होली के दिन ठंडई और भांग भी घोटी (पीसी) जाती थी। ठंडई कई मेवों, सूखे गुलाब के फूलों, खीरा, खरबूजे के बीज आदि को पीसकर तैयार की जाती थी। इसके लोंदे (गोले) को चीनी मिले कच्चे दूध में घोल दिया जाता था। भांग की पत्तियों को पानी में भिगोकर निचोड़ने के बाद काली मिर्च के साथ खूब महीन पीसकर भांग के गोले बनाए जाते थे। भांग की छोटी सी गोली निगलकर ऊपर से ठंडई पी जाती थी या ठंडई में ही अपनी औकात के अनुसार भांग घोलकर पी जा सकती थी। हमारे गाँव के भांग-बूटी के प्रेमी लोग यह छन्द बड़े गर्व के साथ सुनाते थे—'गंग समान तरंग उठे, जब अंग में आवत भंग भवानी'। कई लोग भांगवाले मोदक भी बनाते थे जिसे वह गणेश जी का प्रसाद कहते थे। भांग पीकर जो हलके नशे की स्थिति में आ जाते थे उनका कौतुक देखते और रोचक संवाद सुनते ही बनता था। कोई तीन किलो सरसों में पाँच किलो तेल निकलने की बात दावे के साथ करता तो कोई रोते हुए पैर पकड़कर या किसी का हाथ पकड़कर अपने को उड़ने से बचाने के लिए चिरौरी (आग्रह) मिनती (विनती) करता।

मेरे गाँव की होली इस प्रकार बहुरंगी बन जाती थी। सब एक रस में सराबोर हो जाते थे। जात-पाँत, ऊँच-नीच एवं बड़े-छोटे का भाव तिरोहित

हो जाता था। होली के उन्मुक्त व्यवहार में गालियाँ भी चलती थीं। देवर-भौजाई, ननद-भौजाई की ठिठोलियाँ भी सब कुछ रस भरा, रंग भरा, तरंग भरा, उमंग भरा। उल्लास एवं मनोविनोद का नशा ऐसा कि कई -कई दिन तक उतरता नहीं था।

होली वह पर्व है, अवसर है, त्योहार है जहाँ आदमी पिछली बुराइयाँ छोड़ देता है, आगे के लिए उत्साह समेकित कर लेता है। आनन्द मनाता है, उत्सव मनाता हैं। आनन्द के साथ जीवन जीने की शिक्षा देता है यह पर्व। बैर भाव भूलने की शिक्षा देता है यह पर्व। मेल-मिलाप बढ़ाने की शिक्षा देता है यह पर्व। आज के दिन सभी मिलते हैं, उत्साह से मिलते हैं। कोई मनोमालिन्य नहीं रहता। मन में अच्छे भाव होते हैं, यही होली का सन्देश है। इसी भाव से होली मनाई जानी चाहिए।

अपने गाँव की होली को देख-खेल कर मैं बड़ा हुआ हूँ और मुझे यह तभी से समझ में आ गया कि होली रंग, तरंग एवं उमंग का पर्व है, तरुणाई, अंगड़ाई और प्रगति के सोपान पर चढ़ाई का पर्व है, हास, परिहास एवं उल्लास का पर्व है, आमोद-प्रमोद एवं विनोद का पर्व है, अच्छे मन, विचार एवं भाव के साथ खेलने का पर्व है, नूतनता के उत्कर्ष और हर्ष का पर्व है, सत, चित्त और आनन्द का पर्व है, समता, समरसता, सहजता, सरलता और सरसता का पर्व है।

12

नाच

एक सांस्कृतिक कला है—'नाच'। गाँव में मनोरंजन का यह एक प्रमुख साधन है। गाँवों में विशेष पर्वों पर मंचित होनेवाले नाच का स्वरूप समय के साथ बदलता गया है। 'बड़ा नाच' नौटंकी के रूप में जाना जाता है जिसमें कई कलाकार होते थे। फिर इसका स्वरूप बदला और मंच पर कार्यक्रम होने लगे। नाच-नौटंकी के अलावा भी अन्य-अन्य शब्द इसके साथ जुड़ते चले गए।

नाच का मुख्य पात्र अपनी कला से लोगों का मनोरंजन करता था—गायन के माध्यम से, नृत्य के माध्यम से अथवा संवाद के माध्यम से। नाच किसी भी मौसम में हो सकता था। शादी-विवाह में नाच का होना आवश्यक माना जाता था। जहाँ बराती लोग बैठकर रात्रि का आनन्द उठाते थे और दिनभर के थके घराती भी अपनी थकान मिटाते थे।

बराती-घराती के बीच में रोचक संवाद नाच के कलाकार गढ़कर प्रस्तुत करते थे—मनोरंजन और लोकजनित मज़ेदार संवाद। ये हमें यह बतात्े थे कि परस्पर संवाद को हमेशा रोचक होना चाहिए। संवाद ऐसा नहीं होना चाहिए जो वक्ता या श्रोता के लिए अप्रिय हो या जिससे सुनने या बोलनेवाले का उत्साह घटता हो या मन खट्टा होता हो। संवाद ऐसा होना चाहिए कि जिससे दोनों का उत्साह बढ़े, दोनों के मन में उमंग उमगे। नाच के माध्यम से हमें यह सन्देश मिलता था।

नाच में कुछ पात्र अजीबो-गरीब हरकत भी करते थे। कुछ ऐसे पात्र होते थे जो अपनी विचित्र वेशभूषा से लोगों का ध्यान आकर्षित कर लेते थे।

अजीबो-गरीब हरकत करनेवाले पात्र को 'जोकर' (विदूषक) कहा जाता था।

नाच में ताल-वाद्य बजानेवाले भी अद्‌भुत होते थे। इसमें वाद्ययन्त्रों की एक खास विशेषता होती थी कि हर पात्र के आने से पहले एक विशेष प्रकार के सुर, लय और ताल के साथ वाद्ययन्त्र अपना स्वर साधने लगते थे और हमें आभास हो जाता था कि अब कोई नया पात्र सामने आनेवाला है, या तो उसके द्वारा गायन होगा, या नृत्य होगा अथवा फिर कोई प्रहसन होगा। मंच की यह रीत 'नाच' में चलती रहती थी।

एक बार की बात है। होली के दिन थे। सबपर 'फगुनहट' छा चुकी थी। होली पर आमतौर पर हमारे गाँव में नाच होता ही होता था। यह होली का अभिन्न हिस्सा था। पूरे अंचल में कई 'नाच-समूह' प्रसिद्ध थे। प्रमुख नाचमंडली का एक प्रमुख या निर्देशक हुआ करता था। सभी गाँवों के लोग उससे परिचित होते थे। उससे बात करके और धनराशि तय करके मंडली बुलाई जाती थी। नाचमंडली बुलाने की यह परम्परा गाँवों में आज भी कायम है। एक बार जाड़े के महीने में एक नाच पार्टी आई थी। उसने रात्रि में अपना कौशल दिखाना शुरू किया। उसमें जो नर्तकी के रूप में पुरुष कलाकार, अथवा अब तो थी कह लीजिए, उसने एक गाने का गायन शुरू किया। गाने के बोल थे—सैंया तेरी बतियाँ कह दूँगी। नाच देखनेवाले के समूह में चारपाई पर बैठे हुए अति आदरणीय श्री रामपलट काका भी थे। उम्र की वरिष्ठता के चलते उनका बहुत सम्मान था। गाँव की परम्परा में हर 'उम्र श्रेष्ठ' का सम्मान किया जाता था। सभी लोग ऐसे व्यक्ति का आदर करते थे। यह हमारा सुसंस्कार था। मेरी उम्र के लोग उन्हें 'काका' कहते थे।

जैसे ही उसने गाया कि सैंया तेरी बतियाँ कह दूँगी, वह उठे और अपने पॉकेट से दो रुपये निकालकर उसको दिए और फिर अपने स्थान पर जाकर बैठ गए। उस नर्तकी ने यह गाना पूरा किया। फिर उसने दूसरा गाना गाया। थोड़े अन्तराल के बाद वह पुन: मंच पर आया/आई, उसे लगा कि वह जो सामने बैठे हैं, अर्थात् हम लोगों के काका, उन्हें शायद मेरा 'सैंया वाला' गाना बहुत पसन्द आ गया है। उसने वही गाना फिर से गाया - सैंया तेरी बतियाँ कह दूँगी ।

काका फिर से उठे और जाकर उसको दो रुपये और दिए। थोड़ी देर बाद जब नाटक खत्म हुआ तो उस नर्तकी को लगा कि मेरा यह गाना

ये बुजुर्ग बहुत पसन्द कर रहे हैं। तो उसने एक नाच करने के बाद ठेका लगवाकर पुन: वह पंक्ति गाई—सैंया तेरी बतियाँ कह दूँगी।

काका उठे, आए और उसे पाँच रुपये दिए। अब तो सबको लगने लगा कि गाने के बोल काका को अच्छे लग रहे हैं, तभी वे बार-बार नर्तकी को रुपया दे रहे हैं। काका रुपये देकर अपने स्थान पर जाकर बैठ गए।

उस समय पाँच रुपये की बहुत कीमत थी। नर्तकी ने मंच छोड़ दिया। 'नाच' खत्म होने से एक घंटा पहले लोगों की माँग हुए कि नर्तकी मंच पर आए और 'सैंया' गाने को सुनाए। नर्तकी आई और जैसे ही उसने सुनाया कि सैंया तेरी बतियाँ कह दूँगी, काका उठे और उसके सामने जाकर खड़े हो गए और कड़ककर बोले—जाओ कह दो, इतनी देर से मैं तुमको मनाने की कोशिश कर रहा हूँ, सारा पैसा जो जेब में था दे दिया, जाओ कह दो। यही न कह दोगे कि मैं (काका) शौच के लिए गया था और खेत में चना खा रहा था। कह दो-कह दो। इस पर सारे लोग हँसते-हँसते लोटपोट हो गए। जो रहस्य था उसे काका ने खुद ही खोल दिया। उस नर्तकी के मन में कोई भाव नहीं था। वह तो काका का 'रहस्य' जानती भी नहीं थी। तब से गाँव में यह प्रसिद्ध हो गया कि काका से अगर कोई 'सैंया' शब्द कह दे तो काका बिफर पड़ते थे। उनका क्रोध चरम पर पहुँच जाता था। वैसे देखिए तो सैंया शब्द कितना प्रेरक और 'मान्य' शब्द है लेकिन काका के सामने अगर कोई सैंया शब्द कह देता था तो उनका धीरज छूट जाता था। 'नाच' शब्द इस प्रकार का कौतुक भी उत्पन्न कर देता था। कुछ भी हो, ग्रामीण जीवन में नाच मनोरंजन का विषय है, नाच आकर्षण का विषय है, नाच-नृत्य कौशल का विषय है, नाच वाद्ययन्त्रों की कुशलता का विषय है। नाच को लेकर बहुत सारी कहानियाँ गाँव में बनती हैं। गाँवों में प्रचलित होती हैं। साल-दर-साल चलती हैं। जैसे 'काका' की अमर कहानी।

एक कहानी आप लोगों ने भी सुनी होगी—'जब तबला बोले धीन-धीन तब एक के ऊपर तीन-तीन'। इसकी भी एक कथा है, कि एक जगह यही नाच पार्टी कार्यक्रम देने / अपनी कला का मंचन करने जा रही थी। रास्ते में कुछ चोरों या शरारती तत्त्वों ने नाच पार्टी के सदस्यों पर हमला बोल दिया और उनका सामान छीन ले गए। जब गाँव में वह नाच पार्टी आई और कार्यक्रम शुरू करना हुआ तो इन लोगों ने देखा कि उसी में वे तीन अपराधी भी बैठे हुए थे जिन्होंने नाच पार्टी पर हमला किया था। इन लोगों ने संकेत-

सन्देश देकर गाँव् के प्रमुख लोगों को बताया कि वह जो तीन लोग बैठे हुये हैं इन्होंने रास्ते में उन्हे तंग किया और लूट-पाट की।

सब ने सोचा कि इसके पहले कि वे तीनों भाग जाएँ, कुछ उपाय करना चाहिये। यह राय बनी की नृत्य चलते रहना चाहिये जिससे कि वे सजग न होने पाएँ। तो उसका एक संकेत बनाया गया कि चोरों के अगल-बगल जा करके तीन- तीन बलिष्ठ लोग बैठ जाएँ और जब तबला धीन-धीन की आवाज करे तो तीनों चोरों को तीन-तीन का यह गुट पकड़ ले। इस तरह से चोर पकड़े गए। तब से यह बात एक कहावत की तरह इस क्षेत्र में प्रचलित हो गई कि जब तबला बोले धीन-धीन तब एक के ऊपर तीन-तीन।

यानी एक चोर को तीन लोगों ने पकड़ा इस तरह से उस क्षेत्र में अपराध भी बन्द हो गया। क्षेत्र के चोरों को यह भय हो गया की अगर कोई अपराध करेगा तो उसे तीन लोग धर पकड़ेंगे, उसकी धुनाई करेंगे और पुलिस के हवाले कर देंगे। लोग और पुलिस बारी–बारी से न्याय तो कर ही सकते हैं।

नाच से कई बातें स्पष्ट होती हैं। यह कला का एक विशेष कौशल था। अब इस पर समय के साथ ग्रहण लग रहा है। इसके जो कलाकार थे उनका गायन, उनकी भाव-भंगिमा और उनके संवाद बहुत प्रभावशाली होते थे। खूब मनोरंजन करते थे। और ढेरों सन्देश देते थे। विशेष रोचकता तब आती थी जब किसी प्रसंग में नारद मुनि मंच पर आते थे। तब हास्य का विशेष रंग जमता था। उस समय राजा लोगों की कहानियाँ भी मंच पर दिखाई जाती थीं, इनमें कुछ ऐसे संवाद भी होते थे जो वहाँ के लोगो को हमेशा याद रहते थे। मुझे भी एक वाक्य याद है। एक राजा अपने सिंहासन पर बैठे थे और एक साधु (कुलगुरु) जैसे ही मंच पर आये तो राजा ने नृत्य करते हुए यह वाक्य बोला—प्रणाम हो गुरु देव महाराज को और जो गुरु थे उनका जवाब था कि ईश्वर बढ़ाए तेरे यश और राज को। अभिवादन और आशीर्वाद का भाव इन संवादों में गुंथा हुआ था जिसे हम सीखते थे, याद रखते थे।

यह सन्देश सब के लिए होता था। हमे पुनः उन कलाकारों की खोज करनी चाहिए। वे जहाँ कहीं भी हों उनका सम्मान हो और उनकी कला को आधुनिक तकनीक के माध्यम से आधुनिक सन्दर्भो में रूपान्तरित किया जाए। उन्हें आगे बढ़ने का मौका दिया जाए। ये लोक कलाएँ हमारी धरोहर है। इनमें ग्राम जीवन का स्पन्दन था। मानवीय भावनाओं से ओत-प्रोत ऐसी परम्परागत कलाओं को अकाल लुप्त नहीं होने देना चाहिए।

13

दहेज

बात उन दिनों की है जब शादी विवाह में दहेज के रूप में रुपया, घड़ी और साइकिल देने और लेने का प्रचलन था। यह तीन मानक होते थे जिसके आधार पर दहेज का निर्धारण होता था। कितना रुपया, कैसी साइकिल और कैसी घड़ी। बाद में इसमें एक और आइटम जुड़ा जिसे ट्रांजिस्टर कहते हैं। जिन परिवारों में सम्पन्नता रही होगी वहाँ एक विशेष आइटम और जुड़ा जिसे अँगूठी कहते हैं।

थोड़ी और सम्पन्नतावाले परिवारों में सोने की चेन देने का विधान आरम्भ हुआ। शादी का भी विशेष क्रम होता था। वरक्षा, तिलक, विवाह, ढावना, दोंगा। बाद में बारात वापस चली जाती थी। और फिर बहू गवने में आती थी। तो एक क्रम गवना का होता था। शादी के समय दहेज में कुछ रुपये का निर्धारण होता था। वस्तुतः दहेज उस समय बरातियों की व्यवस्था के लिए मिलने वाला खर्च होता था। उनके आने-जाने में कोई असुविधा न हो। साथ ही एक उमंग होता था तो उमंग और उत्साह का थोड़ा प्रदर्शन भी हो जाए।

इसी के निमित्त कन्या पक्ष के द्वारा दिया जाता था दहेज। यह प्रथा अब भी है लेकिन दहेज को कभी भी सम्मान की दृष्टि से नहीं देखा गया। दहेज सदा से अभिशाप की तरह रहा है, क्योंकि पिता अपनी कन्या देता है और उससे बढ़कर कोई दहेज हो ही नहीं सकता। कन्या अपने साथ संस्कार लाती है। दो परिवारों को, दो सभ्यताओं को, दो संस्कृतियों को और दो

पीढ़ियों को जोड़ने का सूत्र (कड़ी) लाती है। संबल, साहस, धैर्य, धीरज, संवेदना, सहनशीलता सब कुछ ले करके आती है।

इसलिए वधू से बढ़कर तो कोई दहेज हो ही नहीं सकता। कन्या से बड़ा कोई अलंकार हो ही नहीं सकता। कन्या से बढ़कर खुशी का कोई विषय हो ही नहीं सकता। एक अन्य मान्यता रही है कि वर पक्ष का खर्च कम-से-कम हो, लेकिन वह भी अपनी सामर्थ्य के हिसाब से हमेशा से खर्च करता आया है, खर्च करता रहेगा। हां यह खर्च सीमित हो तो ज्यादा सुखकर है। ग्राम्यांँचल की एक मान्यता है 'तेते पाँव पसारिए जेती लम्बी ठौर' अर्थात् जितना स्थान है उसी हिसाब से अपना पैर फैलाना चाहिए, जितनी चादर है उतना ही पैर पसारना करना चाहिए। उसके बाहर नहीं निकलना चाहिए।

यह तो एक प्रसंग है। दहेज कभी भी सम्मानित नहीं रहा। हाँ यह जहाँ तक उपहार या प्रेम का प्रतीक है, विचारणीय है। उपहार भी ऐसा नहीं होना चाहिए कि उपहार देनेवाले के ऊपर बोझ बन जाए। दोनों पक्षों में लगाव, आत्मीयता और सम्बन्धों का समभाव होना चाहिए। इसीलिए विवाह में समधी होते हैं। कन्या का पिता व वर का पिता दोनों ही मिलते हैं तो समधी होते हैं। समधी अर्थात् समान बुद्धि, समान स्तर, समान विचार, समता का भाव रहना चाहिए। तब किसी के ऊपर न कोई बोझ बनेगा, न बोझ पड़ेगा। यह एक भाव है। लेकिन यहाँ उन दिनों की चर्चा है जब सामान्य पारिवारों में दहेज में रुपया और घड़ी, साइकिल का प्रावधान होता था। बारात विवाह के बाद वापस आती थी फिर कुछ दिनों के बाद दिन, लगन, मुहूरत देखकर गवने का प्रबन्ध होता था। इसे अंग्रेजी में सेकंड मैरिज कहा जाने लगा। गवने में सीमित संख्या में लोग जाते थे।

गवने के अनन्तर कन्या विदा होकर वर के घर आती थी, फिर उसका दरवाजे पर स्वागत, सत्कार। उसके लिए घर में बहुत अच्छे विधान होते थे। जब बहू घर में प्रवेश करती है उसके लिए विधिवत पूजन की परम्परा है। दरवाजे पर भी और उसके गृह प्रवेश करने पर भी क्योंकि वह साक्षात लक्ष्मी के रूप में देखी जाती है, साक्षात सौभाग्य के रूप में देखी जाती है। कहीं-कहीं अब भी गवने के बाद एक दोंगे का विधान है।

बहुधा जब कन्या अपनी ससुराल से विदा होकर वापस मायके चली जाती थी तो दोबारा उसका एक रस्म के माध्यम से आगमन होता था। इस रस्म का नाम दोंगा है। इस अवसर पर भी उपहार ठीक-ठाक मिलता था

जिससे कि वर पक्ष के परिवार के लोग प्रसन्न हों यानी लड़के का कुल प्रसन्न हो जाए। तो यह एक क्रम होता था शादी विवाह का पुराने समय में। यह सन्दर्भ उन्हीं दिनों का है। मैं जिस गाँव से आता हूँ उसमें एक युवा थे, पढ़े-लिखे थे, प्रतिभाशाली थे, अच्छा बोलते थे और बहुत धैर्य और साहस उनके अन्दर था। नाम था 'हीरामन'।

जब उनकी शादी हुई तो यह तय हुआ कि तीन चीजें मिलेंगी एक तो आवश्यक खर्च और बरातियों की व्यवस्था के लिए रुपया, तथा वर के लिए घड़ी और साइकिल। बारात के लिए केवल जो व्यवस्था हो सकती थी उतनी हुई। बारातियों का स्वागत हुआ। जब गवना में वह गए तो उन्हें घड़ी मिली। बहुत प्रसन्न हुए पीले डायल की घड़ी मिला करती थी। पीले रंग को शुभ माना जाता था। आज भी कहीं-कहीं ऐसा ही विधान है पीले डायल की घड़ी देने का।

हीरामन विवाह करा कर प्रसन्नतापूर्वक घर आए। उत्सव मना गाँव में। हमारे गाँव की एक परम्परा है सब के सुख और दुख में सभी भागीदार होते हैं और इसमें सुख बढ़ जाता है और दुख घट जाता है, बंट जाता है। यह परम्परा आज भी वहाँ पर चलती है जिसे ऊधोपुर गाँव कहते हैं।

कुछ दिनों तक यह आमोद-प्रमोद का विषय चलता रहा। फिर दो-तीन महीने बाद कन्या पक्ष के लोग आए और कन्या विदा होकर अपने मायके चली गई। मायके को पीहर भी कहते हैं और नेहर भी कहते हैं। कई नाम है उसके लिए। फिर कुछ दिन तक हीरामन ने अपने परिवार के साथ अकेले रहकर दायित्व बोध किया। जैसा आप सभी जानते हैं कि शादी होने के बाद एक विशेष किस्म का लगाव होता है पति-पत्नी के बीच में—सघन, सघनतर, सघनतम।

बिछोह स्वीकार नहीं होता है, लेकिन विधान के अन्तर्गत कुछ दिन के लिए यह बिछोह भी चलता है। कन्या अपने मायके चली जाती है तब। फिर पंडित जी से साइत पूछकर दोंगा की तिथि रखी जाती है और और बहू अपने परिवार में वापस लौटती है। हीरामन के लिए जब दोंगे की तिथि रखी गई तो वह उत्साहपूर्वक अपने ससुराल गए। हमारे गाँव से हीरामन के ससुराल की दूरी कुल 21 किलोमीटर है, सड़क मार्ग से जो सड़क बनी हुई उधर जाने में सीधे पगडंडी से होकर ससुराल जाया जाए तो 17 किलोमीटर की दूरी पड़ती है।

पहली बार हीरामन अकेले गए, वैसे तो कई लोगों के साथ ससुराल जाना होता है। गौना में भी एक सीमित संख्या रहती है फिर भी 10-15 लोग तो हो ही जाते हैं। लेकिन दोंगा में बहुधा अकेले जाना होता है और कोई एक सहयोगी होता है। अधिक उमंग-उत्साह था हीरामन के मन में कि उन्होंने अकेले जाना ही तय किया क्योंकि यह भाव भी था की ससुराल से साइकिल मिलनी है। और साइकिल से चढ़कर आना है और उसी पर पीछे बहू को भी बैठा कर लाना है। तो ऐसे में किसी तीसरे व्यक्ति की भागीदारी सही नहीं होती। पहली बार वह अकेले ही अपने ससुराल गए। जाते समय सड़क मार्ग से जो साधन मिला, इक्का-दुक्का जो बस चलती थी, उसी में बैठ कर गए। उससे उतर कर कुछ दूर पैदल चले। दो-तीन दिन ससुराल में रहे। काफी स्वागत सत्कार हुआ। लेकिन गवना से दोंगा के बीच में गाँव में उन्होंने अपने मित्र लोगों से साइकिल लेकर चलाना सीख लिया था। अभ्यस्त हो गए थे। पारंगत हो गए थे। प्रवीण हो गए थे।

उन्हें अब लगने था कि वह साइकिल से पूरी दुनिया नाप सकते थे। इतना उनके अन्दर विश्वास था और मन में एक उमंग थी कि एक नई साइकिल मिलनी है तो फिर उसी से यात्रा होगी। आप लोगों ने देखा होगा कि स्कूटर पर पति-पत्नी साथ चलते हैं तो अगल-बगल बैठते हैं। साइकिल पर भी बैठने का एक अन्दाज होता था। लेकिन यह दृश्य समय के साथ क्रमशः ओझल होता जा रहा है।

इससे (स्कूटर पर बैठने से) बेहतर अन्दाज साइकिल पर बैठने का होता था। उसी अन्दाज का भाव लिए मन में सपने के लड्डू बनाते-खाते हीरामन अपने ससुराल पहुँचे। स्वागत हुआ और अन्त में विदाई का दिन भी आ गया। विदाई में उन्हें साइकिल मिली। साइकिल ही वह सवारी है जिसे कसा जाता है, तैयार नहीं किया जाता है क्योंकि लोग पूछते हैं कि साइकिल कितने में कसी गई। तो साइकिल कसी जाती थी। कसी हुई साइकिल उन्हें मिली। उसमें लाल पीले नीले रंग के कुछ भरे-पूरे सूत्र पहियों में बाँधे गए थे। इससे साइकिल देखने-चलने में सुन्दर लगती थी। एक छोटी-सी बैटरी लगती थी। आगे एक बास्केट (डोलची) लगता था। बैटरी पहिया के साथ चलती थी तो आगे रोशनी निकलती थी। पीछे बैठने के लिए कैरियर होता था। बहुत सारी सुविधाएँ अपने हिसाब से उस में जोड़ी जाती थीं। क्योंकि दहेज

में साइकिल मिल रही थी, इसलिए जितना एसेसरीज (अतिरिक्त सुविधा / सौंदर्य उपादान) उसमें लग सकती थीं, लगी थीं।

ससुराल में लगाव और अतिशय स्वागत-सत्कार का भाव होता है। उपहार प्रसन्नतापूर्वक मिले तो ठीक, इसके लिए किसी भी प्रकार का आग्रह नहीं होना चाहिए। वस्तुतः दहेज तो दुल्हन ही है जिसे सम्बल और प्रेरक के रूप में आजीवन साथ चलना है। यदि ससुराल पक्ष से कठिनाईपूर्वक एकत्र कर दहेज के रूप में दिया जाता है तो यह प्राप्तकर्ता के लिए सुख नहीं दु:ख का कारण बनता है। इसलिए दहेज से विरत रहना ही श्रेयस्कर है।

14

साइकिल

बात उन दिनों की है जब मैं इंटरमीडिएट स्कूल का विद्यार्थी था। हम लोगों के साथ हमारे गाँव से चार-पाँच और विद्यार्थी जाते थे। उस विद्यालय का नाम सेवा समिति बनवारी लाल इंटर कॉलेज है। पहले इसका नाम सेवा समिति ब्वायज स्काउट इण्टर कॉलेज था। यह कॉलेज देवरिया में है जहाँ से मैंने इंटरमीडिएट की परीक्षा पास की।

हमारे गाँव से विद्यालय की दूरी लगभग 11 किलोमीटर थी। हमारे भीतर उस समय युवा उत्साह भरा हुआ था, तो रेलवे लाइन के किनारे-किनारे हम पैदल ही चले जाते थे। कई लोग साथ चलते थे तो दूरी का पता ही नहीं चलता था। हम लोग साइकिल से भी जाया करते थे। तब साइकिल सीखना और चलाना आसान नहीं था। इसकी ऊँचाई लगभग अड़तालीस इंच हुआ करती थी। अत: बाल्यावस्था में इसकी सीट या गद्दी पर बैठ कर इसे चलाना सहज नहीं था। इसे सामान्यतया दो चरणों में सीखा जाता था। पहला चरण था कैंची और दूसरा चरण अर्थात् परिपक्वता का चरण था सीट पर बैठ कर चलाना। कैंची वो विशेष कला थी जहाँ हम साइकिल के फ्रेम में बने त्रिकोण के बीच प्रवेश कर दोनों पैरों को दोनों पैडल पर रखकर चलाते थे। सन्तुलन बनाए रखने के लिए कभी-कभी गिर कर चोटिल भी हो जाना पड़ता था। इसमें भी एक मजा था। अब तो हर उम्र के लिए इच्छानुसार ऊँचाई की साइकिल मिल जाती है।

तब यातायात के साधन बहुत नहीं थे। बस एक्का-दुक्का चलती थी वह भी बँधे समय पर। इसलिए बहुधा हम लोग साइकिल से ही विद्यालय जाया करते थे। हम लोगों से दो वर्ष वरिष्ठ एक विद्यार्थी थे, उनका नाम था नरपत (नरपति)। आमतौर पर सब के पास साइकिल नहीं होती थी इसलिए एक साइकिल पर दो लोग या तीन लोग भी बैठ लेते थे। साइकिल के पीछे एक कैरियर होता था जिसमें कोई एक बैठ लेता था, एक आगे डंडे पर बैठ लिया। बहुधा एक साइकिल पर पर दो लोग बैठ कर जाते थे। बारी-बारी से साइकिल चला कर यह यात्रा पूरी की जाती थी। सड़कें बहुत चौड़ी नहीं थीं, पतली सड़कें थीं।

हम लोगों के साथी नरपत का एक विशेष आग्रह होता था। उनके पास भी एक साइकिल थी जो हर तीसरे दिन खराब हो जाती थी। लेकिन साइकिल से चलना उनका शगल था। साइकिल से चलने का वे पूरा मजा लते थे।

साइकिल चलाने का उनके पास एक विशेष कौशल था। उनका यह कौशल हमें आकर्षित करता था। नरपत कभी भी किसी की साइकिल पर (अगर उनकी साइकिल खराब हो जाए तो भी) पीछे नहीं बैठते थे या आगे नहीं बैठते थे।

वो कहते थे कि चलिए आप के साथ चलेंगे लेकिन साइकिल हम चलाएँगे और आपको बैठना पडेग़ा। हम छः-सात लोग थे। हममें से कोई नहीं चाहता था कि नरपत साइकिल चलाएँ और हम पीछे बैठें। हम आपस में एक-दूसरे की साइकिल पर बैठ लेत थे। लेकिन नरपत कभी किसी के साथ साइकिल पर नहीं बैठे वो खुद साइकिल चला कर गए। यह प्रसंग इसलिए कि साइकिल चलाने में बहुत मजा है।

पहले जब हम लोग साइकिल सीखते थे तो एक विधि थी जिसे 'कैंची' कहते थे। इस विधि में सीट पर बैठ कर साइकिल नहीं चलाते थे उसके बीच में पैर डालकर चलाते थे। सीखने के चक्कर में कई बार गिरते भी थे। कभी हाथ छिल गया तो कभी पैर। फिर धीरे-धीरे हम लोग साइकिल की सीट पर बैठ कर उसे चलाने लगे। नरपत ने भी इसी विधि से साइकिल सीखी थी। लेकिन एक बार नरपत ने साइकिल सीख ली, तो सीख ली फिर वो दूसरों को साइकिल चलाने को नहीं देते थे। नरपत साइकिल चलाते थे और साइकिल पर लोगों को बिठाते थे। पर खुद आगे या पीछे की सीट पर नहीं

बैठते थे। उन्हें सारथी की भूमिका प्रिय थी। यह भी परम सत्य है कि नरपत हर दूसरे-तीसरे दिन साइकिल लेकर गिर पड़ते थे। गिरने का कारण किसी से टकराव नहीं था, न ही साइकिल का ब्रेक था कि जो अचानक कहीं लग जाए और वो गिर जाएँ।

गिरने का एक ही कारण होता था उनके दिमाग का फितूर। जब वो साइकिल पर बैठते थे और एक फर्लांग की दूरी पर अगर उनको कोई ईंट का टुकड़ा दिख जाए, मिट्टी का कोई गोला (ढेला) दिख जाए तो नरपत एक फर्लांग की दूरी से ही उसे अपने दिमाग में बिठा लेते थे। साइकिल पर उनके पीछे अगर कोई बैठा हो तो उसे बताते थे कि वो जो सामने ईंट का टुकड़ा दिख रहा है उससे आप घबराइये नहीं मैं उसके बगल से निकाल लूँगा। वो बताना शुरू कर देते थे कि इस ईंट-ढेले वगैरह की भला क्या बिसात है मैं इसके बगल से साइकिल निकाल दूँगा आप बिलकुल डरिएगा नहीं। वो खुद भी एक फर्लांग की दूरी से ही सर्तक हो जाते थे। वह सड़क भूल जाते थे, कि सड़क पर साइकिल चलानी है। वह उसी ईंट या ढेले को लक्ष्य कर लेते थे और जाकर विधिवत उस पर साइकिल चढ़ा कर धड़ाम से गिरते थे। ऐसे में उनकी साइकिल का कोई-न-कोई पुर्जा जवाब दे जाता था।

अगर उनकी साइकिल पर पीछे बैठा साथी यह देख ले कि ईंट या और कुछ सामने सड़क पर है तो वह उन्हें सावधान भी करता था पर आत्मविश्वास से भरे नरपत उससे कहते थे कि डरिएगा नहीं मैं किनारे से निकाल लूँगा। तब तक में उनकी साइकिल पर बैठा साथी 'धड़ाम' के पहले ही कूद जाता था।

उसकी समझ में आ जाता था कि नरपत जी अब उस ईंट-ढेले पर साइकिल को चढ़ा देंगे और नतीजा अच्छा न होगा। इस तरह से नरपत गिरते थे। बाद में हम लोगों के लिए ये कौतुक का विषय हो गया था। अगर ईंट-कंकड़ तीन-चार दिन साइकिल के सामने नहीं मिला और नरपत गिरने से बचते तो हम लोगों में से कोई साइकिल लेकर पहले ही निकल जाता था और ईंट का टुकड़ा सड़क पर रख देता। खुद एक फर्लांग आगे जाकर वो पेड़ के किनारे कहीं छिपकर बैठ जाता था कि जब सब आ जाएँगे तो साथ में चलेंगे। फिर नरपत का वही क्रम होता था। ईंट पर साइकिल चढ़ा देते, डगमगाकर धड़ाम से गिरते और हम सब आनन्द-विभोर हो जाते। नरपत ने जितने साल पढ़ाई की उनमें वे केवल दसवीं कक्षा तक पढ़ सके।

उनके साइकिल से गिरने का क्रम निर्बाध जारी रहा। उनका हाथ-पैर हर दूसरे-तीसरे दिन छिल जाता था। कितना भी उन्हें मनाया जाय कि आप हमारी साइकिल पर बैठकर चलिए तो उन्हें यह बात बहुत नागवार गुजरती थी और कहते थे कि आप मेरे साइकिल चलाने के कौशल पर सन्देह करते हैं, भला मेरे जैसी साइकिल कौन चला सकता है।

एक बात जरूर सत्य थी कि अगर सड़क पर ईंट या ढेला नहीं है तो उनसे ज्यादा फर्राटा भरनेवाली साइकिल हम लोगों में से कोई भी विद्यार्थी नहीं चला सकता था।

लेकिन सतर्क करनेवाली ईंट दिख गई तो वह हमें दूर से ही सतर्क करते चलते थे। कि बाबू देखो ईंट दिखाई दे रहा है, तुम लोग किनारे से साइकिल निकाल लेना। हम भी किनारे से निकाल लेंगे। हमें सलाह भी देते कि कभी भी रास्ते पर कंकड़ दिखे, मिट्टी का ढेर दिखे तो उससे बचकर चलना चाहिए। उस पर साइकिल चढ़ाना ठीक नहीं होता क्योंकि तब साइकिल लड़ेगी और साइकिल गिरेगी। इसलिए तुम लोग भी किनारे से निकलो और हम भी किनारे से निकलते हैं।

हम लोग तो जानते ही थे उनका किनारे से निकलना... कि नरपत जी उस पर निशाना लगाकर जाते हैं और गिर जाते हैं। इस घटना का आशय बाद में मुझे यह समझ में आया है कि अगर आपको कहीं कोई अवरोध दिखता है तो उसे दिमाग में न बैठाएँ कि यह आप को गिराने वाला अवरोध है। आप यह भी ध्यान रखें कि अवरोध से बचने के भी कई तरीके हैं। सीधे टकराव कोई मायने नहीं रखता।

अगर सीधा टकराव रखना है तो गति इतनी तेज और सन्तुलित होनी चाहिए कि आपकी साइकिल उछल कर उस पार न गिर जाए। आप साइकिल उछला कर बाधा पार कर लें। बाधा पार करने के बहुत सारे तरीके हैं। छोटी-सी बाधा के सामने पहुँचकर यह मान लेना कि अब हमारी साइकिल इससे भिड़े ही जाएगी, मन को भटका देता है और जो नहीं होना चाहिए वह हो जाता है, अर्थात् हम साइकिल लिए-दिए गिर जाते हैं।

इसलिए अवरोधों को दिमाग में नहीं बैठाना चाहिए। मान के चलना चाहिए कि छोटे-मोटे अवरोध तो हम कौशल और सन्तुलन के बल पर पार कर ही लेंगे, ऐसा कोई अवरोध नहीं जिस पर हम विजय न प्राप्त कर सकें।

अगर छोटे अवरोधों से आप टकराएंगे और उसी तक सिमट कर रह जाएँगे तो फिर आपकी प्रगति बाधित होगी। फिर बड़े अवरोधों का सामना आप कैसे करेंगे। नरपत की साइकिल यात्रा इसी बात का द्योतक है कि हमें छोटे अवरोधों का बहुत ध्यान नहीं करना है, उनकी बगल से कतरा कर निकल जाना है। उसे पार करके चले जाना है अथवा साइकिल पहले ही रोक कर ईंट या पत्थर के टुकड़े को उठाकर सड़क से दूर फेंक देना है।

सबसे अच्छा उपाय यही है कि रास्ते में जो अवरोध आए सम्मानपूर्वक उसे दूर हटा दें। फिर आप का रास्ता प्रशस्त हो जाएगा। उस अवरोध का भी सम्मान होगा और हमें आगे निकलने की एक जगह भी मिल जाएगी और पथ प्रशस्त होगा। हमें हमेशा इसका ध्यान रखना चाहिए।

15

बारात

बात उन दिनों की है जब शादी-विवाह के समय बारात को लेकर बहुत ज्यादा चर्चाएँ होती थीं, बहुत ज्यादा तैयारियाँ होती थीं, बहुत ज्यादा उमंग होता था, उत्साह होता था और जिज्ञासा का भाव होता था। जब लड़के की शादी के समय गाँव से बारात निकलनी होती थी, तो बारातियों को पहले से निमन्त्रित किया जाता था। एक महीने पहले बता दिया जाता था कि इस निश्चित तिथि पर आपको बारात में चलना है। बारात में जाने के लिए तैयारी होती थी, जिन्हें बारात में जाना होता था वे या तो नए कपड़े सिलवा लेते थे अथवा यदि पुराने हैं तो उन्हें धुलवाकर प्रेस करवा लेते थे, बहुत आधिक उत्साह होता था। बारात 'सजती' थी। पहले बारात ले चलने के जो साधन थे वो बैलगाड़ी और हाथी थे। बाद में ट्रैक्टर-ट्रॉली का दौर आया, फिर गाड़ियों का दौर आया जिसमें दूल्हे कार पर बैठ कर जाने लगे। आरम्भ में दूल्हे को ले जाने का जो माध्यम था उसे 'डोली' कहा जाता था। जो बड़ी डोली होती थी उसे 'पालकी' कहा जाता था। और पालकी से भी जो श्रेष्ठता प्राप्त पालकी होती थी, उसे 'नालकी' कहा जाता था। इसका बाँस नौ जगह टेढ़ा होता था इसलिए इसे नालकी कहते थे। डोली, पालकी, नालकी से बढ़ कर फिर कार-जीप से दूल्हे को ले जाने की व्यवस्था होने लगी। दूल्हा बहुत महत्त्वपूर्ण होता है, समूची बारात का वह नायक होता है। गाँव से बारात निकलते समय दूल्हे का महिलाओं द्वारा परछावन की परम्परा है, अत्यन्त महत्त्वपूर्ण एवं शुभ मंगल सूचक।

बारात में जाने से पूर्व समस्त बाराती यथा सामर्थ्य नए कपड़े अथवा नए दिखनेवाले कपड़े लेकर जाते थे क्योंकि बारात उस समय तीन दिनों की हुआ करती थी। और यह बारात चलती थी सज-धज कर, तो आसपास के गाँव को भी लग जाता था कि बारात 'जा' रही है। युवा लोग भी होते थे बारात में, तथा बुजुर्ग भी बारात में रखे जाते थे। यह मान्यता थी कि बारात में बुज़ुर्ग अवश्य होने चाहिए क्योंकि उन दिनों बारात में कन्या पक्ष की ओर से कुछ समस्याएँ रखी जाती थीं जिसका समाधान वर पक्ष की ओर से अपेक्षित होता था और यह समाधान अनुभवसिद्ध लोग ही कर सकते थे। यही कारण था कि बारात में बुजुर्ग लोग जाते थे कि कहीं कोई बात बिगड़ने न पाए। उमंग में कभी-कभी मर्यादा का ध्यान कम हो जाता है। ऐसा कहा जा सकता है कि उमंग की प्रक्रिया में जोश में होश खो देने का एक दौर भी आ जाता है। होश बना रहे, इसके लिए बड़े-बुजुर्गों का बारात में होना आवश्यक होता था। लेकिन बारात का वास्तविक जोश तो युवाओं में ही होता था।

तीन दिन की बारात जाती थी। अत: इसके लिए एक विशेष प्रबन्ध करना होता था। बारात के साथ-ही-साथ तम्बू, शामियाना, छोलदारी की व्यवस्था की जाती थी। उन दिनों बारात या तो किसी विद्यालय में रुके, जो उस समय में बहुत नहीं हुआ करते थे अथवा आमतौर पर किसा बाग में बारात रुकती थी। वहाँ पर बारात के आगमन के पूर्व तम्बू लगाया जाता था। तम्बू तब बाँस पर खड़े किए जाते थे जिसे 'चोप' कहा जाता था। कितने चोप तम्बू में लगे हैं, इसके आधार पर तम्बू का आकार-प्रकार तय होता था। इसमें तीन-चार 'कॉटेज' भी बनाए जाते थे जिनमें समधी, दूल्हे एवं उनके भाइयों के रहने की व्यवस्था होती थी। बड़े आकार के तम्बू को शामियाना कहा जाता था जिसमें प्रकाश के लिए 'गैस' (पेट्रोमैक्स) की व्यवस्था होती थी। इससे बहुत प्रकाश होता था। इसमें 'मिंटल' लगा होता था। 'गैस' में मिट्टी का तेल भरा जाता था, इसे पम्प किए जाने पर यह तेजी से जलता था। इसे जलाने वालों के लिए परिहास में 'गैसड़ी' शब्द का प्रयोग किया जाता था।

बारात में जल की तदर्थ व्यवस्था की जाती थी। हैंडपम्प लगवाना सुनिश्चित किया जाता था ताकि बाराती स्नान-ध्यान कर सकें। बारात पहले दिन शाम को पहुँचती थी, विधान था कि गोधूलि के समय द्वार पूजा सम्पन्न हो जानी चाहिए। गोधूलि को बहुत महत्त्व दिया जाता है, इस समय के

दौरान घोड़ों के रहने पर घुड़दौड़ कराई जाती थी, हाथियों के रहने पर उनका स्वागत-सम्मान किया जाता था, उनकी उपस्थिति शुभ मानी जाती थी, आज भी मानी जाती है। हाथी, घोड़ा, बैंड-बाजा, तम्बू, शामियाना ये सब बारात के हिस्से थे। द्वारपूजा अर्थात् कन्या के दरवाजे (विवाह स्थल) पर 'वर' का कन्या के पिता अथवा घर के वरिष्ठ सदस्य द्वारा पूजन। बारात के साथ मनोरंजन के लिए बाराती पक्ष की ओर से नाच भी होता था जो कई प्रकार के होते थे। पहले दिन रात्रि में विवाह से पूर्व 'वरनेत' का कार्यक्रम होता था। लड़के के बड़े भाई कन्या के लिए आभूषण वस्त्रादि लेकर जाते थे और विवाह मंडप में कन्या का पूजन करते थे और उसे सर्वान्धित सामग्री प्रदान करते थे। रात्रि में विवाह का कार्यक्रम होता था जो लगभग तीन घंटे तक चलता था और कभी-कभी भोर हो जाती थी।

विवाह के दूसरे दिन सुबह स्नान से पहले 'तेलवान' नाम की एक रस्म होती थी जिसमें कन्या पक्ष की ओर से वर एवं समधी के स्नान हेतु वस्त्रादि सामग्री आती थी। तीसरे दिवस पर विदाई के समय एक रस्म निभाई जाती थी जिसे 'खीर खवाई' कहा जाता था। वर कन्या पक्ष के मकान में जाते थे जहाँ खीर खिलाने की रस्म सम्पन्न की जाती थी एवं उपहार दिया जाता था। दोपहर का भोजन ग्रहण करते समय कन्या पक्ष की महिलाओं द्वारा गाली गाने और सुनाने का भी विधान होता था। इस गाई जाने वाली गाली में मंगल एवं मनोरंजन का भाव होता था। इस प्रक्रिया में परिवार के सदस्यों का भी परिहास के सन्दर्भ में ध्यान कर लिया जाता था। कभी-कभी गाली सुनाते समय कन्या पक्ष के लोगों को अगर बारात पक्ष के सभी लोगों के नाम ज्ञात नहीं होते थे, तब जिस जाने हुए व्यक्ति के नाम पर गाली दी जाती थी वह बचे हुए सम्बन्धियों को नाम से सम्बोधित करते हुए उनका नाम भी गाली के केन्द्र में रखवाने का प्रयास कर देते थे।

दोपहर के भोजन के पश्चात शाम के समय 'जनवासा' का विधान था। विवाह के परिप्रेक्ष्य में इसका अर्थ था एक ऐसा स्थान जहाँ मंगल के वक्तव्य कहे जाएँ। जनवासा के अन्तर्गत सांस्कृतिक कार्यक्रम होते थे जिनमें इत्र-फुलेल पहुँचाने एवं वितरित करने का विधान था जिससे पूरा वातावरण सुगन्धित हो जाए। जनवासा में दोनों पक्षों से विद्वान व्यक्ति संवाद करने के लिए आमन्त्रित किए जाते थे। इस प्रक्रिया में संस्कृत का ज्ञान रखनेवाले आचार्य मांगलिक सूत्र, मन्त्र एवं कथाएँ सुनाते थे। इसके केन्द्र में वर को

विष्णु के रूप में एवं कन्या को लक्ष्मी के रूप में सम्बोधित किया जाता था तथा अन्ततः विष्णु एवं लक्ष्मी जी से आशीर्वाद प्राप्त किया जाता था। यह कार्यक्रम प्रायः दो-ढाई घंटे तक चलता था। कभी-कभी संस्कृत में मन्त्रों के माध्यम से होनेवाले वाद-विवाद दो व्यक्तियों के बीच ज्ञान के आधार पर श्रेष्ठतम होने की प्रतिस्पर्धी भावना को भी जन्म देते थे। एक तरफ से प्रश्न पूछा जाता, दूसरी ओर से उत्तर दिया जाता, इसके संतोषजनक न होने पर हास्य की स्थिति भी उत्पन्न होती थी और हास-परिहास कभी-कभी परिस्थिति के अनुरूप तनाव में बदल जाता था। लेकिन बड़े-बुजुर्ग इसे संभालते थे और विद्वान वही होता है जो टकराव नहीं आने देता, किसी भी प्रकार के तनाव और टकराव को सद्भाव में बदल देता है, इसीलिए अन्ततः जनवासा का कार्यक्रम सकारात्मक माहौल में शुभचिन्तन, शुभाषितम के साथ पूरा होता था तथा दिवस का अन्त रात्रि में सांस्कृतिक कार्यक्रम एवं भोजन के साथ पूर्ण होता था।

तीसरे दिन सुबह समधी द्वारा माड़ो हिलाई / पानी फेरवन / मिलन / विदाई का कार्यक्रम होता है। मिलन के समय सभी सगे सम्वन्धियों का आपस में परिचय होता है। वस्तुतः हमारी परम्परा में शादी एक संस्कार है जिसमें सात जन्मों के लिए संकल्प लिया जाता है कि कन्या और वर सात जन्मों के लिए एक दूसरे के साथ रहेंगे। इसका आशय यह है कि यह सनातन सम्बन्ध है, शाश्वत सम्बन्ध है, भरोसे का सम्बन्ध है, पीढ़ियों तक चलनेवाला सम्बन्ध है, पीढ़ियों को निर्मित करनेवाला सम्बन्ध है, पीढ़ियों को सुसंस्कृत करनेवाला सम्बन्ध है तथा पूर्वजों को सम्मान देनेवाला सम्बन्ध है। इस तरह से विवाह में अनेक सूत्र, मन्त्र एवं मानक होते हैं। अतः विवाह का यह जो पवित्र बन्धन है, सूत्र बन्धन है, मंगल बन्धन है इसकी महत्ता सदैव बनी रहे, इसी में सनातन व्यवस्था का शुभ तत्व निहित है जिससे हम निरन्तर अभीष्ट पथ पर सुगमतापूर्वक एवं सफलतापूर्वक चलते हैं।

16

मैनेजर साहब

बात उन दिनों की है जब गाँव में एक बड़े काश्तकार होते थे, जिन्हें मालिक और मुखिया कहा जाता था क्योंकि उनके पास भूधन बहुत ज्यादा होता था, बहुत अधिक जमीन होती थी। इसलिए उसकी (भूधन की) व्यवस्था किसी विश्वासपात्र या परिश्रमी व्यक्ति के माध्यम से करानी होती थी।

जिसके पास मैनेजमेंट (प्रबन्धन) की दक्षता हो, प्रबन्धन का कार्य उसे दिया जाता था। जो इस कार्य में बहुत ज्यादा अनुभवी हो, बहुत ज्यादा परिश्रमी हो ऐसे व्यक्ति को 'सिरवार' कहा जाता था। बाद में जिसे मैनेजर साहब भी कहा जाने लगा।

यह उस समय की बात है, जब मैं भी प्राइमरी स्कूल का विद्यार्थी था। हमारे यहाँ परम्परा से सिरवार के होने का विधान था। हमारे समय में सहती प्रसाद नाम के एक मैनेजर थे। उनका नाम कोई नहीं लेता था। हमारे बाबा (दो भाई थे श्री रामराज मणि त्रिपाठी एवं श्री बलदेव मणि त्रिपाठी), पिताजी (श्री योगेन्द्र मणि त्रिपाठी), चाचा जी (श्री अमरेन्द्र मणि त्रिपाठी) सब उन्हें मैनेजर साहब ही कहते थे। हम लोग भी उन्हें मैनेजर साहब ही कहते थे। यह नाम इतना ज्यादा लोकप्रिय था की लगभग सवा सौ गाँवों में वह मैनेजर साहब के नाम से ही विख्यात थे।

हमेशा स्वच्छ वस्त्र पहनने के वे अभ्यस्त थे - सिल्क का कुर्ता, खूब अच्छी सफेद धोती। कुर्ता वे कभी भी एक-दो दिन से ज्यादा नहीं पहनते थे।

तो वह अपने वस्त्र विन्यास के कारण बहुत चर्चित थे कि मैनेजर साहब का वस्त्र कभी दागदार नहीं होता, कभी मटमैला नहीं होता और हमेशा धवल ही दिखता है। ऐसा इसलिए नहीं था कि उनका कपड़ा धवल ही था। मैनेजर साहब मन के भी धवल थे—एकनिष्ठ, ईमानदार और अपनी बात पर अड़े रहने वाले।

युवा काल में ही जिस परिवार में वह सिरवार थे उसके प्रभाव और संरक्षण के कारण साहस पूर्वक न्याय करने की स्थिति में थे। इसलिए जो आसपास के गाँव व्यवस्थित गाँव भी थे अगर वहाँ कोई जमीनी विवाद होता था जिसमें हमारे परिवार के श्रेष्ठ लोगों की जाने की स्थिति नहीं होती थी क्योंकि बात हम लोगों के यहाँ तक नहीं आती थी।

ऐसे प्रकरणों का समाधान सहती प्रसाद किया करते थे। अर्थात् अपनी वाक्पटुता, न्यायप्रियता, साहस और धैर्य के लिए वह प्रसिद्ध थे। कोई उन्हें भाई कह कर बुलाता था, कोई भैया बुलाता था, कोई चाचा तो कोई काका कहकर बुलाता। उनसे उम्र में बड़े लोग भी उनका नाम नहीं लेते थे सब मैनेजर साहब कहते थे चाहे व्यक्ति किसी भी समूह से सम्बन्ध रखता हो हर समूह में शान्ति प्रसाद आदरणीय थे। यह तो हमारे अंचल की बात हुई। हमारे गाँव से पश्चिम शौर्यवान लोगों का क्षेत्र था उधर से भी जब शान्ति प्रसाद साइकिल से निकलते थे तो उन्हें सभी लोग सम्मान देते थे और अपने साथ बैठा कर पानी पिलाने में लोग गर्व का अनुभव करते थे कि आज मैनेजर साहब इधर से निकले हैं।

15-20 या 25 किलोमीटर के दायरे में कहाँ कौन सी अच्छी सब्जी है वह हमारे यहाँ जरूर आ जाए, यह उनके ध्यान में होता था इसलिए खाली समय में क्षेत्र भ्रमण भी करते थे और कोई भी ताजी चीज हो अच्छी चीज हो उसे लाने में उनकी अपार रुचि थी। उनका सोचना था कि केवल परिधान ही नहीं, आहार भी अच्छा होना चाहिए। यह सब उनकी सोच में था। खेती भी वह जब तक जीवित रहे क्षेत्र में एक नम्बर की हो यह उनका संकल्प था।

वह जब तक जीवित रहे तब तक किसी भी प्रकार से धन-धान्य में कमी नहीं आई अभाव का कोई प्रश्न नहीं था निरन्तर वृद्धि ही होती रही। खेत में उत्तम किस्म का बीज लगना चाहिए इसका हमेशा वह ध्यान रखते थे। गन्ने की प्रजाति उत्तम किस्म की हो इस पर उनका विशेष आग्रह रहता था। क्योंकि गन्ना उन दिनों विशेष महत्त्व पाता था और उसी के माध्यम से

अनेक महत्त्वपूर्ण कार्य घरों में परिवारों में संपादित होते थे, विशेषकर के मांगलिक कार्य।

मैनेजर साहब की आभा का ध्यान इसी से लगाया जा सकता है कि अगर कोई राह भटक जाए तो मैनेजर साहब को याद करता था। कोई थक जाए, विश्राम की जरूरत हो, उसे ठहरने की जगह मिल जाए तो उसके लिए भी मैनेजर साहब को ही याद करता था।

तो मैनेजर साहब अपने व्यवहार और सदाशयता के लिए बहुत अधिक विख्यात थे। एक बहुत रोचक प्रसंग उनके साथ घटित हुआ। हमारे यहाँ गन्ने का उत्पादन बहुत होता रहा है। पूर्वी उत्तर प्रदेश को चीनी का कटोरा कहा जाता है। अब इसमें थोड़ी कमी आ गई है। पुरानी फैक्ट्री बन्द होने से गन्ने की खेती लगभग बन्द हो गई हैं। इक्का-दुक्का नई फैक्ट्रियाँ लगी हैं। मैनेजर साहब जब तक सक्रिय थे शुगर फैक्ट्री चली इतनी अधिक गाड़ियाँ शुगर फैक्ट्री में लगती थीं कि उन्हें कतार बन्द होकर उस स्थान तक जाना पड़ता था जहाँ गन्ना गिराया जाए, उस मेल के अन्दर जाने के लिए।

इस क्रम में एक गाड़ी को एक-एक दो-दो, तीन-तीन बार शुगर फैक्ट्री के पास रुकना होता था लेकिन मैनेजर साहब की ख्याति इतनी अधिक थी कि जब हमारे यहाँ से गन्ना लद करके गाड़ी जाती थी तो उसे बगल के मार्ग से (आपातकालीन मार्ग से) ले जाने की सुविधा हो जाया करती थी।

अथवा सहती प्रसाद जी जाते और वहीं बाहर से ही किसी को सन्देश दे देते तो गाड़ी चली जाती थी। अर्थात् गाड़ी रोकनी नहीं पड़ती थी। एक बार हमारे यहाँ की भी गाड़ी जाकर एक रात रुक गई। दूसरे दिन मैनेजर साहब स्वयं गए और जहाँ गाड़ी खड़ी थी वहाँ मिले। जो गाड़ी के ड्राइवर थे उनका नाम था हंसराज। दोनों घनिष्ठ मित्र थे, जैसे ही पहुँचे गाड़ी के लिए रास्ता मिला। जिस आदमी ने वहाँ इनको देखा तो आग्रह किया कि मैनेजर साहब आप चलिए बहुत दिन पर आए हैं फैक्ट्री के अन्दर आपसे कुछ लोग मिल भी लेंगे। जैसे ही मैनेजर साहब फैक्ट्री के अन्दर पहुँचे तो ऑफिस में कार्य करने वाले लोगो तक यह सूचना पहुँची। बहुतेरे लोग कार्यालय छोड़कर उनसे मिलने चले आए।

अन्दर ही एक हॉस्पिटल था बाहर बरामदे में मैनेजर साहब बैठे और सुबह फैक्ट्री के लगभग 100 कर्मचारी उनसे मिलने चले आए। फिर मिलकर हालचाल लेकर लोग अपने-अपने काम में लग गए। उस शुगर

फैक्ट्री में एक नए मैनेजर साहब आए हुए थे और अपने चेम्बर से यह सब देख रहे थे। उनके पास से भी तमाम कर्मचारा निकले। उन्होंने अपने कर्मचारियों से पूछा तुम लोग सभी लोग बारी-बारी से कहाँ गए? एक आदमी बैठा है, तुम लोग कहाँ गए। उनके सहायकों ने बताया कि हम लोग मैनेजर साहब से मिलने गए थे। वे भ्रम की स्थिति में आए और पूछा कि मैनेजर तो मैं हूँ यहाँ पर। यहाँ दूसरा मैनेजर कौन आ गया। तो उन्होंने कहा कि साहब यह ऊधोपुर के मैनेजर साहब हैं और वह जब आते हैं तो सभी कर्मचारा उनसे मिलना चाहते हैं। बड़े आदमी हैं, बहुत अच्छे आदमी हैं। मैनेजर साहब को लगा कि यह आदमी कोई साधारण आदमी नहीं है। एक बार उनके मन में आया कि उस आदमी को बुलाओ। कहा भी उन्होंने अपने निजी सचिव से कि उनको बुलाओ ।

जब सचिव निकलने लगे तो उन्होंने कहा चलो हम भी चलते हैं। मेरी जिज्ञासा उस मैनेजर साहब के व्यक्तित्व से है। मैनेजर साहब उनके पास गए और पूछा, आपका नाम क्या है। उन्होंने कहा मेरा नाम सहती प्रसाद है। नए मैनेजर बोले कि आप से बहुत लोग मिलने आए, मैं भी आपसे मिलने आया हूं। तो ये बोले साहब मैं आपके लिए क्या कर सकता हूं, जो आदमी उन साहब के साथ गया था उसने बताया कि यह फैक्ट्री के नए मैनेजर हैं।

सहती प्रसाद कुर्सी से खड़े हुए और अभिवादन किया। फैक्ट्री के मैनेजर साहब ने कहा नहीं-नहीं आप मेरे साथ चलिए, मेरे चेंबर में चलिए। वे उनको अपने चेंबर में ले गए, उनका जो स्वागत कर सकते थे, किया। उन्होंने कहा कि मैंने बहुत जगह काम किया है। आज तक ऐसा कोई इनसान नहीं देखा जिसके आने पर शुगर फैक्ट्री से इतने लोग मिलने चले जाएँ। आप तो बहुत बड़े आदमी हो और मैं भी आज से आपको मैनेजर साहब ही कहूँगा और मिलने आऊँगा। जिसके यहाँ आप मैनेजर हैं मैं स्वयं उनके यहाँ आऊँगा।

आगे की बात यह थी कि उन्होंने इसके लिए कोई दिन निर्धारित नहीं किया। उन्होंने कहा कि मैनेजर साहब आज ही हम आपके साथ चलेंगे। इन्होंने कहा कि मैं तो साइकिल से आया हूँ साहब। उन्होंने कहा कि नहीं-नहीं आप मेरे साथ गाड़ी में बैठिए और हम चलते हैं।

उनके साथ बैठकर हमारे गाँव आए। फैक्ट्री के मैनेजर हमारे यहाँ सब से मिले और कहा पहली घटना है हमारी जिन्दगी की कि किसान परिवार से

आने वाला व्यक्ति जो सिरवार है, जो काश्तकार भी नहीं है उसके प्रति लोगों का इतना लगाव है, सम्मान भाव है। मैनेजर साहब का आभार किया, नमन कर लिया। बोले, आप लोगों का नमन करने आया हूँ। यह सहती प्रसाद जी के व्यक्तित्व का एक उदाहरण है। क्रिया व्यक्ति के व्यक्तित्व में रहती है। कितना चुम्बकीय तत्व था यह जिसकी सारी आभा, सारा आकर्षण, सारा ओज उनकी कर्मठता के चलते, एकनिष्ठता के चलते, सत्यवादिता के चलते और कार्य के प्रति समर्पण और लगन के चलते दमक उठता था।

बस यह कहना है कि आप चाहे जिस पद पर हों, जिस स्थान पर हों, जिस संगठन में हों, अपने दायित्वों का अगर सही निर्वहन करते हैं तो आपकी कान्ति चतुर्दिक दिखेगी और आप के प्रति लोगों का आकषर्ण बढ़ेगा। इसके लिए संवेदनशील होना चाहिए, सहिष्णु होना चाहिए और समभाव रखना चाहिए।

अपने सहयोगियों के साथ मैत्री भाव, आपसे जो उम्र में छोटे हैं उनके प्रति अनुराग भाव और जो बड़े हैं उनके प्रति सम्मान भाव। इतना अगर रहे तो कोई भी व्यक्ति मैनेजर साहब सहती प्रसाद की तरह हो सकता है। मैनेजर साहब को लोग प्यार से 'मनिजर साहब' भी कहते थे। मेनेजर साहब भी कहते थे। इतने रूपों में वे जाने जाते थे। उनका अभाव आज भी ऊधोपुर में खलता है।

17

बुड़ुआ

बात उन दिनों की है, जब हाट-बाज़ार तथा एक गाँव से दूसरे गाँव की दूरी पगडंडी (चलने की राह) से तय की जाती थी तथा बरसात के महीने में ताल-तलैया, नदी-पोखर पानी से भर जाते थे, उपना जाते थे। मैंने नकटा के बारे में बताया था कि बरसात के महीने में इसका बहुत ज्यादा विस्तार हो जाता था और उसकी जलराशि बहुत बढ़ जाती थी। बरसात के दिनों में जब थोड़ा-थोड़ा पानी उसमें बढ़ता है और अभी बहुत अधिक गहरा पानी नहीं होता। तब इसे पार करने के लिए उन दिनों इसके ऊपर लकड़ी का एक अस्थायी पुल बना दिया जाता था।

अब तो स्थायी पुल बन गया है। उस पर लकड़ी का पुल इसलिए बनाया जाता था कि उन दिनों एक गाँव से दूसरे गाँव में जाने के लिए जहाँ बीच में नाले हैं या पतली जलधारा है, इनकी जरूरत पड़ती थी। सामान्यत: आवागमन के लिए गाँव में पगडंडी का प्रयोग किया जाता था। पगडंडी, संकरी भी होती थी और चौड़ी भी। किसी-किसी पर एक ओर से एक ही व्यक्ति चल सकता था तो किसी पर एक साथ पाँच-छह लोग समानान्तर चल सकते थे। हमारे गाँव में ऐसी पगडंडियाँ थीं। इन्हीं में से एक पगडंडी से होकर हमारे गाँव के पूर्व में स्थित रेलवे स्टेशन बैतालपुर से पैदल चलकर लोग हमारे गाँव से होते हुए पश्चिम के गाँव में जाते थे। आमतौर पर बरसात के दिनों में यात्रा सायंकाल पाँच बजे तक पूरी कर ली जाती

थी क्योंकि पाँच बजे के बाद अँधेरा होने लग जाता था। नाला पार करने के लिए वही लकड़ी का पुल था। तो यह संशय हमेशा रहता था कि वह कच्चा पुल कहीं तेज पानी के बहाव में दब न गया हो या टूट न गया हो या बह न गया हो। उन दिनों एक चर्चा और भी तेज हो जाती थी कि नकटा में बुड़ुआ रहता है।

बुड़ुआ के नाम से भय उत्पन्न किया जाता था। छोटे बच्चों से कहा जाता था कि शाम को नकटा की तरफ नहीं जाना चाहिए, उसमें बुड़ुआ रहता है जो नाक से बोलता है और देखने में भयानक होता है। अकेले में अगर वह सयाने व्यक्ति को भी पा जाए तो उसे नकटा में बुडा (डुबा) सकता है।

इतना ही नहीं, बुड़ुआ के भयानक स्वरूप का सब अपने-अपने ढंग से बखान करते थे। कोई कहता उसकी शक्ल भयानक है। कोई बताता कि उसकी लम्बाई दो फुट है, कोई उसे हट्टा-कट्टा बताता था तो कोई कहता था कि उसके बाल लंबे और घुंघराले हैं। ऐसा था बुड़ुआ। ग्रामीणों के नजरिए से बुड़ुआ वह होता है जो पानी में डूबकर मर जाता है और फिर बुड़ुआ बनके आने-जाने वालों को डराता है। सभी यह मानते थे कि उससे दूर रहने में ही भलाई है। उसके चंगुल में नहीं फंसना चाहिए, इसलिए मुँह-अँधेरे (रात्रि होने से पहले) घर वापस पहुँच जाओ।

इन मान्यताओं का यथार्थ क्या है? इसकी वैज्ञानिकता क्या है? इसके बारे में हमें कोई जानकारी नहीं है क्योंकि उस समय इसके बारे में कुछ बताया नहीं जाता था। सब इस पर विश्वास करते थे। उस समय हमारे यहाँ एक मैनेजर साहब होते थे जिनका नाम सहती था। सहती के बारे में हमें इतना ज्ञात था कि हमारे गाँव के आसपास के बीस-पच्चीस गाँवों में उनका बहुत नाम था। वे कानूनी दाँवपेच में भी निडर होकर सम्मिलित होते थे। निर्भय होकर एक स्थान से दूसरे स्थान पर चले जाते थे। गाँव में यह कहा जाता था कि सहती को रात में भी डर नहीं लगता। हमारा घर गाँव में एकदम पूरब की तरफ है। हमारे घर को पूर्वद्वार (पुरुब दुआर) कहा जाता है।

इसलिए अगर कोई ऐसा व्यक्ति शाम को हमारे गाँव से गुजरता था, जसि हमारे गाँव से पश्चिमवाले गाँव में जाना होता था, तो अँधेरा होते-होते वह हमारे दरवाजे पर आता था। हमारे यहाँ यह परम्परा थी कि अँधेरा होने पर बीच रास्ते का कोई भी यात्री हमारे यहाँ निवास कर सकता है। उसके लिए अलग स्थान बना था जिसे बाह्य बँगला कहा जाता था। इसमें लोग

ठहर सकते थे, टिक सकते थे। उसमें रहने की अच्छी व्यवस्था थी। लेकिन जिसका यह आग्रह होता था कि हमें रात में ही अपने गाँव पहुँचना जरूरी है, तो सहती उनको नकटा पार कराने के लिए साथ जाते थे। निडर, निर्भीक सहती।

एक बार की घटना है कि हम लोग अपने दरवाजे पर बैठे थे। शाम गहरा चुकी थी। दीपक जलाए जा चुके थे। तभी पश्चिम के गाँव के एक व्यवसायी हमारे गाँव आए। वे कुछ सामान लिए हुए थे। हमारे दरवाजे पर आकर उन्होंने कहा कि मेरा गाँव जाना बहुत आवश्यक है, नकटा जाने में डर लगता है, इसलिए हमें किसी तरह वहाँ भिजवाने का प्रबन्ध कीजिए। उनके आग्रह पर चाचा जी (श्री अमरेन्द्र मणि त्रिपाठी) सहती को बकौल सहती उनके साथ जाने के लिए कहा। अर्थात् हमने ये घटना सहती की जबानी ही सुनी थी।

सहती नकटा के पास किनारे पर पहुँचे। उसमें पानी तेजी से बह रहा था। बहते पानी पर लकड़ी का पुल दो-तीन तरफ से लकड़ी की मोटी-मोटी डालियाँ और वृक्ष की डालियों के सहारे बाँधा गया पुल था। ऊपर से भी लकड़ियों से रस्सी से बाँधकर पुल टिका था जिसके नीचे से हहराता पानी बह रहा था। पानी से बस एक-दो फीट ऊपर ही पुलवाला यह रास्ता था। स्थिति भयावह थी। इसी रास्ते से होकर इस पार से उस पार जाना था। एक आदमी आराम से जा सकता था। वैसे कोई भय नहीं था। लेकिन जब सहती वहाँ टॉर्च लेकर पहुँचे (सहती रात के समय हमेशा अपने साथ टॉर्च लेकर चलते थे। गाँव में इसे 'चोर-बत्ती' या 'बैटरी' कहा जाता था) तो उन्होंने व्यापारी से कहा कि हम इधर ही खड़े हैं, आप उस पार चले जाओ। वह आदमी जब जाने लगा (जैसा सहती ने देखा और बताया था) तो एक ठिगने कद की आकृति दिखाई दी, जैसे घुँघराले बालों वाला कोई छोटा बालक हो।

यह आकृति नकटा के पार जा रहे व्यवसायी के कभी आगे से कूदती थी, तो कभी पीछे से। कभी इस पार से तो कभी उस पार से। आकृति जैसे ही कूदती, व्यवसायी सहती से थमकर पूछता था कि भाई आप हैं न। सहती 'भाई' नाम से भी जाने जाते थे। तो सहती बोलते कि जाओ, आप निष्फिकर होकर, हम खड़े हैं। अन्त में हुआ यह कि वह भाई का नाम लेते-लेते उस पार चला गया। उस पार जैसे ही वह पुल के नीचे उतरा, सहती ने कुछ

बुदबुदाने जैसी आवाज सुनी। आकृति की कूद-फाँद वह देख रहे थे। उसकी बुदबुदाहट भी उन्होंने सुनी, लेकिन वह क्या बोला सहती यह नहीं समझ सके।

दूसरे दिन जब व्यवसायी उस पार से लौटा तो सहती ने उससे पूछा कि तुम्हारे सामने जो कूद रहा था; मछली, कछुआ या वह लड़का, क्या बोला तुमसे। तो उस व्यवसायी ने कहा कि वह बोला कि जाओ, तुम भाई को लेकर आए थे, नहीं तो तुमको आज मैं नकटा में डुबा दिया होता। आगे से फिर ऐसी गलती मत करना।

दो आशय हैं इस किंवदन्ती के या बुड़ुआ नाम के काल्पनिक और विचित्र जीव के। एक तो जिसके बारे में एक भ्रम था कि वह बहुत खतरनाक है, हमारे मानसिक भय का प्रतीक बन गया था बुड़ुआ। दूसरा यह कि बुड़ुआ हमें भावी खतरों के प्रति यह सन्देश देता था कि यात्रा हमेशा सुरक्षित करनी चाहिए और असुरक्षित यात्रा पर कभी नहीं निकलना चाहिए।

रात में आप चल रहे हैं। पानी की धारा तेज है। ऐसे में लकड़ी का पुल बह जाए तो आप क्या करेंगे। आपको तैरना न आता हो तब तो और भी मुश्किल है। आपके साथ हमेशा कोई 'सहती' तो नहीं चलेंगे। इसलिए यात्रा समय से पूर्ण कर लेनी चाहिए। प्रतिकूल स्थिति में यात्रा नहीं करनी चाहिए। यह सन्देश भी देते थे बुड़ुआ।

आज तक यह नहीं सुना गया कि किसी व्यक्ति को बुड़ुआ ने पानी में डुबा दिया हो। इतना जरूर था कि बुड़ुआ पूरे क्षेत्र में कौतुक और भय का विषय था। वह हास-परिहास का विषय भी बनता था। डराने और समझाने का विषय तो वह था ही। इस रूप में बुड़ुआ एक ग्रामीण मान्यता थी जो आज भी कई जगह सुनाई देती है कि इस जलधारा की ओर नहीं जाना चाहिए क्योंकि वहाँ बुड़ुआ का निवास है।

बुड़ुआ के निवास का आशय यह है कि आप जिस जलधारा में जाएँ, उसका सम्मान करें। उस जलधारा में प्रवेश न करें जिसे पार करने की विधि अपके पास नहीं है। अपनी अकुशलता से डूबने का श्रेय किसी बुड़ुआ को कभी न दें। इस किंवदन्ती का हमारे लिए यही सन्देश था जिसे आज भी हमने गाँठ बाँधकर अपने पास रखा है।

18

मनीराम है भूत

बात उन दिनों की है जब हर गाँव में फसल की मड़ाई के लिए खलिहान हुआ करता था। खलिहान एक सार्वजनिक स्थल था जहाँ पर गाँव के किसान अपनी फसल ले जाकर रखते थे और फिर उसकी मड़ाई होती थी। विशेषकर गेहूँ के फसल की मड़ाई के लिए यह एक उत्तम स्थल माना जाता था जहाँ सभी किसान अथवा प्रमुख किसान अथवा वे जिनके खेत में अच्छी पैदावार होती थी, वहाँ पर रखते थे। उस खलियान में फसल की रखवाली तीन-चार लोग मिलकर करते थे।। फसल की मड़ाई को 'दौरी' कहा जाता था। दौरी अर्थात् गेहूँ के डंठल को जमीन पर फैलाया जाता था और पाँच या छह की संख्या में बैलों को एक साथ गले में रस्सी से जोड़कर उस पर चलाया जाता था। इस प्रक्रिया को दौरी कहा जाता था। दौरी अर्थात् पशुओं के चलने से पूरी फसल की मड़ाई हो जाती थी, बाद में ओसौनी के माध्यम से उसमें से गेहूँ निकाल लिया जाता था और भूसा अलग हो जाता था। यह एक सामूहिक अभियान होता था जिसमें गाँव के वे सभी लोग, जिनकी फसल खलिहान में रखी जाती थी, वह मिलकर योगदान करते थे। इसीलिए कहा जाता है कि गाँव की समृद्धि के लिए खेत से खलिहान तक पहुँचना बहुत ज्यादा आवश्यक होता है। कभी-कभी गर्मी के महीने में कुछ विचित्र घटनाएँ भी घट जाती थीं।

खलिहान में फसल रखवाली भी करनी होती थी क्योंकि कभी-कभी आगजनी हो जाती थी। जान-बूझकर नहीं, किसी की छोटी-सी नादानी

से गेहूँ के खेत में आग लग सकती है। आज भी इसका विशेष ध्यान रखना होता है। अगर गेहूँ के खेत में आग लग सकती है तो यह खलिहान तक पहुँच सकती है। इसलिए खलिहान के किनारे जलाशय आवश्यक रूप से होते थे जिसमें पूरा पानी भरा रहता था। उस जलाशय का कई प्रकार से प्रयोग होता था। खेती के लिए भी, पशुओं के पीने के लिए भी, स्नान-ध्यान के लिए भी और मांगलिक कार्यों के लिए भी इस जलाशय का प्रयोग होता था। ऊधोपुर में खलिहान तरकुलही के बाग में था। आरम्भ में वहाँ पर तरकुल या ताड़ के वृक्ष रहे होंगे जिससे तरकुलही नाम पड़ा। यह बहुत बड़ा खलिहान था और उसके बगल में पोखरा है। अभी भी है जिसमें कमल के फूल खिलते थे। खलिहान में पश्चिम की तरफ एक पोखरा पूरब की तरफ एक छोटा-सा गड्ढा जिस में पानी भरा रहता था, उसे गढ़ही कहा जाता था। दोनों तरफ से जलाशय था और इस जलाशय से पूरी खलिहान की रखवाली भी होती थी। गर्मियों में जमीन पर पानी फेंका जाता था जिससे जमीन पर थोड़ी शीतलता भी रहती थी। खलिहान की रखवाली के लिए जो प्रमुख व्यक्ति होते थे उनके पास चौकी होती थी। वे सामान्यत: दरी बिछाकर सोते थे। दरी-चादर जमीन पर बिछा कर सोने का मजा ही अलग है।

अभी भी अगर आप सीधे मिट्टी के सम्पर्क में रहते हैं बिस्तर के माध्यम से तो उसका सुख अलग होता है। इसे प्राकृतिक चिकित्सा का एक उपाय आजकल कहा जाता है। आरम्भ में सभी लोग इसका प्रयोग करते थे। इसलिए गाँव के लोग स्वस्थ भी हुआ करते थे। मेरे गाँव में जो खलिहान है उसकी रखवाली के लिए बलिष्ठ और साहसी लोग रात में सोते थे। दिन में तो सब लोग अपना काम करते थे। दिन में समाज के द्वारा सुरक्षा होती थी। रात में जो शरीर से हृष्ट-पुष्ट होते थे, वह रखवाली करते थे। कभी-कभी बच्चे भी कौतुक करते हुए खलिहान में रुकते थे। हम लोग भी जाया करते थे। कभी-कभी कुछ घटनाएँ ऐसी होती हैं जो स्मृतियों में रहती हैं। एक कहावत है कि 'तिल का ताड़ बनाना' अथवा 'एक हाथ की ककड़ी का नौ हाथ का बीज हो जाना।' छोटी घटनाएँ भी बड़े रूप में प्रस्तुत होने लगती हैं और बहुधा संशय के सन्दर्भ में, भ्रम के सन्दर्भ में और भय के सन्दर्भ में यह मुहावरा प्रयोग होता है।

हम लोग जब पाँचवीं क्लास में पढ़ते थे तो एक चर्चा होती थी कि तरकुलही पर जो खलिहान है उसमें रात में कभी-कभी भूत भी आता है। इसलिए बलिष्ठ लोग ही वहाँ सोते थे और अपने पास लाठी और भाला उस समय आत्मरक्षा के लिए यही अवलम्ब हुआ करता था, लेकर के लोग सोते थे। भाव यह था कि कोई घातक पशु, उद्दंड व्यक्ति या भूत आएगा तो उसे भगाया जाएगा। ऐसा इसलिए भी हुआ करता था कि उस समय के बाग बहुत घने हुआ करते थे। तरकुलही के ठीक दक्षिण दिशा में एक बारी हुआ करती थी जिसे गाँव के उत्तर दिशा में होने के कारण उत्तर की बारी कहा जाता था। घने बाग के रूप में यह चर्चित थी। यह बहुत घना बाग था, इसलिए अगर रात में कोई जाता था तो भय होता था।

ऐसा नहीं कि वहाँ कोई घटना घटित हुई हो या ऐसा कुछ अपशकुन हुआ हो। तेज हवा चलने पर जब वृक्षों की डालियाँ आपस में हिलती थीं तो कुछ आवाज होती थी। उससे लोगों को लगता था कि कुछ अदृश्य शक्तियाँ यहाँ रहती हैं और उनका भ्रमण होता है। गाँव में इस तरह से भूत-परेत की चर्चाएँ भी होती थीं। कभी-कभी बच्चे भी ऐसी कथा सुनकर डर जाते थे। गाँव में कुछ ओझा होते थे, कुछ सोखा होते थे। वे लोग झाड़-फूँक किया करते थे जिससे भयग्रस्त बच्चे ठीक हो जाते थे। हमारे गाँव में भी यह प्रथा थी। उन दिनों बात-बात में हम लोगों ने सुना था कि तरकुलही पर रात में भूत आता है। इसीलिए कमजोर लोग रात में खलिहान की रखवाली नहीं करते हैं और बच्चों को रात में खलिहान में तथा उत्तर के बाग में नहीं जाना चाहिए।

हमारे बड़े बाबू जी का नाम था श्रीचन्द्रभान मणि त्रिपाठी। वह पुरानी जमींदारी परम्परा के प्रतिनिधि थे और बहुत बलिष्ठ थे। वे कभी भी भयग्रस्त नहीं होते थे, किसी बात का उन्हें भय नहीं था। एक बार की बात है कि जब उनके पास यह चर्चा आई की तरकुलही के खलिहान में रात में भूत आता है तो उन्होंने कहा अच्छा ऐसा तो होता नहीं है। मैं रात में पूरे खेत में भी घूमता हूँ, बैतालपुर तक जाता हूँ। वे वहाँ शुगर फैक्ट्री में अधिकारी थे और गन्ने के सीजन में छह महीने फैक्ट्री (चीनी मिल) में कार्यरत हुआ करते थे। उनके मन में कोई भय नहीं था। बहुधा दो बजे रात की ड्यूटी जब छूटती थी तो वह। रात में कभी वह साइकिल से गाँव आते थे तो कभी पैदल भी चल देते थे।

जो लोग थोड़ा डरने वाले होते थे तो उनके साथ चलते थे। यह मान कर कि बाबू साथ चलने में कोई भय नहीं होता है। उन्होंने जब यह बात सुनी की युवा लोग वहाँ जाने से डरते हैं तो उन्होंने कहा कि ठीक है एक दिन मैं अकेले रखवाली करूँगा। रात्रि आठ बजे के बाद खाना खाकर और टॉर्च-भाला लेकर वे खलिहान में बैठे। उस दिन जितने और रखवाली करने वाले थे, उन्होंने उनकी छुट्टी कर दी। घूमते रहे खलिहान के चारों तरफ कि देखें कैसा भूत होता है। उनके मन में केवल कौतुक भाव था कि भूत होता कैसा है, इसे जरा देखना चाहिए। इसी भाव से उन्होंने खलिहान की रखवाली करना शुरू कर दिया। कुछ देर बैठे रहे, कुछ देर घूमते रहे। रात में 3 से 4 बजे के लगभग, पूरब तरफ खलिहान के बगीचे के निकट उनको कुछ हलचल दिखाई दी। वह उठे, हाथ में भाला लिए। टॉर्च नहीं जलाई। टॉर्च को जिसे उस समय चोर बत्ती कहा जाता था अर्थात् गाँव में जो चोरी करने बाहर से आते थे, उन्हीं के पास होता था या बड़े आदमी या सम्पन्न लोगों के पास होता था। ये लोग चोरों से रखवाली के लिए इसे रखते थे। टार्च का चोर बत्ती के नाम से प्रचलन था। उन्होंने टॉर्च जलाई नहीं और तेजी से पूरब दिशा की ओर पहुँचे जहाँ गढ़ही थी। उसके किनारे दूर से एक व्यक्ति अँधेरे में आता हुआ दिखाई दिया और जैसे ही वह गढ़ही के पास आकर बैठा, बड़े बाबूजी श्रीचन्द्रभान मणि त्रिपाठी जोर से बोले - कौन है बता नहीं तो अभी मारता हूँ भाला।

वह आदमी चिल्लाते हुए जमीन पर गिर पड़ा और कहा - बाबू हमारा नाम बुधई है। मैं शौच के बाद सफाई के लिए इस गड्ढ़े में आया हूँ। मुझे माफ कर दीजिए। हमारे बड़े बाबू जी उसके पास गए, उसको खड़ा किया और बोले - डरो नहीं। हमको बताया गया था कि रात में इधर भूत बहुत घूमता है। इसलिए मैं यहाँ आया था। जाओ, लेकिन रात में इधर मत आना। नहीं तो कोई दुर्घटना हो जाएगी या हो सकती है। इसके बाद वह कांपने लग गया। बाबू जी ने उसका ढाँढ़स बँधाया, उसे अपने पास बिठाया और फिर उसको समझाया कि कोई चीज ऐसी नहीं होती कि जो डरावनी होती है। तुम आ सकते हो लेकिन जहाँ खेत खलिहान हों उस दिशा में जाने से बचना चाहिए। फिर भोर हो गई तो लोग आए और बाबू जी को बोले कि हम लोग आ गए, आप जा सकते हैं। जाने से पहले उन्होंने अपना अनुभव बताया और उससे पहले बुधई नाम के जो व्यक्ति थे उन्होंने गाँव में जाकर

अपना अनुभव बता दिया था कि आज बाबू के हाथ से हमारा अनिष्ट होता लेकिन मैं बोल पड़ा कि मैं बुधई हूँ, इस वजह से बच गया। इस घटना का ब्यौरा पूरे गाँव में फैल गया।

फिर शाम को जब लोग आए घर के दरवाजे पर बैठने के लिए आए तो बड़े बाबू से सम्बन्धित घटना का विवरण पूछने लगे। क्या-क्या हुआ। अपनी आपबीती साझा करते हुए उन्होंने सबसे महत्त्वपूर्ण बात बताई कि भूत नाम की कोई चीज नहीं होती है। भूत का अर्थ होता है प्राणी। दूसरा र्थ है हवा-बयार। भय उत्पन्न करनेवाली आकृति जो वस्तुतः हो ही नहीं।

आमतौर पर माना जाता है कि जो भूतकाल है, जो अतीत है, जो दिखता नहीं है वह भूत है। दोनों संदर्भों में इस भूत शब्द का प्रयोग होता है। बड़े बाबू जी ने कहा कि बैतालपुर नामक जगह पर यात्रा करते हुए वहाँ रात में मैंने न किसी बेताल को देखा और न ही किसी भूत को। सार वाक्य यही है कि किसी को डरना नहीं चाहिए। मनीराम है भूत अर्थात् भूत का भाव हमारे मन में उत्पन्न होता है। यथार्थ में कोई भूत नहीं होता है। हम मन से अगर बलिष्ठ हैं तो कोई भी घटना हमें विचलित नहीं कर सकती, कोई मनुष्य में डरा नहीं सकता और अतीत हमारा पीछा नहीं कर सकता। क्योंकि भूत तो पीछा करता रहता है।

अतीत पीछा नहीं कर सकता इसलिए मन को बलिष्ठ बनाना चाहिए, आत्मा को शुद्ध रखना चाहिए और तब से हमारे गाँव में भूत भाव से कोई डरता नहीं है। तत्कालीन ग्राम समाज में अनेक किवदंतियाँ थीं - कि इस पेड़ पर भूत रहता है रात में नहीं जाना चाहिए, इस रास्ते में भूत रहता है रात में नहीं जाना चाहिए, इस गड्ढ़े में भूत रहता है रात में नहीं जाना चाहिए। कई बार यह बातें दिन में भी डराती हैं। बड़े बाबू जी का यह कथन कि मनीराम है भूत अर्थात् भूत नहीं होता है। यह मन का वहम होता है, मन का भाव होता है और इससे बचना चाहिए।

वस्तुतः हमारा जो शरीर है, यह सबसे महत्त्वपूर्ण है। हमारे अन्दर जो आत्मा है वह सबसे शुद्ध है। हमारा मन इस धरा का सबसे बलिष्ठ अवयव है जिसकी गति को कोई नाप नहीं सकता, और उसके संकल्प को कोई मिटा नहीं सकता। इसलिए मन पर नियन्त्रण रखते हुए मस्तिष्क का प्रयोग करना चाहिए और सच्चे हृदय के साथ जीवन यात्रा करनी चाहिए। हमें यह

मानना चाहिए कि ईश्वर ने हमें सशक्त बनाया है। गाँव में जो बहुत सारी कहानियाँ होती हैं। वह लोगों को सतर्क करने के लिए होती हैं, डराने के लिए नहीं होतीं। रात्रि चलने के लिए नहीं होती। अगर बहुत आवश्यक हो तो सुरक्षा प्रहरी रात में चल सकते हैं। शेष लोगों को रात में विश्राम करना चाहिए। सूर्योदय के साथ यात्रा करनी चाहिए। यही इस कहानी का पूरा भाव है। हमें इसी भाव से निडर रहते हुए अपने जीवन को सफल और सार्थक बनाना चाहिए।

19

जागते रहो

बात उन दिनों की है, जब ग्रामीण अंचल में सुरक्षा के लिए विशेषकर बरसात और जाड़े के महीने में सामूहिक उपक्रम किए जाते थे। हमने उसे समझा, देखा और महसूस किया कि सामूहिक सुरक्षा का भाव लोगों में कितनी आश्वस्ति प्रदान करता है। हम आज जिस समाज में रहते हैं वहाँ ईमानदारी सर्वाधिक प्रतिष्ठित शब्द है, आचरण है और व्यवहार है लेकिन कभी-कभी कुछ लोगों में अभाववश या स्वभाववश चोरी की वृत्ति आ जाती है।

गाँव में भी यह वृत्ति मिलती है। यात्रा में, मेले में, बाज़ार में, हाट में, पूरी दुनिया में कहीं न कहीं, किसी-न-किसी रूप में चोरी की वृत्ति दिख ही जाती है। चोर कई प्रकार के होते हैं—चितचोर, कामचोर, मालचोर और चमचोर आदि। 'चमचोर' शब्द अनेकार्थी है और विशेष संदर्भों में प्रयुक्त होता है। इसमें सबसे प्रतिष्ठित पद है चितचोर। यह शब्द ईश्वर के लिए प्रयोग किया जाता है। वस्तु चोर होते हैं, विचार चोर भी होते हैं जो दूसरे का विचार अपने नाम से घोषित कर देते हैं।

चौर (चौर्य) वृत्ति गाँव में भी सर्वत्र पाई जाती है । कहीं किसी के दरवाजे पर रखा सामान उठा लेने की प्रवृत्ति तो कहीं किसी खेत में से फसल काट लेने की प्रवृत्ति या किसी का पशु चुरा लेने की प्रवृत्ति। कई प्रकार की चोरियों की स्थिति ग्रामों में होती है।

कभी-कभी सेंध के माध्यम से भी चोरी की जाती है, जिसे सेंध काटना या सेंधमारी कहते हैं। घर के किसी किनारे में किसी नुकीले यन्त्र से, अधिकतर रंभा/खेंती से गोल कट करके चोर अपने लिए रास्ता बनाते हैं। चोर इस सेंध से घुसकर घर के सामान, आभूषण, वस्त्र कुछ भी चुरा लेते थे और उसी रास्ते से भाग निकलते थे। गाँव में सेंधमारी को लेकर अनेक कथाएँ प्रचलित हो जाती थीं। कुछ कहावतें भी बन जाती थीं जैसे—'जब्बर चोर सेंहिये में गावे' अर्थात् जो शातिर चोर होता है वह चोरी में सफल हो जाने की खुशी में सेंह (सेंध) में बैठकर ही गाने लगता है। यह कहावत गाँव में उन लोगों के लिए प्रचलित है जो गलत काम करके भी गर्वोक्तियाँ किया करते हैं। सेंधमारी चोरियाँ बहुधा बरसात के महीने में या जाड़े के आरम्भ के दिनों में हुआ करती थीं। उस समय लोग अपने को ठंड से बचाने के लिए कंबल-रजाई में दुबककर गहरी नींद में सोते रहते थे।

ऐसा सुना और कहा जाता है कि चोरियाँ रात्रि के तीसरे प्रहर में ही ज्यादा हुआ करती हैं। तीसरे प्रहर में लोग गहन निद्रा की स्थिति में होते हैं। निद्रा के आवेश और आवेग में होने से चोरी हो जाती है। कभी-कभी चोरियाँ राहगीर लोग भी कर लेते हैं। चलते हुए किसी के खेत से चना उखाड़ लेना, किसी के खेत से मटर उखाड़ लेना, किसी के खेत से गन्ना तोड़ लेना। यह भी एक प्रकार की चोरी है।

किसी गाँव के बीच से होकर दूसरी जगह या दूसरे गाँव जाने की राह पर किसी के दरवाजे पर कोई उपयोगी सामान रखा हो, कुछ नहीं तो लाठी ही सही उसे उठा लिया। लेकर चल दिए, इस तरह की चोरी आम थी। 'गीर' भी कई प्रकार के होते हैं—राहगीर, बगलगीर, उठाईगीर और आलमगीर।

'आलमगीर' बहुत प्रतिष्ठित शब्द है। प्राचीन काल में शासकों के लिए इसका प्रयोग होता था। इनके द्वारा भी कभी-कभी लोगों को कष्ट दिया ही जाता था। इन कष्टों या अत्याचारों से बचने के लिए, विशेषकर चोरी से बचने के लिए, डकैती से बचने के लिए प्रत्येक गाँव में एक समूह तैयार किया जाता था जिसमें युवाओं और सयाने लोगों की मंडली (टीम) होती थी। यह वह लोग होते थे जो रात्रि में खाना खाने के बाद भोर होने तक गाँव की गलियों में घूम-घूम कर उच्च स्वर में सतर्क रहने का विशेष सन्देश देते थे। उस सन्देश का बोध वाक्य होता था 'जागते रहो'। बहुधा लोग 'जागते रहो' की आवाज से चैतन्य हो जाते थे।

एक नियमित अन्तराल के बाद यह मंडली (टीम) अर्थात् पहरेदार मंडली 'जागते रहो' की आवाज लगाती थी। गाँव के विभिन्न कोनों में जाकर, गाँव के बीच में जाकर, इधर-उधर कहीं से भी। यह कह सकते हैं कि सुरक्षा प्रहरियों की यह मंडली (टीम) रात्रि में पूरे गाँव की रखवाली करती थी।

यह एक बहुत महत्त्वपूर्ण भाव है—गाँव की संस्कृति में, गाँव की सभ्यता में और सामूहिक जीवन में। इसी भाव के चलते गाँव में लगता है कि एक व्यक्ति का दायित्व सभी लोगों का दायित्व होता है। जब ऐसे 'जागते रहो' कहने वाले लोगों की मंडली (टीम) निकलती थी तो उनके मन में एक भाव होता था कि हमारे चलते गाँव के सभी लोगों की नींद सुरक्षित हो, सामान सुरक्षित हो, वस्तु सुरक्षित हो, मर्यादा सुरक्षित हो। यह भाव होता था 'जागते रहो' मंडली (टीम) का।

मैंने अधीतकाल में इस भाव को देखा है। कभी-कभी इसी 'जागते रहो' के अभियान में, रोचक घटनाएँ भी हो जाती थी। 'जागते रहो' मंडली में युवाओं की संख्या अधिक होती थी। आप सब जानते हैं कि बकरी एक पालतू पशु है और यह सामिष लोगों के खाने के भी काम आती है। ऐसे युवाओं की टीम में किसी चपल युवा को अगर किसी के दरवाजे पर अच्छी बकरी, पाठी या खस्सू दिख जाए तो समूह में से पीछे होकर उसे चुरा लेता था। पता चलने पर यदि चोर-चोर का शोर होता था तो फिर सभी उसके पीछे दौड़ लगाते थे। ऐसा करने से बकरी बच जाती थी और शोर नहीं हुआ तो बकरी चोरी हो जाती थी।

कभी-कभी रागात्मक सम्बन्ध की वजह से या किसी मजाकिया सम्बन्ध की वजह से चिढ़ाने के भाव से या तंग करने के भाव से युवाओं में से कोई चंचल युवा शरारत करने की भी सोच लेता था। जैसे ही हलचल होती थी फिर चोर-चोर की आवाज होने लगती थी। आश्चर्य एवं रोचक यह है कि शरारती तत्व भी चोर-चोर कहते हुए भागने लगता था। इस तरह से कई बार मनोरंजन की स्थिति उत्पन्न हो जाती थी और कभी-कभी इस 'जागते रहो' की मंडली से सम्बन्धित सदस्य की स्थिति पता चल जाने पर दयनीय हो जाती थी। उसे बहुत बुरा माना जाता था और बुरा-भला कहा जाता था। चिन्हित होने पर उसे मंडली (टीम) से हटा दिया जाता था। ऐसी घटनाएँ नहीं के बराबर थीं। पर कभीकभार हो भी जाती थीं। इसकी न ही अपेक्षा होती थी

न ही ऐसा करने का कोई भाव रखता था। शरारती तत्व कभी-कभी भीड़ में पहुँच जाते लेकिन चिन्हित होने के बाद उनको अपमानित होना पड़ता था। 'जागते रहो' की परम्परा आज भी गाँव में है।

'जागते रहो' नाम की एक फिल्म भी बनी थी और उसका बहुत व्यापक असर भी हुआ था। वस्तुतः 'जागते रहो' गाँव से उठकर राष्ट्र की सीमा तक प्रचलित अभियान है। हमारे राष्ट्र-प्रहरी वीर जवान सीमा पर निरन्तर रात्रि में जगे रहते हैं ताकि देश सुरक्षित रहे, देश की सम्प्रभुता सुरक्षित रहे और देश के लोग चैन की नींद सो सकें। यह भाव जो गाँव से उठा वह हमारी सीमाओं पर सतत् चैतन्य है। गाँव में 'जागते रहो' का भाव थोड़ा कम हुआ है फिर भी किसी-न-किसी रूप में यह बना हुआ है क्योंकि गंवई सोच और जीवनशैली की यह विशेषता होती है कि अगर किसी के यहाँ कोई अतिथि आता है तो उसका सत्कार सब लोग करने का भाव रखते हैं। इसी तरह सबकी सुरक्षा का भाव भी गांवों में प्रबल रहता है।

एक के यहाँ शादी-विवाह होता है अथवा कोई कार्यक्रम होता है तो उसमें सभी लोग सहज रूप से भागीदारी करते हैं। यथासम्भव सहयोग करते हैं। इसे ग्रामीण संस्कृति की सामूहिकता का भाव कहते हैं, सन्देश कहते हैं और उपदेश भी कहते हैं। इससे सबके मन में सामूहिकता का भाव जागृत होता है। सामान्य रूप से सबके हित में सोचने का भाव सामूहिक सोच को मजबूती प्रदान करता है। इसी सामूहिक सोच के कारण गाँवों का अस्तित्व बना हुआ है, उनकी मौलिकता सुरक्षित है। इस मौलिकता में मानव एकता और मानवीयता के उदात्त गुण निहित हैं। इसे हमें हमेशा अपने पास बनाए रखना चाहिए।

20

आम के बाग

बात उन दिनों की है जब गाँव के एक, दो या तीन तरफ आम के बाग हुआ करते थे। आम के बागों के साथ ही उनमें कुछ इमारती लकड़ी वाले पेड़ भी हुआ करते थे, कई और प्रकार के पेड़ भी हुआ करते थे। गर्मी के महीनों में बच्चों और सयानों के लिए यह 'बनवारी' विशेष ध्यान देने का केन्द्र होती थी। यह बगीचा खलिहान भी बनता था। गाँव के लोग गेहूँ काट कर वहाँ रखते थे, उसकी मड़ाई भी वहीं हुआ करती थी। फिर गेहूँ लोगों के घर में जाता था। एक तरह से यह सामूहिक कार्यकलाप का केन्द्र होता था। अन्न भंडारण का एक खुला केन्द्र जहाँ से लोग अन्न ले जाकर अपने-अपने घरों में रखते थे। सामान्यत: हर बाग के किनारे एक छोटी सी गड़ही, बावड़ी, पोखरी या पोखरा भी होता था।

इसका विधान इसलिए किया गया था कि खलिहान में अगर कभी आग लग जाए तो पानी का प्रबन्ध रहता था ताकि उस आग पर नियन्त्रण किया जा सके। आम के बाग में कई प्रकार के आम होते थे और उनका नामकरण आम के आकार और रंग के आधार पर किया जाता था। जैसे कोई छोटा आम होता था तो उसे 'कैरिवहा' आम कहा जाता था, किसी की रंग और आकृति केले जैसी है तो उसे 'केराहवा' कहा जाता था, किसी में थोड्डा निकला हुआ होता है तो उसे 'सुगौआ' कहा जाता था, किसी का धवल पीला रंग है तो उसे 'राजा' कहा जाता था, थोड़ा लालित्य है तो उसे 'रानी' कहा जाता था, जिस आम के नीचे बहुत दिन तक भूसा रह जाता

था उसे 'भुसाहवा' कहा जाता था; इस तरह आम के बहुत सारे नाम होते थे, किस्में होती थीं। कभी-कभी व्यक्ति के नाम पर भी उस आम का नाम रख दिया जाता था।

बड़ा बाग और छोटा बाग भी होता था, बड़की बारी और छुटकी बारी हुआ करती थी। जो छोटे आम आते थे उन्हें 'टिकोरा' कहा जाता था। गाँव में पढ़नेवाले लड़के पहुँच जाते थे। बाग में आँधी से छोटी टिकोरी गिरे, या जबरिया पत्थर मार कर तोड़ लिया तो उसकी कलौंजी (मसाले और कड़ुआ तेल अर्थात् सरसों के तेल में लपेट कर) बनती थी। गर्मी से बचने के लिए लड़के अपनी जेब में प्याज लेकर चलते थे। बड़े लोगों का कहना था कि गर्मी में प्याज खाना बहुत जरूरी है, इससे लू नहीं लगती है। जो प्याज नहीं खा सकता है, तो वह अपनी जेब में प्याज रखकर चले। तेज गर्मी के दिनों में सभी बच्चों की जेब में आमतौर पर प्याज होता था। इन दिनों प्याज की खपत बढ़ जाती थी तो आम के बाग के किनारे जो खेत होते थे, उनकी बगलवाली बावड़ी (पानी का गड्ढा) के किनारे पर भी लोग प्याज लगा देते थे।

बच्चे तीन से पाँच की संख्या में बाग में जाते थे। एक तो जिसका बाग होता था उसके परिवार के बच्चे होते थे, उन बच्चों के मित्र होते थे और एक सामूहिक भाव होता था। घ्रार से ही बच्चे छोटा चाकू जिसे छूरी भी कहते हैं, लेकर भी चलते थे। उसमें हाथी दाँत का बेट लगा होता था, जो चाकू में बड़ा अच्छा माना जाता था। अब तो उसका स्थान सफेद प्लास्टिक ने ले लिया है क्योंकि हाथी दाँत पर प्रतिबंध है। पशुओं का संरक्षण बहुत आवश्यक है। फिर जब टिकोरा होता था तब उन्हें एक जगह एकत्र करके उसको छीलकर और छोटा-छोटा काट के उसकी कलौंजी बनती थी। लाल मिर्च का अचार जिसे भरुआ मिर्चा भी कहा जाता है, आम में मिला दिया जाता था तो कलौंजी बन जाती थी। बच्चे इसे काट करके और बाँट कर वैसे भी खा लेते थे। यह भी मान्यता थी कि कच्चा आम खा लेने से लू का प्रकोप नहीं होता है, तो यह लू से बचाव का उपाय भी था। जब आम पकने लगता था तो रखवाली होती थी। उसके कच्चे होने के समय से ही रखवाली होती थी। जब आम पकने का समय आता था तो विशेष रखवाली की जाती थी। एक रखवार रखा जाता था क्योंकि खलिहान का सीजन तभी तक होता था जब तक आम छोटे होते थे। तब तक खलिहान का दौर खत्म हो जाता था। जो रखवार होता था अपने लिए एक छोटी सी मड़ई या झोंपड़ी या टपरा

वहीं बाग में बना लेता था जिसे छोटी छानी भी कहते थे। इसमें वह रात भर रहता था और आम की रखवाली करता था।

जो रखवार नहीं रखते थे वे अपने घरों से रात में जाकर आम के बाग में घूम कर चले आते थे। तो आम की रखवाली का भी एक विधान था। जिसका बाग होता था वह कभी अपने मित्रों के साथ वहाँ जाकर आम की जड़ के पास समतल मिट्टी को खुरपी से निकाल लिया करता था और वहीं मिट्टी का एक घरौंदा बना लेते थे। जब यह आम पकता तो उसमें आम एक-एक करके डाल के शाम को चलते समय आम ले आते थे। आम के गिरने का भी एक तरीका होता था। पके आम एकसाथ गिरें तो इस प्रक्रिया को 'गाही' कहा जाता था, कि एक गाही आम मिल गया। सामूहिकता का भाव था इसलिए मित्रमंडली आपस में ही बाँट लेती थी। फिर जब आम घर पर पहुँच जाता था तो अन्दर देवियाँ और बाहर जो पुरुष होते वे बाल्टी में आम रखकर उसमें से निकाल कर ले जाते। उन आमों को उसी समय या बाद में प्रयोग करते और खाते। बड़ा आनन्द आता। इस दौर से हम लोग भी बहुत गुजरे हैं। शाम को रखवार बहुत मात्रा में आम एकत्रित करके लाकर घर पर पहुँचा जाता था मालिक के यहाँ। दरवाजे पर जैसे मेरे यहाँ जितने लोग शाम को बैठे रहते थे उन्हें दिया जाता था। बाल्टी में पानी में भीगे आमों को निकाल कर खाने का अपना ही मजा होता था। पानी में आम को इसलिए भिगोते थे कि आम की गर्मी पानी के साथ बाहर निकल जाए। घर के अन्दर जो देवियाँ होती थीं वह भी खाती थीं पानी में भीगा आम।

उस समय जितने भी लोग घर आते थे उन्हें अपने बगीचे का आम खिलाया जाता था। ज्यादा आम हो जाने पर और उसका रस निकाल करके अमावट बनता था। अमावट बनाने के लिए पतले कपड़े पर आम के रस को फैलाया जाता था। इसे चारपाई या तकिए पर रखकर सुखाया जाता था। ऊपर बरैया, हड्डा या मक्खी न लगे, तो इसके ऊपर भी पतली चादर बिछा दी जाती थी। शुद्धता का बहुत ध्यान रखा जाता था। एक-दो महीने में बहुत स्वादिष्ट अमावट तैयार हो जाता था जिसे खाया जाता था। अब इसका व्यावसायीकरण भी हो गया है। कुछ केमिकल के साथ बनते हैं लेकिन जो आनन्द गाँव में बने हुए अमावट का होता था, आज शहरों में बिकने वाले अमावट में वह आनन्द नहीं है, वह स्वाद नहीं है जो वहाँ होता था।

एक सुलभ एवं रोचक तथ्य आम के बाग का यह है कि जो युवा और किशोर होते थे वे रात में आम बीनने के लिए जाते थे। बीनना मतलब आम एकत्र करना। तो कभी-कभी रखवार जगे होते थे तो चिल्लाते थे तो वे भाग जाते थे। कभी-कभी अपनी झोंपड़ी में रखवार नहीं भी होते थे। बाग के मालिक को झांसा देकर घर पर ही सो जाते थे। ऐसे में जो बच्चे निकलते थे वे सब अपने बाग का आम तो बीनते ही थे, दूसरे के भी बाग में चले जाते थे। शाम को घूमते-खेलते हुए दिख जाता था कि किसका आम पका है या तैयार है। रात में बाग पहुँचकर कोई एक पेड़ पर चढ़ता था, डालों को हिलाता था और नीचे खड़े लोग गिरे हुए आमों को एकत्र करते थे। जितने लोग जाते थे बाग में आम बीनने, वे लोग आपस में रात में ही आम बाँट कर अपने-अपने घर चले जाते थे। इस तरह से यह एक कौतुक भी था और शरारत भी थी, इसका समर्थन तो नहीं हो सकता लेकिन कौतुक, शरारत जो गाँव में होता था वह चलता था।

बहुधा आम बीनने का जो समय होता था रात में बारह से दो बजे तक का होता था। इसके लिए एक तरह से अपनी नींद का त्याग करना होता था। आम के लिए बड़ा आकर्षण होता था। कभी-कभी आम बीनने गए तो रखवाला दौड़ा लेता था तब भागना पड़ता था। भागते समय खेत में कुछ लोग गिर भी जाते थे। चोट भी लग जाती थी। कुछ कहानियाँ भी कही जाती थीं कि बाग में किसी पेड़ पर भूत रहता है, किसी घने बाग में भूत है, जो कौड़ी पहनकर घूमता है। वह रात में बहुत बड़ी लाठी लेकर चलता है। इसलिए कोई रात में अकेले आम बीनने नहीं जाता था। वह अपनी एक टीम लेकर जाता था। यह भी कहानी थी कि भूत 'लुकारा' से डरता है (आग जलाकर की गई तेज रोशनी) तो कोई भी भूत भाग जाएगा इसलिए रात में जो टीम जाती थी आम बीनने के लिए या आम चुराने के लिए वह पूरी तरह चाक-चौबन्द होकर निकलती थी। उसके साथ हाथ में छोटा डंडा भी होता (लुकारा) होता था। लुकारा का मतलब कि बाँस की फोफी में बोरा और कपड़ा भर के मिट्टी के तेल से उसको गीला कर दिया जाता था और दियासलाई होती थी, कि अगर खराब स्थिति आए तो जलाया जाएगा। छोटा टार्च होता था जो पेड़ के नीचे धीरे-धीरे जला कर देख लिया जाता था की आम गिरा है कि नहीं गिरा है। तो यह युवा काल के कुछ कौतुक होते थे जो गाँव के बाग में चलते थे और यह जो कहानी होती थी भूत की यह बहुधा

मिथ्या सिद्ध होती थी, क्योंकि बच्चों को डराने के लिए ऐसी कहानियाँ गढ़ दी जाती थीं कि कोई रात में बाग की तरफ न जाए। जब चार-पाँच बच्चे एक साथ होते थे तो बहुधा ऐसा कुछ देखा नहीं जाता था। रात में गाँव में आम बीनने के लिए हमारे दो बाग थे। एक को उत्तर की बारी कहते थे जो बहुत बड़ा घना भाग था और एक दक्षिण का जंगल कहा जाता था।

आम बीनने के अभियान में कभी हम लोगों को कुछ ऐसा दिखा नहीं जिससे डर लगे। कुछ भी हो, उन चोरी-चुपके बीने गए आमों का स्वाद विशेष हो जाता था क्योंकि रात में नींद गवाँ करके, मेहनत करके आम लाया जाता था। सोने से पहले यह भी देखा जाता था कि घर के बड़े या मुखिया नींद से जग न जाएँ, तो रात में ही खा कर उसे खत्म किया जाता था, फिर दबे पांव अपने बिस्तर पर जाकर सो जाया जाता था। आम के बागों के साथ इतनी सारी कहानियाँ जुड़ी होती थीं, बहुत सारे किस्से जुड़े होते थे, बहुत लोगों के मिलने का भी यह केन्द्र होता था। आम का बाग इस तरह से आप कह लें, एक प्रसंग का विषय होता था, प्रपंच का विषय होता था, प्रलाप का विषय होता था और आनन्द का भी विषय होता था। आम का मौसम अर्थात् ग्रामीण जीवन के लिए आनन्द-पर्व।

अब वह आम के बाग नहीं रहे, बड़े-बड़े वृक्ष हुआ करते थे। बाद में कलमी आम का दौर आ गया जो बड़े पेड़ नहीं होते। देसी आम और बीजू आम का जो स्वाद था वह आज दुर्लभ और बहुत ही मुश्किल से कहीं मिल पाता है। उन दिनों के इस आम प्रसंग का आशय यह है कि आम से क्या-क्या होता था। एक तो सारे मांगलिक कार्य आम से होते, आम के पत्ते से होते, आम की लकड़ी से ही हवन होता। इसलिए हर गाँव में अनिवार्यत: आम का बाग होता ही था। आम वृक्षों का क्षेत्र ग्रामीण सामूहिकता को बल देता था। आज के युग में सामूहिकता का भाव धीरे-धीरे तिरोहित हो रहा है तो हर दरवाजे पर ही सही लेकिन एक आम का पेड़ जरूर होना चाहिए। यह ध्यान रखना चाहिए कि आम पकता है तो उसमें जितने लोगों की भागीदारी हो सके उन्हें भागीदार बनाया जाना चाहिए। बहुत सारे ऐसे घर हैं जिनके सामने पेड़ लगाने के लिए जगह नहीं है, बहुत से ऐसे लोग हैं जिनके पास बाग लगाने की जगह नहीं है, लेकिन रुचियाँ तो हर मनुष्य की एक जैसी होती हैं। जिनके पास बड़े बाग हैं उन्हें इस बात का ध्यान रखना चाहिए कि जैसे उनकी आम खाने की रुचि होती है वैसे ही सबकी होती है तो वितरित

करके खाने का सुख और होता है और अकेले रख कर आम सड़ाने का दुख अलग होता है।

कोशिश करनी चाहिए कि यह जो फल है, जिसे प्रकृति ने हमें दिया है, इस फल का सुफल सभी को मिले। आम की लकड़ी ईंधन का भी काम करती है, आम की लकड़ी से तख्ता भी बनता है। बहुत कुछ होता है आम की लकड़ी से; हवन, शयन के लिए तख्ता, ऊर्जा, ईंधन की लकड़ी यह सब मिलता है। गाँव में पहले गैस नहीं होती थी, कोयला भी नहीं होता था। आम की लकड़ी ही रसोई का प्रमुख साधन हुआ करती थी। खाना बनाने के सन्दर्भ में आम की लकड़ी, गन्ने का सूखा हिस्सा (रस पेरने का बाद बचा सूखा खुज्झा जिसे खोइया कहते हैं), अरहर का डंठल, पेड़ से गिरे हुए पत्ते यह सब ईंधन के काम में आते थे। हमें पुनः उस ओर बढ़ने की जरूरत नहीं है, उसे संरक्षित करने की जरूरत अवश्य है। वह ऊर्जा कभी नुकसान नहीं करती। उससे कार्बन नहीं निकलता। आज के दौर में हमें उसका ध्यान रखना चाहिए। मुझे आम की लकड़ी जो सूखी होती थी उस पर बने हुए खाने का स्वाद आज भी याद है। जिस मिट्टी के चूल्हे पर सूखी हुई लकड़ी से खाना बनता था, जिस पर दाल तैयार होती थी और चावल बनता था उसका कोई जवाब नहीं है, आज के दौर में भी उसका कोई जवाब नहीं है। मैं एक बात आप सभी से जरूर कहूँगा कि कभी अवसर मिले तो मिट्टी के चूल्हे पर सूखी हुई लकड़ी से बना हुआ खाना जरूर खाइए। इसमें एक अलग स्वाद होता है और देह (शरीर) की सामर्थ्य बढ़ाने की अद्भुत क्षमता होती है, ऐसे खाने में अनुदाय भी बहुत होता है और फिर बनाने वाले का जो भाव होता है इसमें वह बहुत मायने रखता है। इस तरह से आम के बाग बहुत महत्त्वपूर्ण होते हैं। प्रयास करना चाहिए कि नए बाग तैयार किए जाएँ। कलमी आम तो हों ही, पुराने जो बीजू आम हुआ करते थे, उन्हें भी हम जरूर लगाएँ। आम फलों का राजा यूँ ही नहीं कहा जाता।

21

कितनी रात बाकी है बच्चा

बात उन दिनों की है जब सूर्यास्त के बाद बहुधा राह चलना बन्द हो जाता था। पगडंडियों से यात्रा का दौर था। खते के मेड़ और बाग-वन से होकर राहगीर चलते थे। आज की तरह बिजली नहीं थी। मिट्टी के तेल की ढिबरी और लालटेन से घरों में शाम और रात्रि को प्रकाश किया जाता था तथा शादी-विवाह में पेट्रोमैक्स, जिसे गैस कहते थे, से उजाला किया जाता था। रात्रि के आठ बजते-बजते गाँवों में सन्नाटा हो जाता था और यदि कोई राह भटक गया तो उसे सही दिशा बताने वाला भी कोई मुश्किल से ही मिलता था।

गाँव सामूहिकता और पारस्परिक निर्भरता के लिए ही जाने जाते थे। अतिथि के प्रति, सम्बन्धियों के प्रति तथा साधुओं के प्रति यथेष्ट सम्मान भाव था। कोई साधु कौपीन (कोपिन्नी) में दिख जाते तो कोई केवल लंगोट पहने, कोई जटाजूट धारी होते थे तो कोई श्वेत वस्त्र धारी। लंगोट धारी साधु से बच्चे कभी-कभी हँसी-ठिठोली में प्रश्न कर लेते थे—'ए साधु बाबा भगइया (लंगोट) काहे छोट बा?' (अर्थात् ए साधु बाबा आपकी लंगोट क्यों छोटी है?) अगर कोई याचक गाँव में आता था तो प्रत्येक व्यक्ति के दरवाजे पर पहुँचते ही बोलता था—'जय हो लक्ष्मी।' कुछ साधु लोग कहीं बाग में या सरोवर के किनारे कुटिया बनाकर रहते थे।

अभी हीरामन युवा थे किंतु थे बहुत सहज और संकोची। उनकी नई-नई शादी हुई थी। वैसे तो जिसकी शादी होती है, नई-नई ही होती है। हीरामन

बगल के एक गाँव के थे। अत्यन्त श्रमशील एवं सहयोगी। सपत्नीक अपनी ससुराल गए थे। वहाँ पूरी आवभगत हुई। तीन-चार दिन ससुराल में रह लेने के बाद और स्वागत-सत्कार से तृप्त हो लेने के बाद उन्हें अपने गाँव और खेती-बारी की याद आने लगी। शाम को बिदा-विदाई के बाद उन्हें सपत्नीक घर के लिए प्रसाथन करना था। उनकी साइकिल अभी बिलकुल नई थी। ससुराल से उनके गाँव की दूरी लगभग 20 कि.मी. रही होगी। पगडण्डी से चलने पर यह दूरी 17 कि.मी. रह जाती है। अगर बरसात न हो जाए तो इस दूरी को आसानी से पूरा किया जा सकता है। पगडंडी बिलकुल अपनी, जानी-पहचानी लगती है। मेंड़, डांड़ और खेत की खूबसूरती से जुड़ी होती है।

हीरामन सपत्नीक साइकिल से गाँव के लिए निकल पड़े। उन्हें लगा कि 17 कि.मी. की दूरी कोई बहुत ज्यादा नहीं है, जल्दी ही घर पहुँच जाएँगे। आमतौर पर उन दिनों रास्ते में, घर में, गाँव में बिजली नहीं हुआ करती थी। शाम होते ही, सूर्यास्त होते ही अँधेरा घिर जाता था और अगर बरसात हो जाए तो बहुत कठिन। ससुराल से निकलते-निकलते बहुत देर हो गई। अभी न ठंड थी, न ही बरसात थी, बीच की स्थिति थी जिसमें उन्होंने निकलना मुनासिब समझा। उनकी ससुराल से 10 किलोमीटर की दूरी और उनके गाँव से 7 किलोमीटर की दूरी पर रास्ते में बीच में एक घना बाग था। इसमें एक छोटी सी कुटी थी, उसमें एक साधु रहते थे। उस साधु के बारे में लोगों के मन में बहुत अच्छा भाव था। साधु बाबा बहुत भले व्यक्ति हैं। बहुत पहुँचे हुए फकीर हैं साधु बाबा। इस प्रकार की मान्यता उनके विषय में थी।

आसपास के कुछ लोग यहाँ चले जाया करते थे। जब साइकिल अकेले चलती है तो फर्राटा के साथ चलती है। हीरामन के साथ साइकिल पर पीछे पत्नी भी बैठ गई थी। आगे हैंडल के दोनों तरफ सामानों से भरा झोला लटका था। कच्ची सड़क थी। पैर भरने लगा। हीरामन को लगा कि अब हम अपने गाँव तक पहुँच नहीं पाएँगे और अँधेरी बाग में आते-आते 9.00 बज गए। कुछ उतरते-टहलते, कुछ प्रेम की बातें करते-करते जब 9.30 बज गया तो उनका मन कुछ घबराने लगा। उनके मन में विचार या कि आगे नाला पड़ेगा क्यों न हम लोग रात में साधु के यहाँ रुक जाएँ। भोर में उठकर 7 किलोमीटर की दूरी तय कर लेंगे और पौ फटते ही घर में होंगे।

बहुत सिद्ध बाबा हैं। एक रात कट जाए साधु बाबा के यहाँ। मुख्य राह से एक पगडंडी उनकी कुटी पर आती है। उस पर एक दीपक जलता हुआ दिखाई दे रहा था। साधु बाबा प्रसिद्ध तो नहीं थे। लेकिन जाने-समझे थे। साधु बाबा के बारे में जानकारी थी हीरामन को। सपत्नीक सोचे चलो साधु बाबा के यहाँ रात में रुकते हैं। साधु बाबा का आशीर्वाद मिलेगा और रात भी कट जाएगी। फिर भोर में निकलेंगे और गाँव पहुँच जाएँगे क्योंकि अँधेरा है। कुछ ऐसे कीड़े निकल जाएँ, कुछ घटना घट जाएँ। उमंग में चल तो दिए। साधु के प्रति आश्वस्त होकर विश्राम करना उन्होंने उचित समझा और वह साधु की कुटी पर चले गए।

साधु बाबा भी प्रसन्न हुए जो ध्यान भी रखते थे कि बच्चा खाना यहीं बने, खाओ। ससुराल से बाबा आहार मिला है, वही खा कर रह जाएँगे। पानी बस हमें आप पिला दीजिए। जो ससुराल से खाने पीने की चीजें मिली थीं, मिठाई जो भी है खाजा लड्डू खाए। बाबा को भी दिए।

बाबा की कुटी से आधे फर्लांग दूर साफ मैदान था, एक पेड़ था। वहाँ जाकर के 'गर्मी का महीना था' हीरामन पत्नी सहित जाकर लेट गए। जहाँ हीरामन लेटे थे वहाँ से कुटी की दूरी आधा फर्लाग थी, कुटी साफ-साफ दिखलाई देती थी, साथ ही जमीन भी दिखलाई देती थी और संयोग से जब रात ढलने लगी तो चाँदनी रात भी हो गई।

हीरामन के मन में आशंका थी। चारों ओर बाग बगीचा है, अँधेरा है, कोई साइकिल लेकर न भाग जाए। इसलिए अपने गमछे में साइकिल का पहिया बाँधे, उससे अपना पैर बाँधे, ताला लगाने के बाद भी मन में भय था कि साइकिल कोई उठा न ले जाए। एक उपाय तो इन्होंने यह किया कि साइकिल का पिहया और अपना पैर एकदम से में बाँध लिया कोई खींचेगा तो नींद खुल जाएगी। बगल में पत्नी के साथ लेट गए। चादर भी था, जो विदाई में मिला था। नया चादर, पत्नी तो गहरी नींद में आ गई। शुरू में बदन को भी नींद आई लेकिन बाद में उनकी नींद किसी अज्ञात भय से खुल गई। पत्नी सोई है, रात है, कोई कीड़ा न आ जाए। पत्नी की सुरक्षा करना धर्म है। नाना प्रकार के विचार लेकर हीरामन दाएँ बाएँ होते रहे, करवट बदलते रहे, नींद गायब हो गई।

साधु बाबा भी जागते रहे। कुछ साधु पवित्र मन के होते हैं, साथ-साथ मनुष्य भी होते हैं। ऐसा नहीं कि साधना मनुष्यता के शिखर पर आसीन होने की स्थिति है। साधु भी मनुष्य होते हैं और मनुष्य ही साधु होता है। सद्विचार सबके अन्दर होते हैं। कभी-कभी मन उलटी दिशा में भी बहने लगता है। साधु बाबा के मन में क्या भाव आया यह प्रामाणिक रुप से कह पाना ठीक नहीं है क्योंकि इसका कोई प्रमाण नहीं है कि बाबा के मन में क्या था। लेकिन जो घटनाएँ घटीं रात में उसको लेकर बाबा की मन:स्थिति पर कुछ संशय होता है। अचानक 2.00 से 3.00 के बीच रात में हीरामन को लगा कि एक आदमी पलटते-पलटते उनकी तरफ बढ़ रहा है।

जब वह आदमी पास आया तो हीरामन ने देखा कि यह साधु बाबा हैं। अधोवस्त्र लपेटे हुए जमीन पर लेटते-लेटते करवट मारते-मारते बाबा उस दंपति के पास तक पहुँच गए थे। हीरामन को लगा कि भगवान यह कर क्या रहा है। खेखारेना एक शब्द होता है। थोड़ा खांसी लेना। हीरामन ने खाँसी लिया, यानी ये बताया कि बाबा मैं जग रहा हूँ। तो बाबा जिस तरह से धीरे-धीरे करवट लेते हुए गए थे उससे तेज गति से करवट लेते हुए फिर कुटी में आ गए।

अब हीरामन सोचने लगे कि बाबा इधर आया क्यों? क्या मेरी साइकिल बाबा को अच्छी लगी? क्या मेरे झोले में जो सामान रखा है बाबा उसके प्रति आसक्त हो गए? अथवा तीसरा प्रश्न जिसके प्रति आप अनुमान कर सकते हैं कि बाबा की नीयत में कहीं खोट तो नहीं आ गयी है?

फिर भी उन्होंने अपने मन को समझाया हो सकता है कि बाबा इसलिए आए हों कि देख लिया जाए कि सब निश्चिंत सो रहे हैं कि नहीं कोई असुविधा तो नहीं और इस तरह से हीरामन की आँखों में जो थोड़ी बहुत नींद आ रही थी वह उड़नछू हो गई। कोई 2.30-3.00 बजे के आसपास यह घटना फिर हुई। बाबा फिर करवट लेते हुए वहाँ पहुँचे।

एक सम्भावना यह हो सकती है कि बाबा को लगा हो कि हीरामन गम्भीर निद्रा में सो चुके हैं और जो उनके मन में कुछ भाव उत्पन्न हुए होंगे उस भाव को मूर्त रूप देने का प्रयास किया जा सके। उनके मन के भाव क्या थे इसके बारे में मुझे कुछ नहीं कहना है लेकिन हीरामन को कुछ कहना है जो आगे मैं सुनानेवाला हूं।

फिर जब थोड़ी देर हो गया जब हीरामन ने फिर उस तरह से खाँसने का स्वांग किया और बाबा लौट के चले आए। बाबा कितना हताश हो गए इस दो क्रम में नहीं कहा जा सकता। लेकिन बाबा निराश नहीं हुए। अगर निराश हुए होते तो फिर वह उद्यम नहीं करते। साधु बाबा के अन्तर्मन की क्या स्थिति है लेकिन हीरामन अब पहले से ज्यादा चौकन्ने हो गए थे।

एक होशियारी वह भी करते थे कि उठकर बैठते नहीं थे। वह केवल उनको देख रहे थे कि रात में बाबा कर क्या रहा है। क्या इस प्रकार साधना करनेवाला व्यक्ति जिनको साधक दिखता है और रात में अपने आप से लड़ता है, अथवा क्या वह शान्ति की तलाश में बाहर भटकता है, उसकी शान्ति खटकती है। क्या राज़ था उसका भेदन तो नहीं हो पाया, क्योंकि करवट लेने देने में कोई घटना घटित नहीं हुई थी।

अब रात के 3.30 बज रहे थे। बाबा ने फिर उसी भाव में लौटते हुए पहुँचने की कोशिश की और करीब आए। इस बार हीरामन से नहीं रहा गया। वह उठकर बैठ गया। जैसे ही वह बैठे तो बाबा ने उनसे पूछा कितनी रात बाकी है बच्चा? तो बगैर सोचे उनका स्वाभाविक जवाब था कि बाबा एक कलनिया की रात और बाकी है। एक बार आप और पलटते आएँगे तब तक रात खत्म हो जाएगी।

और फिर बाबा मायूस भाव से, हालाँकि वह दिखा नहीं रहे थे कि उनके चेहरे का भाव कैसा है, लौटते हुए अपनी कुटी में आ गए। फिर हीरामन बैठे रहे। धीरे-धीरे समय कटा, आसमान में शुक्र दिखाई देते हैं। इसे कहा जाता है शुकवा का उगना। उनको लगा भोर हो गई है। हीरामन उठे, अपना गमछा खोले। पत्नी को साइकिल पर बैठाए और बिना बाबा से मिले चले आए।

बहुत दिनों तक इस रहस्य का उन्होंने भेदन नहीं किया न ही किसी से यह बात कही। उनके मन में यह भाव था कि इससे साधु बाबा के ऊपर से लोगों का भरोसा उठ जाएगा। एक महीने बाद उन्होंने बाग में साधु बाबा जिससे सभी लोग परिचित थे, द्वारा घटित घटना का विवरण गाँव के होशियार लोगों को दिया। सबने अपने-अपने तरीके से भाष्य किया और वह तरीके आप भी समझ सकते हैं।

भाष्य का भाव क्या रहा होगा एक नवयुगल को देखकर यह मान लिया जाए कि क्या उनकी दृष्टि सम्पदा पर थी? यह सम्पदा कई प्रकार की होती

है। बाबा की दृष्टि किधर थी। सबने इस पर अपने अपने हिसाब से अर्थ लगाए। अभी एक महीने ही पूरे हुए थे। फिर सोचा गया कि चलकर बाबा से ही पूछा जाए कि बाबा रात में जो आप करवट ले रहे थे, उसके अन्दर सुरक्षा का भाव था, सामीप्य का भाव था, सानिध्य का भाव था या कोई अन्य भाव था? यही सोच लेकर के दो-तीन लोग उस गाँव से निकले और बाबा के आश्रम में पहुँचे। बाबा का आश्रम बिलकुल खाली था।

दरवाजा खुला हुआ था उसमें कोई भी सामान नहीं था। पता चला कि बाबा यह स्थान छोड़कर चले गए। ग्लानि के कारण गए अथवा इस कारण चले गए कि दुनिया हमें क्या कहेगी अथवा यह सोच कर चले गए कि उनकी साधना यहाँ पूरी नहीं हुई। अथवा मान लिया कि अब यह स्थान उनके अनुसार अनुकूल नहीं रहा। यह सब प्रश्न हीरामन के साथ गए हुए लोगों के मन में उछल रहा था, लेकिन वह साधु बाबा उस स्थान पर नहीं रहे।

इस कहानी का आशय सिर्फ इतना है कि भले आप किसी के बारे में जानते हों, लेकिन उसके भाव के प्रति यदि आश्वस्त न हों तो अन्धभक्ति में उसके समीप नहीं रुकना चाहिए। विशेष करके जब आप परिवार के साथ चलें तो किसी ऐसे पथ पर न चलें जो प्रशस्त न हो। किसी ऐसे पथ पर न चलें जिसमें बाधाएँ-आशंकाएँ हों और किसी ऐसे स्थान पर न रुकें जिसके बारे में आपको पूरा बोध न हो। इतनी बातों का हमेशा ध्यान रखना चाहिए परिवार के साथ चलते समय।

परिवार तो आपकी पूर्णता का द्योतक है। अगर आप अकेले भी चलते हैं तो ऐसे स्थलों पर रुकने से बचना चाहिए जहाँ के बारे में पूर्ण जानकारी न हो अथवा आपके साथ आप ही जैसा कोई और व्यक्ति न हो। कभी भी समस्याएँ बताकर नहीं आतीं। समस्याएँ अचानक आती हैं। विश्वास, विश्वास की तरह होना चाहिए। आस्था, आस्था की तरह होनी चाहिए। इसके बाहर नहीं। साधुता धर्म है, साधुता कर्म है और स्वयं में साधु एक साधक होता है। साधना के कई पड़ाव होते हैं और हर पड़ाव में नियन्त्रण की अपेक्षा होती है। पहला नियन्त्रण मन पर लगता है। मन पर नियन्त्रण लगते ही तन की वृत्तियाँ नियन्त्रित हो जाती हैं। इसलिए साधुता के भाव के लिए हमें स्वत: अपने को नियन्त्रित कर लेना होता है, अपने को बन्धन में रख लेना होता है।

साधु का ठहराव अच्छा नहीं माना जाता है। हमारी तरफ एक कहावत है 'पानी बहता भला और साधु रमता भला''। बहता हुआ पानी पेय अर्थात् पीने योग्य होता है, श्रेष्ठ होता है। ऐसा ही कहा जाता है। चलता हुआ साधु भला होता है क्योंकि अगर साधु ठहर गया तो माया मोह के बन्धन में आ जाएगा। यह बात सभी साधुओं के लिए नहीं है, जो परिव्राजक हैं उनके लिए है। जिन्होंने बहुत कुछ का त्याग कर दिया है उनके लिए है। हमें सर्वत्र, सतर्क, सहज और सावधान रहना चाहिए।

22

लीख

एक शब्द है लीख, जिसे डगर भी कहते हैं, राह भी कहते हैं, पथ भी कहते हैं और मार्ग भी कहते हैं।

बात उन दिनों की है, जब हम लोग देशज व्यवस्था में थे। आज भी व्यवस्था तो देशज ही है पर इसका स्वरूप बदल गया है। तब की देशज व्यवस्था और आज की देशज व्यवस्था में बहुत अन्तर हो गया है। तब आवागमन के दूरगामी साधन बहुत नहीं हुआ करते थे। आवागमन के लिए साइकिल हुआ करती थी, बैलगाड़ी हुआ करती थी और हाथी पर चढ़ कर भी जाया जाता था। बेटी की बिदाई या बहू के आगमन के समय डोली का प्रयोग किया जाता था, जिसका श्रेष्टतम रूप पालकी थी। बड़ी पालकी को नालकी के नाम से जाना जाता था।

यह सब यातायात के साधन थे। मूल साधन तो पैदल, बैलगाड़ी, साइकिल और जो सम्पन्न थे उनके पास हाथी होता था। सम्पन्न लोगों के हाथी का सामान्य लोग भी उपयोग कर लिया करते थे। महावत उदार हुआ करते थे। वे बच्चों और सयानों को भी को भी यथा आवश्यकता हाथी पर बैठा लेते थे। इक्का और ताँगा भी नगरों में चलते थे। गाँव में ये नहीं दिखते थे। घोड़े भी होते थे, घोड़े के माध्यम से भी लोग यात्राएँ कर लेते थे। लेकिन यह कम लोगों के पास सुलभ था। हाथी-घोड़ों को रखना और इनकी परवरिश करना बहुत सहज नहीं था।

खेती बैल से होती थी। सामान की ढुलाई भी बैलगाड़ी के माध्यम से हुआ करती थी। बैलगाड़ी उस समय गाँवों में सर्वसुलभ सामान ढोने का

सामान्य साधन था। इसके भी कई नाम थे। पहले इसे लढ़िया कहा जाता था। इसके जो लकड़ी के बड़े-बड़े चक्के थे उसके ऊपर लोहे की हाल लगती थी जिससे कि यह घिसे नहीं।

विशेषकर शुगर फैक्ट्रियों की ओर जाने के लिए जो सड़कें बनीं (सीसी रोड) उस पर ये बैलगाड़ियाँ चलती थीं। इन्हें लढ़िया कहा जाता था। बाद में लकड़ी के पहिए की जगह इनमें रबर के टायर लगने लगे तो इन्हें टायर निर्माता कम्पनी डनलप के नाम पर डनलप कहा जाने लगा। इसके लिए गाँव में डल्लफ शब्द का प्रयोग होने लगा था।

गाँव में सड़कें नहीं थीं। गाँव में आय का साधन अन्न उत्पादन ही हुआ करता था। आज भी अधिकांशतः ऐसा ही है। पूर्वी उत्तर प्रदेश में आय का मूल स्त्रोत गन्ने की फसल है। पूर्वी उत्तर प्रदेश में गन्ने की खेती विशेष लाभ की खेती हुआ करती थी। अब पूर्वी उत्तर प्रदेश में चीनी मिलों की संख्या कम हो गई है और गन्ना बहुत कम बोया जा रहा है।

जब से गुड़ उद्योग फिर चलने लग गया है गन्ने की खेती में सुधार आया है। शुगर की फैक्ट्रियाँ तो पूर्वी उत्तर प्रदेश में लगभग बन्द ही हो गई हैं या अब बहुत कम रह गई हैं। आज इसकी बहुत जरूरत है। कैश क्रॉप के रूप में गन्ने की ज्यादा मान्यता है। पूर्वी उत्तर प्रदेश को कभी चीनी का कटोरा कहा जाता था। उस क्षेत्र में पुनः चीनी उद्योग को बढ़ावा मिलना चाहिए। गन्ने की अच्छी किस्में वहाँ बोई जाएँ और शुगर फैक्ट्रियाँ चालू हो जाएँ, गन्ना किसानों को इसकी सही कीमत मिल जाए तो इस क्षेत्र का कायाकल्प हो जाएगा।

गन्ना कृषि और चीनी उद्योग से उस क्षेत्र के वैभव में वृद्धि होगी। रोजगार के अवसर खुलेंगे, आजीविका के साधन सुलभ होंगे और सम्पन्नता भी आएगी। इस लिहाज से गन्ना बहुत महत्त्वपूर्ण है। इसके कई लाभ हैं। एक तो यह कैश क्रॉप है। दूसरे यह ऊर्जा का भी स्त्रोत है। गन्ना निचोड़ने के बाद जो बचता है वह ऊर्जा का सुलभ मध्यम है। गाँव में जब गन्ने का रस निकाला जाता है तो जो गन्ना बच जाता है और सूख जाता है उसे 'खोइया' कहते हैं। इसे जला कर ईंधन का काम भी लिया जाता है। इससे कौड़ा भी बनता है, शाम को जिसे लोग तापते हैं। गन्ना कैश क्रॉप है। मिठाई का स्त्रोत है। गुड़ खुद में सहज मिठाई है, जो हर तरह से लाभप्रद है। इसका कोई नुकसान नहीं है। पशुओं के लिए भूसा-चारे का इंतजाम भी

इसी गन्ने से होता है। इसका जो ऊपरी हिस्सा है वह पशुओं के लिए उत्तम चारा का स्रोत है।

इस तरह गन्ने का बहुत ज्यादा महत्त्व है। यह बहुउपयोगी फसल है। गन्ने की खेती में मिश्रित खेती होती है। पहले इसके खेत में किनारे फसल की एक प्रजाति लगाई जाती थी जिसे 'पटुआ' कहते थे। इसके ऊपरी किनारे के हिस्से से रस्सी बनाई जाती थी। गन्ने के खेत में आलू का भी उत्पादन हो जाता है। इसीलिए इसे मिस्र खेती (मिश्रित खेती) कहते हैं। लेकिन अब इस उपयोगी फसल की खेती कम हो गई है। इसे अब अधिक नहीं लगाया नहीं जाता। इसके विपणन की या दूरस्थ फैक्ट्रियों में इसे भेजने की समुचित व्यवस्था नहीं है।

बात उन दिनों की है जब गन्ने की फसल गाँव में तैयार होकर शुगर फैक्ट्री तक ले जाई जाती थी। तब गाँवों में आवागमन के लिए कोई अच्छे रास्ते भी नहीं थे। मूल सड़क बाज़ार तक जाती थी। लेकिन उस सड़क तक ले जाने के बीच में कई गाँव होते थे। लेकिन ऐसी सामर्थ्य थी इस क्षेत्र की या इस अंचल की कि पहली गन्ने की गाड़ी गाँव से निकलती थी और पगडंडी या कच्ची सड़क के रास्ते से वह मूल सड़क तक जाती थी।

मान लीजिए मेरे गाँव से गाड़ी निकली या मेरी गाड़ी निकली तो बीच में दो-तीन गाँव पड़ते हैं। वहाँ किसानों के खेत हैं जिनसे होकर पहली गाड़ी निकली तो जिस खेत से वह पहली गाड़ी निकलती थी वहाँ की सभ्यता यह थी कि कोई किसान अपने खेत से गाड़ी निकालने का विरोध नहीं करता था। जिसके खेत से वह गाड़ी निकली उसे लगता था कि उसी रास्ते से होकर हमारी गाड़ी भी जाएगी।

यह नियम था कि हमारी गाड़ी जिस खेत से निकल रही है तो फसल का जितना नुकसान हुआ है उतना मुआवजा उसे हमारी तरफ से दिया जाता था। इसलिए यह व्यवस्था किसी को नागवार नहीं गुजरती थी। हर साल जाड़े में एक सड़क बनती थी। बैलगाड़ी से इस पर गन्ना ढोया जाता था—इसे लीख (लीक) कहा जाता था। लीख पर चलना अर्थात् रास्ते पर चलना, एक निर्धारित पथ पर चलना—लीख का यही भावार्थ है। लीख पर बहुधा सजग, सतर्क और अच्छे लोग ही चलते हैं। यह मान्यता थी। जो लीख छोड़ कर चलता है, यह माना जाता था कि वह कुशाग्र या दक्ष व्यक्ति है जो बने-बनाये रास्ते पर नहीं चलना चाहता है, चलने के लिए अपना नया

रास्ता बनाने का यत्न करता है। कहावत भी है—'लीख' लोकजीवन और व्यवहार का समर्थ प्रतीक है।

पहले बैलगाड़ी चलने के लिए जहाँ भी लीख थी, उसने अब सड़क का रूप ले लिया है। वही सड़क अब 'फिक्स रूट' हो गई है। यातायात के साधन बढ़ गए। चकबन्दी के दौर में लीख अपने मूल रूप में नहीं रही। खेतों के अगल-बगल से एक रास्ता निकाला गया जो अब हर गाँव को एक-दूसरे से जोड़ता है लेकिन परम्परागत लीख बैलगाड़ी के चलने से बनती थी जिसकी उन दिनों बहुत मान्यता थी। इसका सबको सम्मान करना है। इसके बाहर नहीं निकलता है अर्थात् चलने के लिए मार्ग की एक निर्धारित सीमा होती है जिसका सबको पालन करना चाहिए। लीख एक अर्थ में अनुशासन का द्योतक मानी जाती थी। लीख यह बताती थी कि यह आपकी चलने की सीमा है, और इस सीमा में अगर आप चलेंगे तो आप सुरक्षित हैं और सम्मान के पात्र हैं।

यदि लीख की सीमा आप छोड़ेंगे या उसे तोड़ेंगे तो न ही आप सुरक्षित रह पाएँगे और न ही आपको सम्मान मिलेगा। लीख का आशय यही होता है—जो हमें हमारे गन्तव्य तक पहुँचाने का विधान करे।

इसीलिए उन दिनों देशज संस्कृति में लीख की बहुत ज्यादा महत्ता थी। यह लीख हाथी को पथ देता था। बैलगाड़ी का मुख्य मार्ग था। बैलगाड़ी को आरम्भ में लढ़िया कहा जाता था जिसमें लकड़ी के चक्के होते थे जिसपर लोहे का कवर लगा होता था जिसे 'हाल' कहते थे। कालांतर में यह थोड़ा और विकसित हो गया तो इसे डल्लफ कहा जाने लगा। डल्लफ इसलिए कहा गया क्योंकि इस बैलगाड़ी में लकड़ी के पहिए की जगह पर टायर के पहिए लगाए गए। टायर की पहली कम्पनी का नाम डनलप (डल्लफ) कम्पनीr था। कोलकाता में सम्भवत यह इंडस्ट्री शुरू हुई थी। पुरानी बैलगाड़ियों में डनलप के टायर लगे तो उसका नाम यही पड़ गया जो अपभ्रंश होकर डल्लफ हो गया। आज भी गाँव में इसे डल्लफ ही कहा जाता है।

अब भी गाँवों में यातायात का यह एक आवश्यक साधन है। इसके माध्यम से अभी भी गाँव में सामान ले जाने-ले आने का कार्य किया जाता है। इसके ऊपर जो 'जुआठ' लगता है उसकी भी मान्यता है, उसकी रस्सी किस प्रकार की होगी, यह भी मान्यता है, किस प्रकार की लकड़ी लगेगी

इसको बनाने में। इसकी एक देसी तकनीक होती थी। निर्माण की भी और इसे चलाने की भी। जो कुशल चलानेवाला होता था उसे 'गाड़ी वाहक' या गाड़ीवान कहा जाता था। उसकी भी बड़ी महत्ता थी। जाड़े के दिनों में गाड़ीवान के पास एक कम्बल होता था। आप लोगों ने अगर 'तीसरी कसम' फिल्म देखी होगी तो उस कम्बल के साथ कैसे गाड़ी चलानेवाला व्यक्ति बैठता था आपको इसका सहज अनुमान हो सकता है। बैलगाड़ी पर बैठने और इससे यात्रा का भी एक विशेष आनन्द होता था। एक बार हम लोग (कुछ युवक) बैतालपुर से ऊधोपुर बैलगाड़ी से आ रहे थे। रास्ते में एक सियार गाड़ी के आगे बाएँ से दाएँ चला गया। सहज रूप में किसी ने कहा कि सियार ने रास्ता काट दिया। हम लोगों के साथ उम्र में हमसे छोटे 'रबुल' नाम के एक बालक थे। उन्होंने कौतूहलपूर्वक पूछा कि 'सियार क्या दाँत से रास्ता काटता है?' सभी लोग हँस पड़े। उन्हें बताया गया कि सियार या बिल्ली जब सामने से सड़क पार करते हैं तो इसे ही रास्ता काटना कहते हैं। ये दोनों दाँत से रास्ता नहीं काटते। यात्रा के समय अथवा यात्रा में ऐसा होना अच्छा नहीं माना जाता। यथार्थ यह है कि बिल्ली और सियार को तो मार्ग के नियम का कोई बोध होता नहीं। वे अपनी सुविधा के अनुसार और अनुकूलता के अनुसार इधर से उधर जाते हैं। बिल्ली तो कभी एक मीटर तक सीधा चल ही नहीं सकती। वह तो स्वाभाविक रूप से इधर-से-उधर दौड़ती रहती है, जाती रहती है। अतएव इनके कारण अपनी यात्रा नहीं रोकनी चाहिए।

देशज खान-पान की संस्कृति का विकास हुआ। विभिन्न स्थानों पर, उद्योगों के आसपास लिट्टी-चोखा को प्रचलित और प्रसारित करने में इन गाड़ीवानों की बहुत बड़ी भूमिका थी। गाँव से निकलकर लिट्टी-चोखे का यह स्वाद, यह विधान नगरों में भी पहुँच गया। गाड़ीवानों ने लिट्टी-चोखा की यात्रा गाँवों से नगरों तक करा दी। इस तरह लीख गति का सूचक है, प्रगति का सूचक है और संस्कृति का सूचक है। सभ्यता का सूचक है, सन्तुलन और संस्कार का सूचक है।

संस्कार अर्थात् जिन्हें हम जीवनपर्यन्त लेकर चलते हैं, उसके विरुद्ध न जाएँ। हमारी परम्पराएँ जो समृद्ध हैं, उनका हम सम्मान करें। सीधे और निर्धारित मार्ग पर ही चलकर हम सन्मार्गी बनें। यह इस लीख का बड़ा सन्देश है।

23

बाइस्कोप

बात उन दिनों की है जब गाँव में हलका-फुलका मनोरंजन और छोटी-छोटी सामान्य जानकारियों के लिए 'बाइस्कोप' देखना सुखद, उत्साहप्रद और आनन्ददायक होता था। मेरे गाँव में बच्चों के लिए बाइस्कोप आकर्षण की चीज थी। बाइस्कोपवाले को देखते ही हम उसके पीछे दौड़ते। यह बच्चों के लिए सिनेमा था। भारत में जब सिनेमा आया तो शुरू में उसे बाइस्कोप ही कहा जाता था। इसका मतलब है कि हमारा गँवई बाइस्कोप सिनेमा से भी कहीं पुराना है।

इस बाइस्कोप का ढाँचा विशेष प्रकार का होता था। आधे षट्कोण के आकार का यह एक बड़ा सा बक्सानुमा डिब्बा था। इस डिब्बे पर खूब चित्रकारी की गई रहती थी। इसके दाएँ-बाएँ टिफिन के डिब्बे के आकार के ढक्कनदार झरोखे बने होते थे। ऐसे ही तीन झरोखे सामने भी रहते थे। झरोखों के ढक्कन खोलकर बाइस्कोप दिखाया जाता था।

इसे देखने के लिए दोनों हाथों से आँखों की ओट करके हम अपनी आंखें झरोखे से टिका देते। तीन-चार बच्चे जुट जाते तभी बाइस्कोप शुरू होता। बाइस्कोप के ऊपर के दोनों कानों पर हैंडल लगी रहती थी। गह हैंडलिंग गड़ारी का काम करती थी। बाइस्कोपवाला एक ओर की गड़ारी घूमाता जाता तो दूसरी ओर की गड़ारी में लिपटे अनेक चित्र एक-एक करके सामने आने लगते। बाइस्कोपवाला हर चित्र का परिचय गा-गा कर देता

था। आनन्द आ जाता था। कई बाइस्कोप के ढाँचो के ऊपर एक भोंपू और तावा बजाने वाला यन्त्र भी लगा रहता था जिसमें से गाने की अजीब-सी की-की करती आवाज निकलती थी। बाइस्कोप दिखाते समय ग्रामोफोन को बाइस्कोपवाला बन्द कर देता था।

बाइस्कोप में हम बच्चों के लिए कई जानकारियाँ भरी होती थी। कुछ चित्र बाहर की प्रसिद्ध इमारतों के होते जैसे लाल किला, ताजमहल, स्वर्ण मन्दिर, कुतुब मीनार, आदि जिनके बारे में हम सुनते जाते कि यह कहाँ पर हैं और इन्हें किसने बनवाया। कुछ चित्र पौराणिक कथाओं पर आधारित रहते जैसे कालिया दहन, गंगावतरण, राम दरबार, शिव बारात आदि, इन चित्रों की संक्षिप्त कथा बाइस्कोपवाला बड़े रोचक ढंग से सुनाता था। इसी तरह कुछ चित्र व्यवसायियों से सम्बन्धित भी रहते थे—धोबी के, कुम्हार के, किसान के, बढ़ई के आदि। बाइस्कोपवाला इसकी जानकारी देता और यह भी बताता है कि ये लोग हमारे लिए क्या-क्या करते हैं और क्या-क्या बनाते हैं। कई चित्र देवी देवताओं के भी रहते थे - गणेश जी, सरस्वती जी, दुर्गा जी, हनुमान जी, लक्ष्मी जी आदि। हमें इनकी भी जानकारी मिलती कि हमारे लिए यह क्या हैं और हमें यह क्या-क्या प्रदान करते हैं।

एक तरह से बाइस्कोप गाँव के बच्चों के लिए जानकारियों का खजाना था। मनोरंजन तो वह करता ही था। हम सुन्दर, रंगीन और आकर्षक चित्र देखकर मोहित हो जाते थे। हमें एक-के-बाद-एक चित्रों का सरकते हुए सामने आना भी अचरज में डाल देता था। पच्चीस-तीस चित्रों का प्रदर्शन करने के बाद बाइस्कोप समाप्त हो जाता। अन्तिम चित्र पर 'नमस्ते', 'जय सियाराम' या 'फिर-मिलेंगे' लिखा रहता था। यह बाइस्कोप देखने के लिए 'एक आना' खर्च करना पड़ता था। गाँव में बाइस्कोपवाला हर जवार और टोले में चक्कर लगाता। जहाँ बच्चे जुट जाते वही कन्धे पर लगा स्टैंड जमीन पर रखकर सिर पर लगा बाइस्कोप उस पर फिट कर देता और शुरू हो जाता बाइस्कोप का मनोहारी दर्शन।

यह बाइस्कोप मेलों में भी दिखते, बाजारों में भी और विशेष पर्व-त्योहारों पर भी। अलग-अलग बाइस्कोप के चित्र भी एक दूसरे से अलग होते थे, लेकिन बहुत अधिक नहीं किसी बाइस्कोप में उस समय के एक-दो लोकप्रिय फिल्मी सितारों के चित्र भी दिखा दिए जाते थे। हिन्दी सिनेमा में सत्तर के दशक में आई दो फिल्मों में बाइस्कोप दर्शाया गया था। फिल्म

'आशीर्वाद' में अधेड़ नायक अशोक कुमार पार्क में बच्चों को बाइस्कोप दिखाते हैं। फिल्म 'दुश्मन' में नायिका मुमताज बाइस्कोपवाली बनी है। गाँव के बच्चों को बाइस्कोप को दिखाते समय वह एक गीत भी गाती हैं—'दिल्ली का कुतुब मीनार देखो, मुम्बई शहर की बहार देखो, यह आगरे का है ताजमहल घर बैठे सारा संसार देखो....'

धीरे-धीरे बाइस्कोप हमारे जीवन से दूर होता चला गया। टीवी आ गया, कम्प्यूटर आ गया, इंटरनेट और मोबाइल में तरह-तरह के मनोरंजन उपलब्ध हो गए, ऐसे में बाइस्कोप को भला कौन पूछे। लेकिन हमारे लिए तो बाइस्कोप में ही मनोरंजन की पूरी दुनिया बसती थी। अब तो यह 'एंटीक' बन चुका है लेकिन मुझे खुशी है कि बाइस्कोप मेरे बचपन की मधुर यादों में से एक है।

24

गाँव की बाज़ार

बात उन दिनों की है जब आठ-दस गाँवों के बीच जो महत्त्वपूर्ण गाँव होता था वहाँ एक दिन बाज़ार लगा करती थी। बाज़ार अर्थात् वह स्थल जहाँ आस-पास के व्यवसायी लोग अपना सामान लेकर आते हों, जहाँ सप्ताह में एक दिन अनेक प्रकार की ताजी सब्जियाँ मिलती हों, ऐसे स्थान को हाट बाज़ार कहते हैं। हमारे गाँव में भी अर्थात् ऊधोपुर में, प्रत्येक शुक्रवार को बाज़ार लगती है। यह परम्परा कब से है, इसका कोई प्रामाणिक उल्लेख नहीं है। इस बाज़ार में उन दिनों जो सामान बिकते थे उनमें बच्चों के खाने की चीजें, सयानों के खाने, पकाने की चीजें दैनिक उपयोग की चीजें यथा मिर्च, मसाला, लहसुन, प्याज़, साबुन, नून (नमक), तेल इत्यादि इस बाज़ार में बिकती थीं।

एक तरफ सब्जी विक्रेताओं की कतार होती थी तो एक तरफ किराना की कतार जिसमें दैनिक उपयोग की चीजों की दुकानें होती थीं। एक तरफ मिठाई की भी दुकानें होती थीं, छोटी-छोटी मिठाई की दुकानें जिसमें कम व्यय में बनी हुई मिठाई मिलती थी जो सबको प्रिय हो। हमारे समय में एक मिठाई हुआ करती थी जिसका नाम था लकठा। यह गुड़ से भी बनता था और चीनी से भी बनता था। यह युवाओं के लिए भी प्रियकर होता था और सयानों के लिए भी प्रियकर होता था। घर में खरीद कर भी रखा जाता था। गर्मियों में या जाड़े में कोई अतिथि आते हैं तो उनको पानी के साथ लकठा दिया जाता था। एक मिठाई होती थी बताशा-छोटा बताशा, बड़ा बताशा।

इसे सामने बनते हुए देखकर बड़ा अच्छा लगता था। इसे भी पहले सामान्य रूप से पानी पीने के लिए प्रयोग किया जाता था। इसी तरह एक मिठाई होती थी - गट्टा। तो गट्टा, बताशा और लकठा दैनिक उपयोग की सामग्री में देखे जाते थे और शुक्रवार की बाज़ार में बनते हुए हम लोगों ने से देखा है। इसका एक अलग ही आनन्द होता था।

छोटे बच्चों के लिए उस समय चॉकलेट हुआ करती थी जिसे लेमन चूस कहते थे संतरे का उसमें रस मिला होता था और सन्तरे के रंग का ही होता था। यह खुले में भी बिकता और पैकेट में भी बिकता था। उसे भी बच्चे लोग खरीदते थे और हम लोगों ने भी खरीद कर इसका स्वाद लिया था। उसका स्वाद हम लोगों को बहुत अच्छा लगता था। इस तरह बाज़ार में अनेक प्रकार की, अनेक प्रकार से उपयोगी सामग्री सुलभ हुआ करती थी।

ताजी सब्जियाँ मिलती थीं। गर्मी के महीने में गर्मी की सब्जियाँ और जाड़े के महीने में जाड़े की सब्जियाँ। जाड़े में वहाँ गाजर, बैंगन, पालक, लौकी, गोभी, आलू, टमाटर, बोड़ा ये सारी सब्जियाँ मिलती थी। गर्मियों में जो सब्जियाँ होती थीं उनमें नेनुआ, कुम्हड़ा, लौकी, बोड़ा जैसी सब्जियाँ उस बाज़ार में मिलती थीं। यह बाज़ार अपराह्न चार बजे आरम्भ होती थी और सात बजते-बजते यह बाज़ार उठ जाती थी। उसका एक विशेष आनन्द होता था। जितने बच्चे होते थे उनके परिवार के मुखिया लोग उन्हें चार आने, आठ आने, कभी एक रुपये तक देते थे बाज़ार करने के लिए।

हम लोगों के साथ हमारे चाचा जी श्री अमरेंद्र मणि त्रिपाठी जी, जो गाँव की सारी व्यवस्था देखते थे, कभी-कभी बाज़ार चले जाते थे। नहीं जाने पर वह हम लोगों को एक-एक रुपये देते थे। हम और हमारे छोटे भाई रवि प्रकाश मणि त्रिपाठी जिन्हें प्यार से चुन्नू बाबू कहा जाता था हम दोनों बाज़ार जाते थे। हम लोगों के साथ हमारे मैनेजर साहब सहती, बाज़ार जाते थे। हम लोग अपने पैसे से इच्छा की सारी सामग्री नहीं खरीद सकते थे, लेकिन मैनेजर साहब साथ होते थे तो अभाव नहीं होता था। जो भी सामग्री लेने की इच्छा होती थी तो वह बोल देते थे तो वह सामान दरवाजे (घर) पर आ जाता था।

इस बाज़ार में मिलने-जुलने का भी योग होता था बहुत सारे दूसरे गाँव के ऐसे लोग जिन से मिलना दूभर (दुर्लभ) होता था, वह इस बाज़ार में आते थे और उनसे मुलाकात होती थी। कुछ लोग बाज़ार के बहाने हमारे दरवाजे पर आकर बैठते भी थे, बाज़ार में सामान खरीदेंगे और चलकर बाबू से मिलेंगे, मुलाकात करेंगे तो इस तरह की यह एक परम्परा थी। यह बाज़ार सामाजिकता का, समझदारी का, सामूहिकता का और सार्वजनिकता का स्थल हुआ करता था।

बाज़ार व्यापार का विषय था और व्यवहार का भी विषय था। व्यवहार अर्थात् एक दूसरे से बहुत दिनों के बाद यानी छह दिन के बाद मिलने पर हालचाल ले लेना, पूछ लेना। जो उससे आय होती थी, व्यवसायी लोगों को उससे वह आगे का अपना काम करते थे। कभी-कभी जिनके पास पैसे नहीं होते थे वह गेहूँ, धान जो भी उनके द्वारा खेतों में उगाया जाता था लाकर के सामान खरीद लेते थे। इसे क्रय-विक्रय का बार्टर सिस्टम भी कह सकते हैं। सामान के बदले सामान भी वहाँ मिलता था, यह प्रक्रिया चलती रहती थी।

आज भी हमारे गाँव में यह बाज़ार लगती है। अब दो दिन यह बाज़ार लगने लगी है - एक दिन मंगलवार को और एक दिन शुक्रवार को। बाज़ार ताजी सब्जी देने का ही बस स्थान नहीं है वह ताजगी का भी स्थान होता है, वहाँ जाकर ताजी सब्जियों को देखकर मन ताजा होता है। हरी सब्जियों को देखकर मन हरा होता है और जो श्रेष्ठ लोग होते हैं उनसे मिलकर, उनकी शैली देखकर अच्छा लगता है।

यह बाज़ार व्यापार का भी केन्द्र, व्यवहार का केन्द्र और लोकलुभावन दृश्यों का केन्द्र भी माना जाता रहा है। आप लोग कह सकते हैं, वहाँ जाने की एक उत्कंठा मन में रहती है। वस्तुतः बाज़ार केन्द्रीय विपणन व्यवस्था का विकेन्द्रित रूप होता है और इस प्रक्रिया को चलते रहना चाहिए। ऐसा चलने से जो हमारा उत्पाद है, बहुत ही अच्छा है, उसका लाभ हम भी ले सकते हैं।

आमतौर पर ऐसा होता है की उत्पादन हमारे द्वारा होता है और कोई बड़ा व्यवसायी इसे लेकर शहर के बाज़ार में चला जाता है। शुद्ध रूप में हम अपने ही पास उत्पादित सामानों का उपयोग नहीं कर पाते। इन बाजारों की बहुत उपयोगिता है और इन्हें बने रहना चाहिए। इसका प्रयोग शुद्धता के लिए जरूर होना चाहिए। इसलिए बाज़ार व्यापार का केन्द्र है, व्यवहार का

केन्द्र है, आप यह भी कह सकते हैं कि सदाचार का भी केन्द्र है। इस प्रकार के गँवई या स्थानीय बाज़ार में पूरी ईमानदारी दिखाई देती है।

ऐसा नहीं कि कोई व्यक्ति चोरी-चुपके किसी का सामान ले ले। ऐसा नहीं कि कोई व्यवसायी कम सामान किसी क्रेता को दे दे। यह जो शुद्धता है और व्यापार में ईमानदारी यह सब ऐसे बाज़ार में दिखाई देती है। इस बाज़ार से हम बहुत कुछ सीख सकते हैं। इसका मान रखनेवाले और इसमें सहभाग करने वाले सभी आदरणीय होते हैं।

25

शिवरात्रि का मेला

बात उन दिनों की है, जब मनोरंजन, विचरण, विपणन और मिलन का मूल केन्द्र मेला हुआ करता था। प्राथमिक पाठशाला में पढ़ने के अनन्तर हमें भी पहली बार मेले में जाने का और वहाँ के उमंग और उत्साह को जानने का अवसर मिला। जहाँ से मैं आता हूँ उस स्थान से लगभग तीन किलोमीटर की दूरी पर देवरिया, गोरखपुर मुख्य मार्ग पर बैतालपुर से दो किलोमीटर पश्चिम एक स्थान है बढ़या। वहाँ शिव जी का अति प्राचीन मन्दिर है और उसी के पास हर शिवरात्रि के दिन एक बड़ा मेला लगता है।

आसपास के क्षेत्र में उसे 'सुराती का मेला' कहा जाता था। 'सुराती' शिवरात्रि का अपभ्रंश है। लोक प्रचलन में शिवरात्रि, सुराती में बदल गया था। मेला वह स्थान है जहाँ मेल-मिलाप की भावना रहती है। मेलजोल की सम्भावना रहती है। मेल के साथ ही संवाद, सम्पर्क और सम्बन्ध बढ़ने के मौके रहते हैं। एक ऐसा स्थान जहाँ आवश्यकता की हर वस्त–खाद्य सामग्री हो, परिधान हो, खाने-पीने की वस्तुएँ हों, मनोरंजन की सामग्री हो, यह सब पर्याप्त मात्रा में मिल जाते थे ।

मेले में कहीं खेलकूद दिखानेवाले होते थे, कहीं बाँसुरी बेचनेवाले होते थे, कहीं जलेबी मिलती थी, जलेबी इस देश की प्रमुख मिठाई है जो चक्कर की तरह घिरी होती है और इसके हर घेरे में मीठा रस होता है। कहीं इमरती मिलती थी, कहीं लड्डू बनता था। नाना प्रकार की देसी मिठाइयाँ मेले में अब भी देखने को मिल जाती हैं। लकठा से लेकर लड्डू तक। लकठा नाम

भी एक अजीब नाम है। गुड़ और बेसन की सूखी मिठाई। बाद में चीनी और बेसन का लकठा बनने लगा जो थोड़ा और लंबा होता था। लकठा की मिठाई को बहुत दिन तक रखा जा सकता था। बताशा, छोटा बताशा, बड़ा बताशा के साथ ही खाजा, गट्टा और खुरमा भी बहुत लोकप्रिय थे। लकठा कड़ा-कड़ा और खस्ता होता है जबकि गट्टा थोड़ा मुलायम होता है। खाजा और खुरमा मैदे के बनाए जाते हैं जिन्हें चीनी में 'पाग' दिया जाता है। इस मेले में यह सारी मिठाइयाँ मिल जाती थीं। बाइस्कोप भी मेले में दिखाई देता था। मेले में पान की दुकान भी होती थी। मिर्च मसाला की दुकान भी। अनेक प्रकार के कौतुक मेले में देखे जा सकते थे।

मैं जिस पृष्ठभूमि और परिवार से आता हूँ, वहाँ ऐसे स्थानों पर जाने के लिए विशेष वाहन की उन दिनों व्यवस्था होती थी, जिसका नाम था बैलगाड़ी। उसे डनलप भी कहा जाता था। लोक भाषा में उसे लोग 'डल्लफ' कहते थे क्योंकि इसके चारों पहिये टायर के होते थे। जब तक डनलप कम्पनीr का टायर नहीं आया था तब तक इस सवारी को 'लढ़िया' कहा जाता था। कभी-कभी बरसात में गन्तव्य तक पहुँचने के लिए हाथी का प्रयोग होता था।

हमारे क्षेत्र में तीन प्रकार के मेले बहुत मशहूर थे। एक सुराती का मेला (शिवरात्रि का मेला) अर्थात् 'बढ़या' का मेला जो शिव जी के दरबार में लगता था। यह आम लोगों के लिए खास स्थान था। दूसरा इन्दूपुर का मेला जिसे दशहरे का मेला कहते हैं। हमारे गाँव अर्थात् ऊधोपुर से तीन किलोमीटर पश्चिम में यह स्थान है इन्दूपुर। जहाँ हमारे यहाँ से लोग हाथी पर बैठकर मेला देखने जाया करते थे। हाथी पर बैठकर इसलिए जाना होता था कि हमारे गाँव और इन्दूपुर के बीच में एक गाँव पड़ता था 'साँड़ा' । ऊधोपुर और साँडा के बीच एक नकटा नाला है जिसमें हमेशा पानी भरा होता था। उन दिनों इस पर पुल नहीं था। नाले को पार करने के लिए हाथी सहज, सरल सवारी थी। उस पर बैठकर जाना होता था। तीसरा दशहरे का मेला जो देवरिया शहर में लगता था लेकिन जो ख्याति इन्दूपुर के मेले की रही है वह ख्याति किसी भी मेले की नहीं रही। वहाँ बहुत सारे नाट्य मंचन के भी कार्यक्रम हुआ करते थे दशहरे के अन्त तक।

दशहरे की अवधि में एक 'सोपरी की रामलीला' हुआ करती थी। हमारे गाँव के ठीक बगल में दक्षिण तरफ सोपरी नाम का एक गाँव है। वहाँ

रामलीला मंचन की एक सुदीर्घ परम्परा हुआ करती थी। उसे लोग देखने जाया करते थे। अभी भी वह परम्परा जीवित है। मेरा मूल भाव शिवरात्रि मेला के सन्दर्भ में है।

हम लोगों की भी शिवरात्रि के मेला में जाने की इच्छा हुई। बचपन से ही सुनते थे कि शिवरात्रि का मेला बड़ा अच्छा होता है। एक मेला कृष्ण जन्माष्टमी के तुरन्त बाद धतुरा गाँव में लगता है। वहाँ भी लोग जाते थे और अभी भी जाते हैं। शिवरात्रि के मेले की चर्चा दूर-दूर तक थी और हम लोगों के जेहन में थी। अतएव उसे देखने का भाव प्रबल था। हमारे चाचा जी स्व. श्री अमरेन्द्र मणि त्रिपाठी गाँव के मुखिया (प्रधान) थे, परिवार के भी मुखिया थे। पिताजी स्व. श्री योगेन्द्रमणि त्रिपाठी, एडवोकेट थे, देवरिया में रहा करते थे। हमारी इच्छा चाचा जी ने जानी। फिर बैलगाड़ी तैयार हुई। कहा जाता था कि 'डनलप कस दिया जाए', अर्थात् सजा दिया जाए। हमारे गाँव में दो लोगों की जोड़ी प्रसिद्ध थी, सहती और हंसराज की जोड़ी।

साथ ही हमारी व्यवस्था के मैनेजर साहब थे सहती। वह हम लोगों के गाँव में और पूरे अंचल में मैनेजर साहब के नाम से ही जाने जाते थे। हंसराज 'काका' के नाम से जाने जाते थे और वह ट्यूबवेल के ऑपरेटर हुआ करते थे। हैंडपम्प से लेकर पंपिंग सेट तक तथा बिजली से पानी निकालने की जो मशीन है, वह सबकी देखभाल करते थे। इसलिए वह ऑपरेटर साहब कहे जाते थे और काका तो कहे ही जाते थे। हमारे गाँव में बड़े बुजुर्गों का नाम नहीं लिया जाता था। कोई काका, कोई चाचा, कोई दादा, कोई बाबा, कोई भैया कहकर बुलाया जाता था, सम्बोधित किया जाता था। यह दोनों प्रमुख व्यक्ति थे। हमारी पूरी व्यवस्था देखने का जिम्मा इनका था। तो तय हुआ कि मैनेजर साहब और काका हम लोगों को शिवरात्रि का मेला दिखा लाएँ।

मेले के लिए हम लोग अर्थात् मैं स्वयं और चाचा जी के बड़े सुपुत्र जिन्हें घर में चुन्नू बाबू कहा जाता है और आधिकारिक रूप से वे रवि प्रकाश हैं; तैयार हो गए। हम दोनों साथ ही पढ़ते थे। हम दोनों सजे-धजे। नया कपड़ा पहना गया और दोनों भाई बैलगाड़ी पर बैठकर मैनेजर साहब के नेतृत्व में मेला देखने चले। मैनेजर साहब कोष व्यय करने के लिए अधिकृत थे। हंसराज काका ड्राइवर बने क्योंकि वह बहुत अच्छी बैलगाड़ी चलाते थे। हम लोग जा रहे हैं तो हमारे साथ साधारण बैलगाड़ी चलाने

वाला कैसे जा सकता है, इसलिए हंसराज काका ने 'गडुआन' (बैलगाड़ी चलानेवाला) की भूमिका निभाई।

लीख से होकर बैलगाड़ी चल पड़ी। लीख अर्थात् वह रास्ता जिस पर बैलगाड़ी चल सकती है। गन्ना पेराई के हर सत्र में पहले लीख निकलती थी क्योंकि सड़कें नहीं हुआ करती थीं। उसी लीख से बैलगाड़ी जाती थी। हमारे यहाँ से जो बैलगाड़ी जिस मार्ग से निकल जाती थी वह लीख बन जाती थी।

हम लोग दोपहर बाद 01:30 बजे तैयार होकर निकले। मेला स्थल ज्यादा दूर नहीं था। 02:00 बजे तक हम लोग मेला में धीरे-धीरे रुकते-रुकाते बैलगाड़ी से पहुँच गए। वहाँ उतरे और चारो तरफ देखे। मेले की भीड़ भी देखे, मन्दिर के सामने सरोवर भी देखे। जितनी दुकानें लगी थीं वह सभी देखते, मेला घूमते हुए, बाँसुरी बजाते हुए, सब कुछ देखते देखते 03:00 से 04:00 बज गए। हम लोगों के लिए यह कौतुक का भी विषय था, कौतूहल का भी विषय था और आनन्द का भी विषय था।

बहुत कुछ खरीदने के लिए मेला एक ऐसा स्थान था जिसे हम लोग देख-देखकर खुश हो रहे थे। कई प्रकार के लोग, कई प्रकार के रंग-ढंग, कई प्रकार के कपड़े, कई प्रकार के छोटे पशु, कई प्रकार की दुकानें। कुछ दुकानें बिछी हुई चादरों पर लगी थीं, तो कुछ मेज पर सजी--सँवरी थीं। ठेले पर दुकानें, छोटे-छोटे टेंट में दुकानें। हमें यह आनन्दलोक देखने को मिल रहा था। दूर-दूर से आकर लोग मेले के किनारे अपनी साइकिलें खड़ी करके मेला देख रहे थे। कुछ तमाशा देख रहे थे, कुछ नट की बाजीगरी देख रहे थे। कुछ लोग बाइस्कोप भी देख रहे थे। हम लोग भी देख रहे थे। सब कुछ देखा सुना, जो खाते बन पड़ा खाया, जो लाते बन पड़ा लाए भी।

जो प्रमुख सामान मुझे याद है खरीदी गई वस्तुओं में वह बाँसुरी थी जिसे उस समय 'पिपिहिड़ी' कहा जाता था और अब भी पिपिहिड़ी कहा जाता है। कुछ गुब्बारे भी खरीदे गए कुछ बाँस से बनी हुई चरखियाँ भी खरीदी गईं जो साइकिल पर बैठकर चलाने से नाचती हैं। इस तरह से विविध प्रकार के सामान खरीदे गए। मैनेजर साहब पूछते रहे बाबू और कुछ लेना है, जो समझ में आया हम लोगों ने लिया। पेंसिल भी खरीदा क्योंकि कागज पर पेंसिल से अच्छा चित्र बन जाता है। हम लोगों ने रंग भी खरीदा कि रंगने के काम आ जाएगा। जो समझ में आता था उस बाल्यावस्था में उतना हम लोगों ने लिया भी।

जब मेले से वापस चलने की तैयारी होने लगी तो हमारे एक सहपाठी जिनका नाम है मालवर, ने पान खाने का आग्रह किया। वह हमारे साथ बहुत भ्रमण भी करते थे। ढेला (ईंट या बेस मिट्टी का छोटा टुकड़ा, छोटी ठोस मिट्टी अथवा कंकड़) चलाने में वह माहिर हैं। कंकड़ मारकर आम गिरा देना या पके हुए फल को, चाहे वह पेड़ पर कहीं भी हो, गिरा देना। इस कला में वह मेरी तरह ही निपुण थे। जब आम पकते थे तब हम दोनों साथ घूमते भी थे। उनके पिता जी पान लगाने का काम किया करते थे। उनकी पान की दुकान भी मेले में सजी हुई थी। वह हम लोगों के पास आए और आकर कहा कि हमारी दुकान से पान खा लीजिए, बड़ा मीठा पान है।

हम लोगों के यहाँ जब भी कोई उत्सव होता है अभी भी, तो खाना खाकर हाथ मुँह धो लेने के बाद पान खिलाने का रिवाज है। संस्कृत में एक कथन है 'मुख शुद्धार्थम् तांबूलम' अर्थात् मुख शुद्धिकरण के लिए ताम्बूल बहुत ज्यादा आवश्यक, उपयोगी और अनिवार्य होता है। उन दिनों जब घर में पूजा-पाठ के समय या किसी उत्सव के समय लोग खाना खाकर निकलते थे तो ट्रे (तश्तरी) में हम लोग पान के बीड़े लेकर खड़े रहते थे और लोग उसमें से पान उठाकर खाते थे। तो मन में आता था कि पान खाने की बहुत अच्छी चीज़ होगी। डर की वजह से हम लोग पान नहीं खाते थे जबकि हमारे चाचा जी पान खाने के बहुत बड़े शौकीन थे।

उसी समय हमने सुना था कि जो मगही पान होता है वह बहुत अच्छा होता है। काशी का देसी पान क्या होता है? मगही क्या होता है? इसकी चर्चा हम सुनते थे। पान की बहुत सारी कोटियाँ। दरभंगा से जो पान आता है वह कैसा होता है? कलकतिया पान कैसा होता है? नाम सुना था खाने का भाव नहीं था। हम लोग डरते थे कि पान बच्चे नहीं खाते। हालाँकि हम लोगों ने खाना खिलाते समय पंडित जी के बच्चों को भी पान खिलाया था। उनके बच्चे बड़े शौक से पान खाते थे जबकि हम लोगों के लिए पान वर्जित था।

मेले में मालवर ने बहुत आग्रह किया कि आप लोग पान खा लीजिए। बहुत अच्छा पान है, मीठा पान है, इसमें मीठी सुपारी पड़ती है, सौंफ पड़ता है इत्यादि। सहती मैनेजर ने पान खाया, हंसराज काका भी पान खाए। मालवर ने पान खाने का इतना आग्रह कर दिया कि हम दोनों भाइयों ने भी पान खा लिया। पान खाते ही मन में एक डर-सा हो गया कि हम लोगों का दाँत लाल दिखेगा और चाचा जी पूछेंगे कि पान खाए हो तुम लोग, तो यह

सजा का विषय बनेगा। एक भय तत्काल उत्पन्न हुआ, फिर भी पान खा लिए तो खा लिए। जब हम लोग बैलगाड़ी पर बैठकर वापस चले तो इस भय से मुक्ति का उपाय सोचने लगे कि जहाँ पानी दिख जाए तो वहाँ मुँह धो लिया जाए। उन दिनों खेतों में पानी चलाने के लिए 'ढेकुल' हुआ करती थी। ढेकुल से पानी चलाया जाता था। कूड़ी से पानी नीचे से निकाला जाता था और इसी से खेत की सिंचाई होती थी। इससे पानी फसल और पौधों तक पहुँचाया जाता था।

थोड़ी दूर चलने के बाद ही कुएँ पर एक किसान ढेकुल से पानी निकालते हुए दिख गए। बैलगाड़ी वहाँ रोक दी गई। हम दोनों भाई दौड़ के वहाँ पहुँच गए। हम लोगों ने कुल्ला किया और मुँह को उँगली से रगड़-रग़ड कर धोया, फिर भी मुँह की लाली नहीं गयी। रास्ते में एक जगह देखा वहाँ नया हैंडपम्प लगा हुआ था। प्रयोग के रूप में हैंडपम्प लगने का दौर तब शुरू ही हुआ था। लोग पानी निकाल रहे थे। हम लोग भी दौड़कर पहुँच गए, एक बार और मुँह धोया।

दो जगह हम लोगों ने अपना मुँह धोया और यह मान लिया अब लाल रंग बिलकुल कम हो गया होगा, अब पहचान में नहीं आएगा कि हमने पान खाया है। मैनेजर साहब से हम लोगों ने उत्सुकतापूर्वक पूछा कि हम लोगों के मुँह में पान की लाली दिखाई तो नहीं दे रही है तो उन्होंने कहा बाबू पता नहीं चलेगा। हम लोग उनके कहे से आश्वस्त हो गए।

हम लोगों ने फिर जो मेले में देखा, घूमे, जो खरीदा उसकी चर्चा करते हुए उसका आनन्द लेते हुए, हंसते-मुस्कुराते हुए दरवाजे पर पहुँचे। शाम हो रही थी। पाँच बज गए थे। जैसे ही बैलगाड़ी रुकी चाचा बरामदे से उतर करके हम लोगों के पास आए। पूछने लगे कि मेला कैसा लगा? पूछे कि मेला बढ़िया से देखे तुम लोग? सामान वगैरा लेने में कोई दिक्कत तो नहीं हुई? अच्छा लगा? हम लोगों को लगा कि पान खाने की बात चाचा समझ नहीं पा रहे हैं, तो हम लोगों ने भी उत्साह के साथ मेले का अनुभव बताया।

आखिरी प्रश्न उनका था, पान खाए हो तुम लोग? मारे डर के हम लोग सच बोल दिए। झूठ नहीं बोल पाए। भय में आदमी झूठ बोलता है या बचना चाहता है। भय की स्थिति में हम दोनों भाई सत्य बोल दिए कि हम लोगों ने

पान खाया है, मालवर पान खिला दिए हैं। इस पर चाचा ने कहा तुम लोग पाँच बार कान पकड़कर उठो-बैठो। हम लोग बैलगाड़ी से उतरकर खड़े हुए और पाँच बार कान पकड़कर उठक-बैठक किए।

उसके बाद से पान खाना तो दूर, पान के नाम से भी हम लोग डर गए। यह पान कौन खाता है, पान कौन देता है। अब लगता है कि हम लोगों के साथ किया गया वह इतना अच्छा व्यवहार था कि पान तो चलिए मुख शुद्धि के लिए होता है लेकिन नशे की किसी वस्तु की तरफ हम लोगों की प्रवृत्ति कभी नहीं हुई। उस छोटे से लेकिन अत्यन्त आवश्यक दंड ने हमें किसी भी प्रकार की लत से दूर कर दिया।

उस दंड का प्रभाव आज तक मेरे ऊपर ऐसा है कि जब मुझसे कोई कहता है कि पान खाइए तो मुझे लगता है कि चाचा कहेंगे की पाँच बार कान पकड़कर उठक-बैठक लगाओ। इसलिए आज तक मेरे मन में पान खाने का भाव ही नहीं आया। बहुत जगह पान की विशेषता हमने सुनी। जहाँ भी जाता हूँ वहाँ लोग बताते हैं कि यहाँ के पान की क्या विशेषता है।

अभी हाल में ही मैं जयपुर गया था, वहाँ 'फायर पान' की बड़ी चर्चा है, पान जलते हुए मुख में जाता है, मीठा लगता है। उसकी जलन खत्म होती है और शीतलता, सुगन्ध और मिठास फैल जाती है। उसकी दुकान पर बड़े महत्त्वपूर्ण लोगों की फोटो लगी हुई है। हमारे साथ भी अकादमिक जगत के कुछ ख्यातिलब्ध जन थे। उन्होंने कहा इसे खाइए। उन लोगों के आग्रह को दुराग्रह में बदलता देखकर मैंने स्वीकार किया कि चलिए खाते हैं।

लेकिन जैसे ही मैंने पान खाया तो मुझे लगा कि चाचा कहेंगे कि पाँच बार उठक-बैठक लगाओ। वहाँ तो मैंने कुछ नहीं कहा, लेकिन जब मैं गेस्ट हाउस के कमरे में आकर रुका तो मुझे लगा कि चाचा सामने खड़े हैं तो स्वाभाविक रूप से मैंने पाँच बार कान पकड़कर उठक-बैठक किया और मन-ही-मन कहा कि गलती हो गई अब पान नहीं खाएँगे।

पान खाना गलत नहीं है। इसके अनेक फायदे हैं। स्वर्ग में दुर्लभ वस्तुओं में इसकी गणना होती है। पूजा-पाठ, हवन, शुभ कर्म बिना इसके सम्भव नहीं है। अनेक ओषधीय गुण हैं इसमें। वह बचपन की एक घटना आज तक मुझे दिखती है और सीख देती है। 'इसका आशय यह है की आपका बड़ा आपके हित की निरन्तर चिन्ता करता है'। अगर वह आपसे कहता है कि यह काम नहीं करना चाहिए तो उसके पीछे उसका बहुत बड़ा

भाव होता है। वह आपको आगे की गलतियों से बचाना चाहता है, सुरक्षित करना चाहता है। आपको सीख और सन्देश देना चाहता है।

आवश्यक नहीं कि हम कुछ खाने के अभ्यस्त हैं तो हमारी संतति भी वही खाने लग जाए। बहुत सारे संरक्षक ऐसे हैं जो खानपान में नियन्त्रण नहीं रख पाते हैं लेकिन उनके मन में भी होता है कि खानपान के सन्दर्भ में उनकी सन्तति नियन्त्रण रखें । वस्तुत: बच्चों का स्वास्थ्य अच्छा रहेगा तो सद्बुद्धि रहेगी। सद्बुद्धि से सत्प्रवृत्तियाँ जन्मेंगीं तो उनका बहुत अच्छा विकास होगा। जीवन पथ पर व्यवस्थित रूप से आगे बढ़ेंगे और कभी कर्तव्य पथ से विचलित नहीं होंगे। उनके अन्दर कभी किसी प्रकार की कुरीति नहीं आएगी और कभी भी कुमार्ग पर चलने का वह नहीं सोचेंगे। हमेशा अपने संरक्षक की बात सुननी चाहिए, उसे गुनना चाहिए और उसे मानना चाहिए।

सुराती के मेले की बहुत सारी विशेषताएँ हैं। बहुत सारे लोग कई महीनों के बाद, कई-कई बरसों के बाद मेले में मिल जाते हैं। मेला होता ही इसलिए है जहाँ बिछड़े हुए सम्बन्ध फिर से मिल जाते हैं, नए हो जाते हैं, नए सम्बन्धों की आधारशिला रख दी जाती हैं। सम्बन्ध भी कई प्रकार के होते हैं। सभी सम्बन्धों के लिए वहाँ स्थान होते हैं। कभी-कभी मेले का लगाव आजीवन लगाव बन जाता है।

यह लगाव सम्बन्धों में परिवर्तित होकर ही नहीं, बातचीत के धरातल पर, व्यवहार के धरातल पर और कल्याण के धरातल पर भी बन जाता है। इसलिए मेले भारतीय संस्कृति को गति प्रदान करने का कारक भी बने। जो हमारी पुरातन संस्कृति है, नृत्य शैली है, ज्ञान शैली है, वादन शैली है, यह मेले में संरक्षित दिख जाती है।

हमारे यहाँ का जो खानपान है, व्यंजन तैयार करने की विधि है, यह भी मेले में दिख जाती हैं। जो स्थानीय उपज है जिसके बारे में बाहर के लोग नहीं जानते, मेले में दिख जाती है। स्थानीय कला, काष्ठ सम्बन्धी कला या मिट्टी के पात्र बनाने की कला, यह सब मेले में दिख जाता है, जो अन्यथा दिखाई नहीं देता।

अर्थात् मेले कला-कौशल के भी केन्द्र होते हैं, सांस्कृतिक गतिविधियों के भी केन्द्र होते हैं, सामाजिक गतिविधियों के भी केन्द्र होते हैं और वस्तुत:

हमारे अन्दर की जो संकीर्णता है उसके निराकरण के भी केन्द्र होते हैं। इसलिए मेले को इस वृहत्तर भाव से हमें देखना चाहिए।

आज भी जब कहीं मेले की बात होती है कि कहाँ-कहाँ के मेले प्रसिद्ध हैं तो मुझे उन दिनों का शिवरात्रि का मेला बरबस याद आ जाता है। अब भी शिवरात्रि के पर्व पर शिवरात्रि के दिन कहीं हम लोग मन्दिर में जाते हैं तो मुझे शिवरात्रि का वह मेला जरूर याद आता हैं।

शिवरात्रि का यह मेला आस्था के लिए भी प्रसिद्ध है, आकर्षण के लिए भी प्रसिद्ध है और बहुत सारी चीजों के आमन्त्रण के लिए भी प्रसिद्ध है। कला-संस्कृति को देखने के लिए आमन्त्रण, यहाँ आकर उत्साह से भर जाने के लिए आमन्त्रण, आप कला-कौशल से परिपूर्ण हों उसके लिए आमन्त्रण।

26

नाग पंचमी

हिन्दू सनातन व्यवस्था में नाग पंचमी एक महत्त्वपूर्ण पर्व होता है। नाग पंचमी के ही दिन से सारे प्रमुख पर्व आरम्भ होते हैं। नाग पंचमी के दिन शारीरिक कुशलता, चपलता और सामर्थ्य प्रदर्शन के लिए अखाड़े पर हम सभी लोग उत्साहपूर्वक जाया करते थे। बात उन दिनों की है जब हमारे गाँव में नाग पंचमी का उत्सव होता था और बालक से लेकर बुजुर्ग तक सभी लोग उत्साहपूर्वक उसमें शामिल होते थे। हम लोगों को साल भर इसकी प्रतीक्षा होती थी, क्योंकि नाग पंचमी के दिन जो विशेष आयोजन होता था वह था कुश्ती (मल्लयुद्ध), चिक्का का खेल, कबड्डी, कुदाक अर्थात् लम्बी कूद और ऊँची कूद। यह खेलकूद की प्रतियोगिताएँ थी जो हमारे गाँव में नाग पंचमी के दिन होती थीं।

इसे नागपचइयाँ भी कहा जाता है, अभी भी ग्रामीण व्यवस्था में इसका प्रचलन है। हम लोगों को इसकी तैयारी इसलिए भी करनी होती थी कि जिस परिवार से मैं आता था, उसमें कहा जाता था कि दूध पीना चाहिए, दंड बैठक करना चाहिए, शरीर मजबूत बनाना चाहिए और कुश्ती की कला में प्रवीण होना चाहिए।

हम लोगों ने भी बाल्यावस्था में इसका अभ्यास किया और कुश्ती कला से हम लोग अवगत हुए। हम लोगों के यहाँ एक नट रखे गए थे जिन्हें खलीफा कहा जाता है। यह हम लोगों को कुश्ती कला सिखाते थे। परम्परा से हमारे यहाँ ऐसी व्यवस्था थी। अब यह परम्परा नहीं रह गई है। हम लोग

अपनी तैयारी करते थे और कुश्ती के केन्द्र में जो सबसे बड़े पहलवान होते थे वह होते थे हमारे गाँव के खलीफा। वह निर्णायक भी होते थे। जो पुराने लोग कुश्ती कला में प्रवीण होते थे, जिन्होंने कुश्ती करना छोड़ दिया था वह लोग भी निर्णायक मंडली में होते थे।

कुश्ती की जोड़ी उम्र के हिसाब से बनती थी। 10 से 15 वर्ष के बीच के लोग एक श्रेणी में आते थे। 15 से 20 वर्ष के लोग एक श्रेणी में आते थे। 20 से 25 वर्ष के लोग एक श्रेणी में आते थे। ऐसे ही 25 से 30 से लेकर 40 वर्ष तक के लोगों की एक श्रेणी होती थी। ये सभी पहलवान इस कुश्ती प्रतियोगिता में भाग लेते थे। कुश्ती में बहुत सारे दाँव होते थे जिसमें धोबिया पाठ भी एक दांव होता था।

नाग पंचमी के दिन बहुत सारे कार्यक्रम होते थे। कुश्ती कला का प्रदर्शन करने के लिए केवल हमारे गाँव के ही लोग नहीं होते थे। आसपास के गाँव के लोग भी आते थे और सम्मिलित होते थे। जो कुश्ती में लड़ने के लिए जाता था, चाहे छोटी उम्र का बालक 05 वर्ष का हो या 40-50 वर्ष का व्यक्ति हो, वह पहलवान कहा जाता था, छोटा पहलवान और बड़ा पहलवान। बलशाली पहलवान अखाड़े के बीच में लड़ते हैं और कमजोर पहलवान अखाड़े के किनारे भागते रहते हैं।

जो प्रतियोगिता होती थी उसमें जीतनेवाले हर आयु वर्ग के विजेता को पुरस्कार दिया जाता था। हमारे गाँव में यह व्यवस्था थी कि हमारे पिता जी श्री योगेन्द्र मणि त्रिपाठी, चाचा जी ग्राम प्रधान श्री अमरेन्द्र मणि त्रिपाठी, उप प्रधान श्री सुरेन्द्र मणि त्रिपाठी, सरपंच साहब श्री परीक्षित मणि त्रिपाठी और गाँव के तीन-चार वरिष्ठ सम्मानित लोग बैठकर के पुरस्कार देते थे। इस तरह से हर आयु वर्ग में कुश्ती की प्रतियोगिता होती थी और विजेता को पुरस्कार दिया जाता था और माना जाता था कि हमारे यहाँ से जो कुश्ती में विजयी पहलवान है, वह प्रदेश स्तर पर अपना नाम करेगा। इस कुश्ती में लगभग 10 गाँव के लोग आकर के सम्मिलित होते थे। कुश्ती कला में निपुण युवाओं में प्रमुख थे काशी रामस्वारथ, फौजदार, रामानन्द, रामख्याली, शिवदरश, रुदल, नाटा, समुल्लाह, भीरी, अन्यान्य।

हमारे यहाँ कुश्ती (मल्लयुद्ध) कला को देखने का एक सुख भी होता था, उमंग और उत्साह भी, और उसमें भागीदारी का एक भाव भी होता था। कुश्ती प्रतियोगिता के समानान्तर एक और प्रतियोगिता होती थी जिसे

चिक्का कहते हैं। इसमें एक निश्चित मैदान (क्षेत्र) होता था कबड्डी के मैदान की तरह। जैसे कबड्डी में दो टीमें होती हैं उसी तरह चिक्का में भी दो टीम होती हैं, इसमें बीच में एक पूरा घेरा बनता है लम्बाई में जिसमें एक टीम के सदस्य खड़े होते हैं। प्रतिपक्षी टीम बीच में खड़ी होती है।

पहली टीम जो घेरा बनाकर खड़ी होती है उसमें से एक व्यक्ति (चिक्का) तेजी से दौड़ता हुआ आता है और कुछ वाक्य बोलता है, कुछ शब्द बोलता है कबड्डी की तरह और फिर उसका प्रयास होता है कि बीच में खड़ी टीम की दीवार को पार करके दूसरे तरफ चला जाए। इस प्रक्रिया में अगर वह पकड़ में आ गया तो उसके पैर पर पैर से 'मार थूड़ी' कहकर मारा जाता था और फिर वह व्यक्ति टीम से बाहर हो जाता था। फिर प्रतिपक्षी टीम का दूसरा व्यक्ति चिक्का बनकर आता था। वह भी अगर पकड़ में आ गया और उसका पैर सामनेवाले की पैर में लग गया तो वह भी टीम से बाहर हो ज़्ााता था।

और जो बच जाते थे वह खेलते थे और एक टीम उनमें से विजेता होती थी। इस खेल में एक चिकहा होता था। चिकहा वह व्यक्ति होता था जो दौड़ते हुए आता था प्रतिस्पर्धी टीम के पास और इन्हें छका कर दूसरी पार (ओर) कूद कर चला जाता था। वह बड़ा कुशल खिलाड़ी माना जाता था और फिर दो तरफ से जो बीच में खड़ी टीम है उसको हमले का सामना करना पड़ता था। सबसे कुशल चिकहा के रूप में वृन्दावन की ख्याति थी।

एक तो चिकहा जो पीछे है, वह वापस अपनी टीम के पास जाने के लिए पार होने की फिर से कोशिश करता था और उसकी तरफ से बीच वाली खड़ी टीम का ध्यान बंटे इसलिए सामने वाली टीम दौड़कर आती थी और ध्यान बंटाती थी। कभी-कभी दूसरा व्यक्ति भी कूद के चिकहा बनके इस पार आ जाता था। दो हो जाते थे और अन्त में छकाते हुए पार करके अगर निकल गया तो वह टीम जिसका चिकहा सदस्य होता था, विजेता मान लिया जाता था। फिर यही प्रक्रिया लम्बी चलती थी दूसरी टीम होती थी और अगर कोई चिकहा वापसी हेतु पार करते समय पकड़ लिया गया तो वह टीम पराजित मान ली जाती थी।

यह एक विचित्र प्रतियोगिता होती थी, पैर-से-पैर पर इसमें मारना होता है। ऐसा नहीं मारना होता था कि जिससे चोट लगे। पंजे के पास कहीं पर भी स्पर्श हो जाना, चाहिए जिससे खिलाड़ी बाहर हो जाता था। चिक्का

का खेल, बड़ा विचित्र खेल होता था और इसमें जिसके पैर पर लग जाता था उसे नियमतः बाहर होना चाहिए, लेकिन जिसके पैर पर लगता था वह मानता नहीं था। अर्थात् इसमें झूठ और फरेब के लिए भी ग्रुंजाइश होती थी।

एक शब्द प्रयुक्त होता था जिसे बरजोरी कहते हैं, जबरिया अपनी बात मनवाना। खिलाड़ी (चिक्का) इसी भाव से खेलने आता था। यह मनोरंजन का बड़ा विचित्र अवसर होता था। दर्शकों की बहुत संख्या होती थी। बहुत सारे ठहाके भी लगते थे। जिसके पैर पर लग गया तो वह कहते थे कि कहाँ लगा-कहाँ लगा, दिखा तो है नहीं, कहीं लगा नहीं। तो इस तरह से मनोरंजन का एक प्रमुख केन्द्र होता था चिक्का का खेल।

चिक्का का खेल खत्म करके कबड्डी का खेल होता था। चिक्का में जो खिलाड़ी होते थे कमोबेश वही कबड्डी में भी होते थे। कबड्डी को तो पूरी दुनिया ही जानती है और इसके माध्यम से मनोरंजन भी होता है, स्वास्थ्य संरक्षण भी होता है, उत्साह भी होता है, खेलकूद की भावना का विकास भी होता है। सार्वजनिक स्थल पर सभी एक साथ दिखलाई देते हैं। इसके बाद फिर अन्तिम खेल होता है कूद का। इसमें ऊँची कूद भी होती है और लम्बी कूद भी होती है। जो जितना ज्यादा लंबा कूद जाए, ऊँचा कूद जाए उसे पुरस्कृत किया जाता है। इसमें भी आयु वर्ग का विधान किया जाता था। उन्हें कुछ नगद पुरस्कार देने की व्यवस्था थी। इस तरह से नाग पंचमी का उत्सव सुबह सात बजे से शुरू होता था और दिन के ग्यारह बजे तक यह खत्म होता था। यह खेल खत्म होने के बाद वहाँ रखा हुआ गुड़ और चना वितरित होता था। फिर वहाँ जयकारा लगता था। जयकारा लगानेवालों में गाँव के सभी प्रमुख लोगों यथा—प्रधान जी, सरपंच साहब, उप प्रधान जी तथा सर्व श्री नर्मदेश्वर मणि, सुरेश मणि, बृजकिशोर मणि, रिखराज तिवारी, पारस मणि, मूल्कनाथ यादव, स्वामीनाथ यादव, सूर्यनाथ यादव, उत्तिम यादव, सुखारी यादव, दूलम साहू, रामप्यारे बर्नवाल, अछैवर पटहेर, इन्द्रजीत, गया, वंशबहादुर, रामदौड़ यादव, रामख्याली, रामदरस, फौजदार, इलाही, दरगाही, सदीक, धुनमुन, मैनेजर, शिवपूजन, सहती, हंसराज, बुधिराम, अन्यान्य। जयकारा में पूर्वजों का स्मरण किया जाता था। पूर्वजों के स्मरण के बाद राष्ट्रीय नायकों का स्मरण किया जाता था। उसके बाद गाँव का जय बोला जाता था, क्षेत्र का जय बोला जाता था और अन्त में भारत माता की जय कह के इस खेल को, परम्परा को, प्रतियोगिता

को पूर्ण किया जाता था। यह परम्परा चलती रहे और इसी तरह से गाँव में एकता, सामूहिकता, सहभागिता और सार्वजनिकता का भाव अबाधित बना रहे। इसी भावना से गाँव में लोग एक दूसरे के सुख में, दुख में साथ देते हैं और सम्मिलित होते हैं और किसी के ऊपर कोई बोझ, बोझ नहीं लगता क्योंकि सब मिल कर उस बोझ को उठाते हैं।

27

रेलवे स्टेशन

बात उन दिनों की है जब यातायात और गमनागमन का मुख्य साधन ट्रेन हुआ करती थी और ट्रेन से यात्रा करने के लिए समीपस्थ स्टेशन मुख्य केन्द्र हुआ करता था। हमारे गाँव से लगभग तीन किलोमीटर दूर उत्तर एवं पूर्व कि दिशा में रेलवे स्टेशन है जिसका नाम है बैतालपुर। आमतौर पर वहाँ पैसैंजर ट्रेनें रुकती हैं। उन दिनों बहुत कम गाड़ियाँ थीं जिनमें पैसेंजर की अधिकता थी और एक्सप्रेस अथवा मेल गाड़ियाँ वहाँ नहीं रुकती थीं। इनकी संख्या बहुत कम थी जिनके नाम अभी भी मानस पटल पर हैं। जहाँ भी रेलवे स्टेशन होता था वहाँ आसपास एक छोटा-सा बाज़ार भी स्थापित हो जाता था। छोटे रेलवे स्टेशनों पर तीन गाड़ियों के रुकने की व्यवस्था हुआ करती थी। बाद में प्लेटफॉर्म बढ़ते गए और गाड़ियों की संख्या ज्यादा होने से रेलवे लाइनों की संख्या भी बढ़ती चली गई। बैतालपुर स्टेशन में वर्तमान में डबल रेलवे लाइन स्थापित हो गई है। बहुत विस्तार हो गया है इस स्टेशन का क्योंकि समीप में ही तीन प्रमुख तेल कम्पनियों के (डिपो) केन्द्र य़ाहाँ निर्मित हो चुके हैं।

रेलवे स्टेशन ग्राम जीवन का एक महत्त्वपूर्ण हिस्सा होता है। उन दिनों रेलवे स्टेशन पर बैठने के लिए आसन बने होते थे और एक किनारे ट्रैक से दूर जहाँ स्टेशन की सीमा होती थी कुछ छायादार वृक्ष लगे होते थे जिनके चतुर्दिक चबूतरा बना होता था। आमतौर पर लोग वहीं छाया में बैठ जाया

करते थे। स्टेशन पर हैंडपम्प लगे होते थे जिनसे पानी पिया जाता था। उन दिनों बोतलबन्द पानी का विधान नहीं था। 'चापाकल' (हैंडपम्प) से ही पानी निकाल कर ग्रहण किया जाता था जो शुद्ध और मीठा होता था। बैतालपुर अंचल में जहाँ कहीं भी कुँए अथवा हैंडपम्प हैं वहाँ का जल अत्यन्त मीठा होता है। उन दिनों रेलवे स्टेशन पर प्लेटफॉर्म टिकट नहीं लगते थे। हालाँकि ट्रेन में बैठने के लिए टिकट लेना अनिवार्य होता था। मजिस्ट्रेट चेकिंग उन दिनों भी होती थी और आज भी होती है। टिकट लेकर यात्रा करने में ईमानदारी का पालन सभी द्वारा किया जाता था, भले ही चेकिंग हो या न हो।

तब कचहरी गोरखपुर में हुआ करती थी। देवरिया जनपद 1946 में स्थापित हुआ और जिला निर्माण के साथ ही वहाँ भी कचहरी स्थापित की गई। 1946 से पूर्व हमारे दादा जी पंडित रामराज मणि त्रिपाठी जिलाधिकारी के यहाँ कोई कार्य होने पर गोरखपुर की कोर्ट-कचहरी में आया जाया करते थे। उनके पश्चात पंडित बलदेव मणि त्रिपाठी यह कार्य करते थे। भूमि सम्बन्धी या किसी अन्य आवश्यक कार्य के लिए उन दिनों गोरखपुर ही जाना होता था जिसके लिए एकमात्र साधन ट्रेन ही हुआ करती थी। बैतालपुर से गोरखपुर जाने के लिए एकमात्र ट्रेन सुबह सात बजे हुआ करती थी जो सवा-डेढ़ घंटे में गन्तव्य तक पहुँचा देती थी। एक रोचक वृत्तान्त है कि जब हमारे दादा जी को गोरखपुर के लिए निकलना होता था तो ऊधोपुर से बैतालपुर की यात्रा वे हाथी से करते थे। क्रम ऐसा था कि कल सुबह की ट्रेन पकड़ने के लिए वे आज शाम तक बैतालपुर पहुँच जाया करते थे। उनके साथ उनके सहयोगी / खानसामा भी पीछे बैलगाड़ी में आते थे। स्टेशन पर रात्रि में रुकने एवं भोजन करने के लिए चारपाई, खाद्य सामग्री, हाथी-बैलों के लिए तीन समय का भोजन इत्यादि पूरी व्यवस्था ऊधोपुर से चला करती थी। उन दिनों उतनी रोकटोक नहीं हुआ करती थी तथा बैतालपुर स्टेशन के अधिकांश कर्मियों को पता रहता था कि ऊधोपुर के बाबा गोरखपुर की ट्रेन पकड़ने के लिए आए हुए हैं। रात्रि में दादा जी एवं उनके सहयोगियों के लिए भोजन बनता था जिसके पश्चात वहीं स्टेशन पर रात्रि व्यतीत करने के पश्चात दादा जी अगले दिन प्रातःकाल स्नान-ध्यान एवं पूजा पाठ करते थे और फिर सात बजे की ट्रेन से गोरखपुर के लिए प्रस्थान करते थे। वही ट्रेन शाम को पाँच बजे गोरखपुर से चलती थी और साढ़े छह बजे तक

बैतालपुर पहुँच जाती थी जिससे आने के बाद दादा जी वापस हाथी पर बैठकर ऊधोपुर चले जाते थे।

एक बार बैतालपुर रेलवे स्टेशन में नए स्टेशन मास्टर की नियुक्ति हुई जिन्हें ऊपर लिखित क्रम की जानकारी नहीं थी। जब उनके सामने दादा जी एवं उनके समूह का आगमन हुआ तो उनके मन में कौतूहल का भाव जागृत हुआ कि ये सायंकाल स्टेशन पर क्या कर रहे हैं, पीछे हाथी खड़ा है, बैलगाड़ी लगी है। रात्रि में तो किसी ट्रेन का ठहराव नहीं है। जो भी ट्रेनें हैं वे एक्सप्रेस या मेल हैं जो रुकती नहीं हैं। उन्होंने स्टेशन के एक पॉइंट्समैन को बुलाया और उससे इस बारे में पूछा। पॉइंट्समैन ने बताया कि ऊधोपुर के बाबा हैं जिन्हें गोरखपुर की कचहरी में कल की तारीख मिली है जिसके लिए वे कल सुबह की ट्रेन पकड़ने के लिए आज शाम को यहाँ पहुँचे हैं। तब स्टेशन मास्टर ने पूछा कि कल सुबह की ट्रेन पकड़ने के लिए ये आज शाम को ही यहाँ क्यों आ गए हैं। पॉइंट्समैन ने कहा कि पहले से ऐसा होता रहा है, बाबा आते रहे हैं। स्टेशन मास्टर के मन में विचार आया कि वे बाबा से जाकर खुद इस बारे में पूछें। वे बाबा के पास गए, बैठे, अपना परिचय दिया और कहा कि बाबा मेरे मन में एक प्रश्न आ रहा है, आप कहें तो मैं पूछ लूँ। बाबा ने कहा कि पूछिए। तब स्टेशन मास्टर ने पूछा कि कल सुबह सात बजे की ट्रेन के लिए आप आज शाम छह बजे ही आ गए हैं। इतनी क्या जल्दी थी, आप कल सुबह भी आ सकते थे। बाबा ने बहुत ही सहज भाव से उन्हें उत्तर दिया कि स्टेशन मास्टर बाबू, अभी आप बच्चा हो। हमें एक बात बताओ कि क्या ट्रेन हमारी प्रतीक्षा करेगी या हम ट्रेन की प्रतीक्षा करेंगे? स्टेशन मास्टर ने कहा कि बाबा आप ही ट्रेन की प्रतीक्षा करेंगे। बाबा ने कहा कि यदि मैं कल सुबह ऊधोपुर से चलूँ, पूजा पाठ में विलम्ब हो जाए और सवेरे सात बजे की ट्रेन के लिए यदि मैं सात बजकर दो मिनट पर स्टेशन पहुँचूं तो क्या ट्रेन मेरे लिए प्रतीक्षा करेगी। उत्तर मिला कि नहीं बाबा ट्रेन तो सात बजे चली जाएगी। बाबा ने कहा तो बताइए अगर विलम्ब होने से ट्रेन चली जाए तो ऊधोपुर के बाबा आ रहे हैं कहने से ट्रेन रुक तो नहीं जाएगी। यही कारण है कि मैं ट्रेन के आगमन से पूर्व ही यहाँ आ जाता हूँ, सुबह पूजा पाठ करता हूँ और फिर ट्रेन आने पर चला जाता हूँ, यही क्रम चलता रहता है। स्टेशन मास्टर इस बात से प्रभावित हुए कि यात्री को ट्रेन की प्रतीक्षा करनी होती है, ट्रेन यात्री की प्रतीक्षा नहीं करती।

कभी-कभी ट्रेन में कुछ कौतुक होता है जो सामान्य उपयोग का होता है। एक बार बाबा के चेहरे पर तीन-चार दाने निकले हुए थे। एक दाना ठीक होता था तो दूसरा दाना निकल आता था। यह क्रम पिछले तीन महीने से चला आ रहा था। जब वे गोरखपुर से ट्रेन में बैठकर लौट रहे थे तो उनके सामने एक और यात्री बैठे। जब ट्रेन गोरखपुर से चली और गौरी बाज़ार तक आई तब तक सहयात्री ने बाबा के आभामंडल से परिचय ले लिया था कि ये कौन हैं और उनसे एक प्रश्न किया कि बाबा आपके चेहरे पर जो दाना निकल रहा है, ये कब से है। बाबा ने बताया कि यह पिछले तीन महीने से है, एक दाना निकलता है, सूख जाता है और फिर एक नया दाना निकल आता है। बुजुर्ग सहयात्री ने इसका उपाय बताते हुए कहा कि बाबा यह कोई बीमारी नहीं है, यह नजर का खेल है। इसके निवारण का एक ही उपाय है, पीला सरसों लेकर मुख के चारों ओर घुमाकर एवं एक लोटे में पानी लेकर उस सरसों सहित दूर फेंक दिया जाय। इससे नजर का खेल समाप्त हो जाता है। हो सकता है कि यह एक किंवदन्ती हो, एक मान्यता हो। लेकिन सच्चाई यह है कि इस उपचार के पश्चात बाबा को फिर कभी चेहरे पर दाने नहीं निकले। और भविष्य में किसी के भी चेहरे पर दाने निकलने पर बाबा इसी उपचार के बारे में बताया करते थे।

आज भी इस लोक मान्यता की महत्ता है जिसे भोजपुरी में 'ऐंछना' (अइछना) कहा जाता है। इसकी वैज्ञानिकता के बारे में नहीं कहा जा सकता। विज्ञान का दौर है और सभी को उचित ओषधि का सेवन करना चाहिए, इसी के माध्यम से बीमारियों का उपचार होता है। लेकिन कभी-कभी कुछ टोटके भी कारगर सिद्ध हो जाते हैं। इस तरह ट्रेन में कई सारी बातें होती थीं, क्षेत्र-जवार की चर्चा हो जाती थी, बहुत सारे ऐसे लोग मिल जाते थे जिन्हें कोर्ट-कचहरी में जाना होता था। आश्चर्य और सुख का विषय यह है कि अगर दो पक्ष कोर्ट में जाते थे एक दूसरे के विरुद्ध खड़े होने के लिए, तो एक साथ ही जाते थे और वापस आते थे, कोई मनोमालिन्य नहीं होता था। जो मुकदमे होते थे वे टकराव एवं तनाव का विषय नहीं होते थे, वे न्याय के लिए लड़े जाते थे जिसके पश्चात दोनों पक्ष उससे सहमत होते थे। किसी को ऐसा प्रतीत नहीं होता था कि किसको लाभ हुआ या किसे हानि हुई, सभी यह मानते थे कि न्याय की विजय हुई है। ऐसा ही भाव यदि वर्तमान समाज में भी रहे तो अनेक विवाद दूर हो जाएँगे।

रेलवे स्टेशन सामाजिकता का भी केन्द्र होता था। ट्रेन आने के एक घंटे पहले कई लोग स्टेशन पर आते थे, परिचय होता था, विषय पूछे जाते थे, कोई अपना प्रश्न पूछता था, कोई अपना समाधान देता था, इस तरह यह कार्यक्रम चलता रहता था जिसके लिए स्टेशन एक उपयोगी स्थान था। धीरे-धीरे भीड़ बढ़ती गई, ट्रेनों की संख्या बढ़ती गई, ट्रेन से दूर जानेवालों की संख्या भी बढ़ती गई, भीड़ के चलते ट्रेन में आपाधापी भी बढ़ती चली गई। वर्तमान में ट्रेन एवं स्टेशन का स्वरूप बदला है। पूर्व में एक्सप्रेस या मेल ट्रेन पकड़ने के लिए देवरिया जाया जाता था। एक यात्री को चढ़ाने के लिए साथ में तीन-चार सहयोगी रहते थे, इन सभी का नामोल्लेख होता था और किस बोगी में बैठना है, किधर जाना है इन सब पर बातचीत होती थी, एक विशेष प्रकार की चहचहाहट रेलवे स्टेशन पर होती थी। उस समय स्टेशन पर कोच के 'इंडिकेटर' नहीं लगे होते थे, कौन सा कोच किधर आएगा इस बारे में जानकारी नहीं होती थी, ट्रेन आने के बाद ही इस बारे में पता चलता था जिसके कारणवश आपाधापी रहती थी, लोग इधर से उधर दौड़ते थे, फिर भी सभी अपने गन्तव्य तक ट्रेन के माध्यम से जाते थे।

आज के स्टेशन पहले जैसे नहीं हैं, अब प्लेटफॉर्म पर जाने के लिए टिकट लेना पड़ता है, अधिक भीड़ होने की वजह से उसे नियन्त्रित करने के उपाय किए जाने लगे हैं, स्टेशन पर खानपान की विभिन्न सामग्री मिलने लगी है, ओषधि मिलने लगी है, पढ़ने के लिए पत्रिकाएँ-पुस्तकें मिलने लगी हैं। स्टेशनों का स्वरूप बहुत बदल गया है, वे पंचतारा लगने लगे हैं। पूर्व में स्टेशन जाने में भय नहीं होता था। आज स्टेशन जाने में संकोच एवं सतर्कता की आवश्यकता प्रतीत होती है। अब पहले जैसी शान्ति के न होने, आतंकवादी घटनाओं की आशंका होने से सुरक्षा सम्बन्धी नियम कड़े कर दिए गए हैं जिसकी वजह से सावधानी के मानक ऊँचे हो गए हैं। भारत में आतंकवाद को लेकर 'ज़ीरो टॉलरेंस' की नीति है। काफी हद तक देश में आतंकवाद पर नियन्त्रण पाया जा चुका है। लेकिन सावधानी एवं आशंका साथ-साथ चलती हैं। इसलिए रेलवे स्टेशन पर सावधानीपूर्वक जाना चाहिए। प्लेटफॉर्म के ऊँचे हो जाने, ट्रेनों के अचानक तीव्र गति पकड़ने की वजह से ट्रेनों में चढ़ते-उतरते समय सावधानी बरतनी चाहिए। चलती ट्रेन में न तो चढ़ना चाहिए और न ही चलती ट्रेन से उतरना चाहिए। पहले ट्रेन में सोने के लिए 'होल्डाल' लेकर चला जाता था, पानी पीने के

लिए सुराही का प्रयोग किया जाता था। अब हर एक्सप्रेस ट्रेन में पैंट्री कार है, खाने-पीने की सुविधा है। लेकिन साथ में लेकर चलने वाले खाने का जो स्वाद होता है, वह विलक्षण ही होता है, उसे खाने में किसी प्रकार का भय नहीं होता था, अब काफी कुछ बदल चुका है। आरक्षित कोचों में बैठने-सोने की सुविधाएँ बढ़ा दी गई हैं। इस प्रकार रेलवे स्टेशन, प्लेटफॉर्म एवं ट्रेन ने भी एक लम्बी यात्रा तय की है, अभी इन्हें और भी बहुत लम्बी यात्रा तय करनी है। गमनागमन के लिए ट्रेन एक अत्यन्त सुरक्षित साधन है। ट्रेन की बोगी पटरी पर दौड़ता हुआ घर होता है, हमें इसे साफ रखना चाहिए तथा इसकी स्वच्छता के लिए सहयोग करना चाहिए। ट्रेन वस्तुतः राष्ट्र की निधि है और हमें गन्तव्य तक पहुँचाने का सबसे प्रमुख साधन है।

28

रेलगाड़ी

बात उन दनिों की है जब आवागमन का प्रमुख साधन रेलगाड़ी हुआ करती थी। रेलगाड़ी अर्थात् ट्रेन। जब हम लोगों ने आरम्भिक दिनों में यात्रा करना आरम्भ की तो सबसे पहले सुविधा ट्रेन से ही मिली। ट्रेन कई नामों से जानी जाती थी। एक 'रेलगाड़ी' जो सामान्य नाम है और दूसरा 'ट्रेन' जो प्रचलित नाम है। और तीसरा बच्चों के बीच इसे 'छुक-छुकिया गाड़ी' कहा जाता था। छुक-छुकिया गाड़ी इसलिए कहा जाता था क्योंकि इसमें कोयले का इंजन होता था और जब चलता था तब छुक-छुक की आवाज आती थी, और दूर तक यह आवाज सुनाई देती थी। इस ट्रेन में यात्रा करने के कई अनुभव होते थे। एक गाड़ी होती थी पैसेंजर ट्रेन जो हर स्टेशन पर रुकती थी, एक होती थी एक्सप्रेस ट्रेन जो प्रमुख स्टेशनों पर रुकती थी और एक होती थी मेल एक्सप्रेस। इस तरह से रेलगाड़ी के तीन प्रकार थे जो हम लोगों की जानकारी में होते थे।

पैसेंजर ट्रेन का अनुभव थोड़ा रोचक होता था क्योंकि आमतौर पर सभी लोगों को सामान्य दूरी पर जाना होता था। ज्यादा दूर न जाना हो तो पैसेंजर ट्रेन का ही आश्रय लिया जाता था। हमारा निकटतम रेलवे स्टेशन बैतालपुर है। हम लोग बैठकर जब इससे देवरिया जाते थे तो गाँव की और गाँव के आसपास की छोटी-छोटी बातें और कहानियाँ यथा शादी, ब्याह इसकी चर्चा होती रहती थी या की जाती थी। और अगर भटनी तक जाती थी तो भटनी

के पास मेरी छावनी हुआ करती थी। ऐसे में बीच में कई स्टेशन पड़ते थे। इस बीच जो अनुभव आते थे सामान विक्रय के वह बहुत रोचक हुआ करते थे। कभी कोई मूँगफली बेचता हुआ आता था, इसे सामान्य जन का काजू कहा जाता था। टाइमपास के रूप में इसे सम्बोधित किया जाता था। कोई चना, कोई चनाचूर गरम बोलते हुए आता था तो उत्साहपूर्वक, उत्कंठापूर्वक हम लोग उसे भी ग्रहण करते थे। चनाचूर के साथ बहुत सारे गीत भी हुआ करते थे जैसे 'मेरा चना बना है आला इसे खाता है मतवाला'। इस प्रकार की तमाम चीजें होती थी। उसमें विशेष रूप से आनन्द होता था। चनाचूर गरम बेचने वालों के गीत जिन्हें सुनना काफी रोचक एवं उत्साहप्रद होता था। तीसरा सामान जो बेचता था गाड़ी में वह था रेवड़ी। छोटी रेवड़ी जो आजकल भी मिलती है लेकिन उस समय ट्रेन में यात्रा करते समय उनके साथ गीत-संगीत और शब्दबद्ध कार्यक्रम चलते थे, वे सुनने लायक होते थे।

इस तरह चाहे यात्रा छोटी हो या बड़ी, इनकी बातों को सुनते हुए समय गुजर जाता था। और बहुत प्रकार के शब्द होते थे, बहुत प्रकार की रोचक बातें होती थीं, इनके गीतों में, इनके कथन में तो यात्रा बोझिल और उबाऊ नहीं होती थी। बातचीत के क्रम में बीच-बीच में इनका आना होता रहता था और यह तारतम्य में बना रहता था पूरी यात्रा के दौरान। यात्रा के दौरान जो मूँगफली के छिलके हुआ करते थे पहले तो लोग ट्रेन में ही फेंक दिया करते थे। फिर समझदारी के साथ उनको कागज के ठोंगे में रख लिया जाता था। एक शब्द चलता था कागज का ठोंगा। कभी-कभी यह ट्रेन यात्रा और आगे बढ़ती थी तो भूजा, लैया, चना यह सब बेचनेवाले लोग आते थे। एक तरह से यह ट्रेन कई लोगों की आजीविका का भी स्रोत हुआ करती थी। कई सारे अनुभवों के लिए भी यह एक माध्यम हुआ करती थी। एक स्थान से गन्तव्य तक जाने का माध्यम यह थी ही। ट्रेन के स्वरूप में भी परिवर्तन होता चला गया। आरम्भ में मीटर गेज की गाड़ियाँ थीं और कोयले का इंजन चलता था। हम लोग कौतूहलपूर्वक देखते थे कि कैसे कोयले के इंजन में जो ड्राइवर लोग होते हैं कोयला निकाल करके फेंकते हैं और फिर किसी बड़े रेलवे स्टेशन पर रुक कर इंजन में पानी भरते हैं। देवरिया में कोयले के इंजन में पानी भरने के लिए ऊपर पानी का मोटा चौड़ा पाइप लगा होता था।

ऊपर से पानी गिरता था। कई बार ड्राइवर लोग उससे इंजन में पानी भरते थे, फिर ट्रेन अपने गन्तव्य को चल देती थी।

बाल मन में एक जिज्ञासा होती थी कि हम लोग जानते थे कि जब कार सड़क पर चलती है, चौराहे पर दाएँ या बाएँ मोड़ना है तो दाएँ-बाएँ होने के लिए स्टेयरिंग होता था। ड्राइवर स्टेयरिंग पर हाथ रखकर कार घुमाने का प्रयत्न करता था तो फिर कार दाएँ-बाएँ मुड़ जाती थी। यह ट्रेन भी आगे चलकर पटरी बदलती है तो कैसे बदलती होगी? लगता था कि उसमें भी गोल-गोल घुमाने के लिए स्टेयरिंग होता था। हम लोगों को लगता था कि ड्राइवर पहले ही अपने अनुमान से संकेतिक करते हुए बदलते हैं। बाद में पता चला कि नहीं वह चेंज होता है, उसका कंट्रोलर कहीं और बैठा होता है। इस तरह से कौतूहल और फिर समाधान की तरफ बढ़ा और समाधान मिलने पर कुछ नए प्रश्न खड़े होते हैं जो ट्रेन के साथ जुड़े होते हैं। उसी ट्रेन में टीटी भी आते थे। कभी-कभी कुछ लोग बिना टिकट यात्रा कर लेते थे और पकड़े जाने पर अपना कुछ ले-देकर समाधान ढूँढ लेते थे अथवा टिकट बनवा लेते थे। उस समय टीटी ट्रेन में टिकट बना देते थे। कभी-कभी मजिस्ट्रेट चेकिंग भी होती थी। अचानक ट्रेन दो स्टेशन के बीच में रुक जाती, फिर दाएँ-बाएँ पुलिस के लोग दिखाई देते थे। तब एक कौतूहल भी होता था कि क्यों पुलिस ट्रेन को घेरे हुई है।

ऐसे में कभी लगता था कि कोई अपराधी पकड़े जाने वाला है। फिर पता चलता था कि नहीं यह तो मजिस्ट्रेट चेकिंग है। बिना टिकट यात्री पकड़े जाएँगे। यह क्रम भी ट्रेन यात्रा के दौरान दिखाई देता था। मजिस्ट्रेट चेकिंग एक ऐसा मंजर होता था जिसमें लोग डरते थे, घबराते थे और वह जो बिना टिकट होते थे, शेष लोगों के लिए वह मनोरंजन का भी विषय बनता था। कुछ उत्साही लोग जो बिना टिकट के ट्रेन में चढ़ जाते थे और कैसे कूदकर भागते थे और पुलिस पीछे-पीछे दौड़ती थी। इससे मनोरंजन भी होता था। कोई गिर जाता था तो हँसी भी आती। यह एक स्वभाव है मनुष्य का कि सड़क पर चलते हुए गिर जाए तो तत्काल दौड़कर उठाना होता है। बाद में लोगों के मन,में हँसी का भाव आ जाता है, लेकिन लोग उठाते हैं। उस हँसी के साथ मानवीय संवेदनाएँ भी चलती हैं।

समय के साथ डीजल इंजन लगा ट्रेन में और गाने बने। उस समय गाँव में सांस्कृतिक कार्यक्रमों में या मनोरंजन के रूप में 'चलेला डीजल गाड़ी' करके कई गाने बने। मतलब कि अब तो डीजल गाड़ी चलने लगी, फिर बाद में धीरे-धीरे इलेक्ट्रिक इंजन हो गया। पहले सिंगल ट्रैक पर गाड़ी दौड़ती थी, फिर डबल ट्रैक हो गया। एक गाड़ी एक तरफ से जाती है और दूसरी गाड़ी दूसरी तरफ से आती है। तो क्रमश: ट्रेन का विस्तार होता चला गया। फिर उसमें ड्रेस कोड भी होता था। टीटी का अलग, गार्ड साहब सफेद ड्रेस पहनते थे, ड्राइवर का ड्रेस अलग होता था। हम लोग बहुत समय तक नहीं समझ पाते थे कि जब रात को ट्रेन चलती है तो गार्ड साहब को कैसे पता चलता है कि अब कोई क्रॉसिंग आ गई, कोई ढाला आ गया। अपना हाथ कभी दाएँ तरफ निकाल देते थे, कभी बाएँ तरफ। कभी-कभी गार्ड के रूम में भी बैठने का अवसर मिल जाता था कि कैसे वह संकेत बत्ती (जिसमें एक तरफ लाल और दूसरी तरफ हरी लाइट होती थी) लेकर के चलते हैं।

एक ट्रेन हुआ करती थी मालगाड़ी जिसमें पैसेंजर नहीं हुआ करते थे। इसमें सामान लदा हुआ होता था। इंजन बहुत आगे और जो गार्ड साहब का डब्बा होता था वह बहुत पीछे होता था। कैसे रात में चलते होंगे, कभी उनको चिन्ता नहीं होती होगी, कैसे आगे ड्राइवर से संवाद करते होंगे। फिर बाद में पता चला कि वॉकी-टॉकी का विधान है, एक अपना सिस्टम है उन लोगों का संकेत से संवाद करने का। यह सब ट्रेन में चला करता था। जब कोयले के इंजन चला करते थे, तो हम विद्यार्थी लोग या युवा लोग उसकी आवाज के आधार पर अर्थ लगाते थे। जैसे छुक-छुकिया गाड़ी कहा जाता था, बाद में बहुत तेज छल -छल करके गाड़ी रुक जाती थी तो हम लोग बोलते थे यह जो गाड़ी की आवाज आ रही है 'झल-झल पैसा चल कलकत्ता'। उस समय आजीविका का प्रमुख केन्द्र कोलकाता हुआ करता था। इंडस्ट्रीज, उद्योग, कल-कारखाने वहाँ थे तो लोग जाते थे और जो लोग भी बाहर नौकरी करने जाते थे उसी ट्रेन में बैठकर जाते थे। माना जाता था कि इंजन आवाज दे रहे हैं कि अगर आपको आय बढ़ानी है, तो आपको कोलकाता चलना पड़ेगा। बाद में कुछ लोग कोयलरी जाते थे, कोइलरी जिसे कहते हैं जहाँ लोग कोयले की खदान में काम करने जाते हैं। यह आजीविका का बहुत बड़ा केन्द्र हुआ करता था। कोयले की खदान अभी

भी है। वहाँ जाने के लिए ट्रेन ही एक माध्यम हुआ करती थी। 'कोइलरी' कोयले की खदान का देशज नाम है।

जब किसी बड़े स्टेशन पर ट्रेन रुकती थी और कभी प्रयाग की यात्रा करनी होती थी कुंभ के समय, किसी उत्सव में जाना हो, कोई पर्व हो होली-दीपावली का तो इस ट्रेन में बहुत भीड़ हुआ करती थी और वह भीड़ स्टेशन पर दिखाई देती थी। उन दिनों साधारण श्रेणी के जो डिब्बे हुआ करते थे यही होते थे। सामान्यतः अब उसमें प्रथम श्रेणी का डिब्बा जुड़ने लग गया। एसी प्रथम, एसी द्वितीय, एसी तृतीय। स्लीपर डिब्बे उस समय नहीं हुआ करते थे। सामान्य डिब्बों की खिड़कियों पर ग्रिल नहीं लगा करती थी। तो इसलिए अगर भीड़ हो जाती थी स्टेशन पर तो बहुत सारे लोग खिड़की से ही बोगी में चढ़ जाते थे। कभी-कभी जहाँ फाटक खुलता है वहाँ इतनी भीड़ होती थी कि प्रवेश करना और निकलना दोनों मुश्किल पड़ता था। उन दिनों बिजली के तार ऊपर नहीं हुआ करते थे तो कुछ लोग तब ट्रेन के डब्बे के ऊपर चढ़कर बैठ जाते थे। शीत हो या धूप उसमें भी उनको यात्रा करनी पड़ती थी। मजबूरी में, विवशता, आवश्यकता के चलते क्योंकि ट्रेन के डिब्बे के ऊपर तार नहीं होता था तो डर नहीं लगता था। बाद में जब बिजली का तार लग गया तो ऊपर बैठने का क्रम कम हो गया। कभी-कभी भीड़ में लोग फाटक के बगल में छड़ीनुमा डंडों को पकड़कर खड़े हो जाते थे। कुछ इसके पायदान में भी बैठनेवाले उत्साही लोग हुआ करते थे।

ट्रेन वस्तुतः इस देश को जोड़ने का काम करती है। हम लोगों को लगता था कि दूर देश तक ले जाने का काम यह ट्रेन करती है और दूर देश से लाने का काम भी यह ट्रेन करती है। जो लोक भाषा के गीत है जिन्हें लोकगीत कहते हैं उनके प्रचार-प्रसार का काम भी यह ट्रेन करती है। विशेषकर कि भाषा का संस्कार और भाषा का विस्तार यह दोनों ट्रेन के माध्यम से होता था। इसके माध्यम से हिन्दी का बहुत कल्याण हुआ। ट्रेन जहाँ-जहाँ तक जाती थी, हिन्दीभाषी लोग पहुँच कर वहाँ जाते थे, वहाँ संवाद करते थे। हिन्दी के प्रचार-प्रसार में, लोक संस्कृति के प्रचार-प्रसार में, संस्कृत के प्रचार-प्रसार में, लोकगीत के प्रचार-प्रसार में इस ट्रेन को बहुत बड़ा श्रेय दिया जाना चाहिए। और सबसे बड़ा योगदान इस देश की युवा पीढ़ी को आजीविका देने के सन्दर्भ में है। कई प्रकार की आजीविका के केन्द्र हैं स्टेशन पर। जो सामान बेचनेवाले लोग हैं, फिर सरकारी सेवा में जाने वाले

जो लोग हैं, फिर पार्सल के माध्यम से सामान को एक स्थान से दूसरे स्थान पर पहुँचाना, इससे जुड़े बहुत सारे उद्योग हो गए। डीजल-पेट्रोलियम की आपूर्ति भी ट्रेन के माध्यम से होती है। अतएव इस देश का कोई ऐसा उद्योग नहीं है जिसमें इस ट्रेन का योगदान नहीं है।

सबसे बड़ी सेवा का क्षेत्र रेलवे है। पहले ट्रेन में स्टेशन पर पानी पिलानेवाले लोग होते थे जिन्हें पियाउ कहा जाता था। गर्मियों में जब हम ट्रेन से यात्रा करते थे तो पानी पीने के लिए सुराही लेकर चलते थे। उस सुराही में पानी भरा जाता था। साथ में खाने के लिए चना, भुना लइया, कुछ होता था। एक तरह से जितनी आवश्यकताएँ होतीं एक जीवन में यात्रा के लिए सब ट्रेन में व्यक्तियों के साथ चलती थीं। उसके बाद जो आरक्षित डिब्बे होते थे उसमें बेडिंग लेकर चलने का एक दौर आया। हम अपना बिस्तर अपने साथ लेकर चलते थे। ट्रेन आरक्षित नहीं हो तो गलियारों में या सीटों के बीच में लोग बिस्तर लगाकर रात में सो जाया करते थे। फिर थोड़ी और प्रगति हुई। एसी डिब्बे लगने लग गए - 2 टियर, 3 टियर तो वेटिंग का दौर भी धीरे-धीरे समाप्त हो गया। लेकिन सामान्य डिब्बों में अभी भी अपने साथ अपना ओढ़ना-बिछौना लेकर चलने की एक परिपाटी है, लोगों से मिलने-जुलने की परिपाटी है। हम भीड़ में कैसे अपना अस्तित्व बनाए रखते हैं, भीड़ में हमारी अपनी पहचान कैसे दिख जाती है यह ट्रेन से सीखना होता है। कैसे समरथ समाज होता है यह ट्रेन में दिखता है, कैसे समभाव होता है यह ट्रेन में दिखता है, क्या संवेदनशीलता है यह ट्रेन में दिखती है। हम सीट पर बैठे होते हैं, कोई बुजुर्ग आ गया, कोई महिला आ गई तो लोग अपना स्थान बुजुर्ग या महिला के लिए छोड़ देते हैं। कैसे आपके पारा गानी है, दूसरे के पास पानी नहीं है, उसे प्यास लगी तो अपना पानी उसे दे देते हैं। यह संवेदनशीलता है। कैसे आपके पास भोजन की सामग्री है और दूसरे के पास नहीं है। आपको लगता है कि उन्हें देना चाहिए। कैसे लोग दे देते हैं। यह सारा क्रम ट्रेन में चलता रहता है।

हमारे समाज की जितनी विशेषताएँ हैं वह ट्रेन में साफ़-साफ़ दिखता है जिसमें सहयोग है, साहचर्य है, सहानुभूति है, संवेदना है और सक्रियता है। यह सब कुछ ट्रेन में दिखलाई देता है। कभी-कभी ट्रेन में कुछ अपराधी लोग भी आ जाते हैं। वह बहुत बड़ा नुकसान कर देते हैं। पहले हम निश्चिंत सोया करते थे और चिन्ता नहीं रहती थी कि सामान गन्तव्य तक सुरक्षित पहुँच

जाएगा कि नहीं। लेकिन शासन-प्रशासन ने इसकी व्यवस्था कर रखी है। ट्रेन के अन्दर भी पेट्रोलिंग होती है, सुरक्षाकर्मी होते हैं तो इसलिए ट्रेन से निश्चिन्त यात्रा होती है। अभी भी यह सामान्य धारणा है और लोकधारणा है कि यात्रा का सबसे अच्छा साधन ट्रेन ही है। ट्रेन के डिब्बे धरती पर दौड़ते हुए घर होते हैं। आपके काम की सारी चीजें उसमें होती हैं और हमारा भी दायित्व ट्रेन के प्रति बढ़ता है। ट्रेन हमें सब जगह पहुँचाती है, सब जगहों से हमारे सगे-सम्बन्धियों को लेकर आती है, हमारे लिए खानपान और उपयोग की सामग्री लेकर आती है और पहुँचाती है। इसीलिए ट्रेन को स्वच्छ रखना भी हमारा धर्म है। इस ट्रेन में जो समान है, बिजली के पंखे लगे हैं, बल्ब लगे हैं, उनकी सुरक्षा भी हमारा दायित्व होता है। क्योंकि ट्रेन राष्ट्र की निधि है। राष्ट्र हमारा आप सभी का है इसलिए राष्ट्र की प्रत्येक वस्तु की रक्षा करना और सुरक्षा में लगे हुए लोगों का सम्मान करना हमारा दायित्व होता है।

आइए हम भारतीय ट्रेन पर गर्व करें क्योंकि विश्व की दूरगामी ट्रेनों में सम्मिलित ट्रेन भी अब हमारे पास है। हम वंदेभारत ट्रेन का उल्लेख करते हैं जो सभी सुख-सुविधाओं के साथ, सुरक्षा के सारे मानकों को पूरा करते हुए हमें कम-से-कम समय पर गन्तव्य तक पहुँचानेवाली ट्रेन है। माननीय प्रधानमन्त्री जी के सपने का यह चरितार्थ होता हुआ स्वरूप है। उन दिनों से लेकर इन दिनों तक ट्रेन ने बहुत यात्रा की है। जो प्लेटफार्म होते हैं रेलवे स्टेशन के उनकी भी अपनी एक ही स्थिति होती है। जो बड़े स्टेशन है वहाँ कई प्लेटफार्म होते हैं। छोटे स्टेशन में कम-से-कम दो प्लेटफार्म होते हैं जिनके बीच में दो गाड़ियों का आना जाना होता है। यह प्लेटफॉर्म भी आश्रय स्थल होता है। बहुत सारी जिंदगियाँ आज भी प्लेटफार्म से शुरू होती हैं और वहीं पूर्णता प्राप्त कर लेती हैं। इसलिए ट्रेन के साथ जीवन के विविध पक्ष जुड़े हुए हैं। अब इनका भी आधुनिकीकरण हो रहा है। विशिष्ट प्रकार के प्लेटफार्म बनने लगे हैं जहाँ हवाई अड्डे जैसी सुविधाएँ दिखाई देने लग गई हैं। समय के साथ ट्रेन, स्टेशन, प्लेटफॉर्म सभी ने गति पकड़ी है और मानव जीवन के लिए बहुत कुछ किया है। अब प्लेटफार्म पर आप स्थानीय कलाकृतियाँ देख सकते हैं, देश की सांस्कृतिक विरासत का अनुभव और अध्ययन भी कर सकते हैं, जो विविध प्रकार का खानपान है वह भी अब स्टेशनों पर सुलभ है। आइए, हम भारत की इस व्यवस्था का सम्मान करें और उस पर गौरव करें।

29

सत्तू, दही-चिउड़ा, लिट्टी चोखा

बात चाहे उन दिनों की हो या बात चाहे इन दिनों की हो, पूर्वांचल का एक प्रमुख आहार आरम्भ से ही रहा है सत्तू। इसे गर्मी का टॉनिक भी कहते हैं। यह एक मात्र ऐसा आहार है जिसे पीया भी जाता है और खाया भी जाता है। यह एक मात्र ऐसा आहार है जिसे तैयार करने के लिए जरूरी नहीं कि हमारे पास बर्तन हो। हम गमछा में भी इसे तैयार कर सकते हैं। आप सभी गमछा को तो जानते ही होंगे पतले कपड़े का तौलिया जिसमें हम एक मुट्ठी सत्तू रखकर कहीं से भी थोड़ा शुद्ध पानी लेकर उसमें मिलाकर उस गमछे (तौलिए) में सत्तू को खाने के लिए तैयार कर सकते हैं।

सत्तू दुनिया का एकमात्र ऐसा आहार है जिसे हम फास्ट फूड अर्थात् दुनिया का सबसे ज्यादा त्वरित गति से तैयार किए जानेवाला खाद्य पदार्थ, दुनिया का सर्वोत्तम खाना (बेस्ट फूड), दुनिया का सर्वशुद्ध खाना (प्योरेस्ट फूड) कह सकते हैं। यह चना से बनता है। और भी कई सारी चीजें इसमें मिलाई जा सकती हैं। जौ (गेहूँ की तरह की एक प्रजाति) जिसे खाने में तथा पूजन और हवन में उपयोग किया जाता है तथा जिसके अंकुरित हो जाने पर उसकी हरी शाखा पीसकर पीने से अमाशय की व्याधि दूर होती है और इस हरित पेय को हरित रुधिर कहा गया है आयुर्वेद में, भी इसमें मिला दिया जाता है। कभी इसमें मटर भी मिला दिया जाता है। कभी इसमें मक्का भी मिला दिया जाता है।

बहुधा सत्तू चने का ही होता है। हम लोगों ने आरम्भिक दिनों में इसका सेवन बहुत किया है। अभी भी यात्रा में चलते समय एक छोटी कचौड़ी

बनती है जिसमें सत्तू ही भरा होता है। ग्रामीण व्यवस्था में और अब शहरी व्यवस्था में, पंचतारा व्यवस्था में लिट्टी चोखा एक प्रमुख आहार हो गया है। लिट्टी (आटे से बनी हुई) सादी होती है और कहीं-कहीं इसमें सत्तू भरा होता है जिसे घाठी कहते हैं। कई प्रकार के पदार्थ उसमें मिलाए जाते हैं। थोड़ा हरा मिर्चा होगा, लहसुन होगा, थोड़ा सौंफ भी होगा, अजवाइन भी होगी। इन सभी को सत्तू में मिलाकर घाठी तैयार की जाती है।

घाठी को भी बिना पकाए स्वाद के लिए खाया जाता है। जब उसे हम लिट्टी में भरकर बनाते हैं तो बेहद स्वादिष्ट लिट्टी बनती है। चोखा भी कई प्रकार का होता है। केवल बैंगन का चोखा, केवल आलू का चोखा, बैंगन और आलू मिश्रित चोखा, सेम का चोखा, सेम और आलू मिश्रित चोखा। कई प्रकार का चोखा बनता है, परवल का भी चोखा बनता है और करैली का भी। मैं उन दिनों को याद करूँ जब लोग बीमार होते थे तो बहुत दिनों तक बुखार की अवस्था में खाना नहीं मिलता था। जब बुखार छोड़ता था तो खिचड़ी और चोखा मिलता था खाने के लिए। वह चौखा परवल का हुआ करता था।

चोखा, चोख हो जो जिह्वा को स्वाद प्रदान करे उसे चोखा कहते हैं। चोखा इस तरह से लिट्टी चोखा एक विशेष आहार होता है। इसके लिए बहुत उपक्रम और बहुत ताने-बाने की जरूरत नहीं होती। कम सामान और समय में भी हम उसे तैयार कर लेते हैं।

अगर लिट्टी चोखे का बेहद उत्तम स्वाद लेना हो तो इसे कंडे पर तैयार करना होता है। कंडा गाय-भैंस के गोबर से तैयार एक प्रकार का ईंधन है। उस पर जो लिट्टी चोखा बनता है उसका जवाब नहीं है। उस पर जो भुना हुआ आलू और बैंगन होता है, उससे बने चोखे का स्वाद बहुत ही लाजवाब होता है। इस कंडे को गाँव में गोहरा भी कहा जाता है और छोटे कंडे को चिपरी भी कहते हैं। दीवारों पर चिपका कर इसे तैयार कर लिया जाता है। गोहरा या कंडा तैयार करने में गोबर में थोड़ा भूसा मिला सकते हैं, पुवाल काटकर मिला सकते हैं। यह सब देशज विधाएँ हैं।

लकड़ी से भी ज्यादा देर तक जलनेवाली और रहनेवाली यह कंडे की आग होती है। इस पर बने हुए लिट्टी चोखे का जवाब नहीं है। कंडे पर ही मिट्टी के बर्तन में जो दाल बनती है उसका भी कोई जवाब नहीं होता। उसका स्वाद वाह क्या कहना। अगर आपको स्वाद की अनुभूति करनी हो

तो कंडे पर बना हुआ लिट्टी चोखा खाइए, कंडे पर पकी हुई दाल खाइए।

इस देश में खानपान की दो सामग्री है जिसे शुद्धतम और अति त्वरित आहार (प्योरेस्ट और फास्टेड फूड) कहते हैं। एक तो हो गया लिट्टी चोखा और दूसरा हो गया दही चूड़ा। दही चूड़ा (चिउड़ा) कई रूपों में खा सकते हैं। भिगोकर दही के साथ खा सकते हैं, भून के खा सकते और बिना भुने भी आप खा सकते हैं। जब धान नया-नया तैयार होता है और उस समय जो चिउड़ा बनता है, उसे शुरूक्का का चिउड़ा बोलते हैं। शुरूक्का का चिउड़ा मतलब बॉलियों से शुरू करके अधपका धान निकालना, उसे कूटकर ढेंका से चिउड़ा तैयार करना। उसमें थोड़ी हरीतिमा होती है। उसमें चीनी मिलाकर भी खाया जाता है। बेहद अच्छा स्वाद उसका मिलता है और बहुत आनन्द की अनुभूति होती है। उन दिनों ढेंका चिउड़ा बनाने के लिए लकड़ी का देशज यन्त्र हुआ करता था। अब चिउड़ा मशीन से तैयार होने लगा है।

यह खान-पान की मौलिक विधाएँ हैं इस देश में। चूड़ा दही, सत्तू, लिट्टी चोखा। यह सब स्वास्थ्य रक्षक और स्वास्थ्यवर्धक देशज आहार हैं। दही से जुड़ा हुआ आहार, चने से जुड़ा हुआ आहार और चावल से जुड़ा हुआ आहार। जिससे किसी भी प्रकार का कोई नुकसान नहीं होता। यह पूर्णतः सुपाच्य, पूर्णतः पौष्टिक होता है। हम आप सभी जानते हैं कि चना अपने आप में पूर्ण आहार है। उसे आप जिस रूप में खाइए, भून के खाइए, तल के खाइए, पीस के खाइए अथवा भिगो के खाइए। हम लोग पढ़ाई काल में (अधीत काल में) चना भिगो के खाया करते थे। यही हम लोगों का प्रमुख नाश्ता हुआ करता था। आज भी हमें उतना ही पसन्द है जितना हम लोग पढ़ते समय खाते थे। सरसों के तेल में इसे कल्हार (थोड़ा भून) कर खाया जाता था तो यह बहुत ज्यादा स्वादिष्ट होता है। हमारे यहाँ चना ही ऐसा अन्न है जिससे मिठाई भी बनती है, नमकीन भी बनता है, दाल भी बनती है, खाना भी बनता है, लिट्टी भी बनती है, सब्जी भी बनती है और रोटी भी। आप कह सकते हैं कि खाने के लिए यह सब कुछ इस चना से बन सकता है। दूसरा पूर्ण आहार हमारे यहाँ दही को कहा गया है। पूर्णतः सुपाच्य, सारे पौष्टिक पदार्थों से युक्त।

लिट्टी चोखा के साथ भरा हुआ लाल मिर्च (भरुआ मिर्चा) तथा घी का प्रयोग होता है। लिट्टी मुलायम हो, उसके लिए आटा को केवल दूध में गुथा (साना) जाता है। कंडे पर मिट्टी के पात्र में तैयार गाढ़ी दाल को घी से

पतला किया जाता है। जाड़े में घी जम जाता है। इसे कटोरी में रखकर कंडे पर टहकाया (हलका गर्म किया) जाता है। लिट्टी चोखा का अधिकाधिक प्रयोग जाड़े में होता है। इस व्यंजन के प्रचार-प्रसार में गन्ना के सीज़न (मौसम) में सुगर फैक्ट्री तक गन्ना लेकर जानेवाले चालकों (बैलगाड़ी के गड़ुआन तथा ट्रैक्टर के ड्राइवर) की बड़ी भूमिका है। लिट्टी चोखा, सत्तू तथा दही चिउड़ा के अन्तरराष्ट्रीयकरण में यहाँ से विभिन्न देशों में गए कामगारों / कलाकारों / साहित्यकारों की विशेष भूमिका है।

एक और आहार है जिसे हम लोग व्रत में लेते हैं। उसके होने पर और किसी चीज की जरूरत नहीं होती है। वह आलू है। आलू को कई प्रकार से खाते हैं। आलू का कचालू बनाकर खा लीजिए, सब्जी बनाकर खा लीजिए, भून के खाइए या उबाल के खाइए। कई रूपों में आप खा सकते हैं। यह सब हमारे पूर्ण आहार हैं। यह महत्त्व है हमारे देश के मौलिक खानपान की सामग्री और विधा का।

सत्तू इस देश के मौलिक खान-पान का एक प्रमुख हिस्सा है। गर्मियों में इसके पेय को टॉनिक कहते हैं। आप उसमें थोड़ा नींबू, थोड़ा काला नमक मिला लें या फिर सादा नमक मिला लें। फिर उसको पी लीजिए तो आपको कभी गर्मी का कुप्रभाव नहीं लगेगा। शरीर शीतल रहेगा और बहुत सारी चेतना, ऊर्जा आपके अन्दर होगी और आप अपने लक्ष्य पर आगे बढ़ सकेंगे। मेरा आशय इसके माध्यम से आप सबको यह बताना है हम जिस जंक फूड का प्रयोग करते हैं वह पश्चिमी सभ्यता की देन है। उनसे हमें बचना चाहिए।

जंक फूड या पैक्ड फूड या डिब्बा बन्द फूड में बहुत सारे विषाणु निहित होते हैं, बहुत सारे हानिकारक तत्त्व होते हैं क्योंकि उन्हें विशेष विधि से संरक्षित (प्रिज़र्व) किया जाता है। उनमें बहुत सारे रसायन (केमिकल्स) मिले होते हैं। सत्तू को संरक्षित (प्रिज़र्व) करने के लिए किसी केमिकल की जरूरत नहीं होती। इसलिए हम इसका प्रयोग करें तो कभी साइड इफेक्ट नहीं होगा। और रसायन युक्त आहार जनित बहुत सारी जो बीमारियाँ हो रही हैं उससे बचा जा सकता है। हमें अपने देशज खान-पान पर गर्व करना चाहिए और इस विधा को पूरी दुनिया को बताना चाहिए। निश्चित ही हमारा जो खानपान है वह हमारे शरीर के सर्वाधिक अनुकूल है और जीवन पथ पर हमें ले चलने का ईश्वर प्रदत्त उपहार या पाथेय है।

30

श्रीकृष्ण जन्माष्टमी

बात उन दिनों की है जब भादों माह के कृष्ण पक्ष के अष्टमी के दिन श्रीकृष्ण जन्माष्टमी के पर्व की हम लोगों को बहुत प्रतीक्षा रहती थी। पूरे गाँव में उमंग और उल्लास का माहौल होता था। और यह परम्परा अभी भी जीवन्त है। और उतने ही उल्लास के साथ अभी भी हमारे गाँव में, हमारे घर पर कृष्ण जन्माष्टमी का पर्व मनाया जाता है। मुझे याद है कि हम लोग जब गाँव की प्राइमरी पाठशाला के विद्यार्थी थे तभी से इस उत्सव में उमंगपूर्वक सम्मिलित होने लगे थे। यद्यपि उसके पहले से ही यह पर्व मनाया जाता रहा है। यह परम्परा अब लगभग ढाई सौ वर्ष की हो चुकी है। हमारे घर अर्थात् पुरुब दुआर पर कृष्ण जन्माष्टमी मनाए जाने की सुदीर्घ परम्परा रही है। जन्माष्टमी के दिन सुबह से ही तैयारियाँ होने लगती थीं; केले के पौधे आते थे, आम के पत्ते आते थे टहनियों के साथ। हमारे गाँव के दक्षिण में बढ़या का तालाब है जिसमें बारहों महीना पानी भरा रहता है। उसमें भादो माह में एक फूल होता है जिसे देसी शब्दावली में 'बेर्रा' तथा साहित्यिक शब्दावली में 'कुमुदिनी' कहते हैं। पर्याप्त संख्या में इन्हें भी लाया जाता था। मूज की रस्सी पूरे बरामदे में बाँधी जाती थी और जिस कमरे में भगवान कृष्ण का जन्म हुआ माना जाता है, प्रतिवर्ष जहाँ जन्म होता है ऐसी मान्यता है, उस कमरे में एक तख्ते के ऊपर बाँस की पतली पट्टियों से बाँध कर एक घर बनाया जाता है जिसे पीताम्बर से ढका जाता है जिसमें भगवान कृष्ण को, ठाकुर जी को रखने के लिए आसन बनाया जाता है जो झूलता रहता है।

इसके चतुर्दिक फूल, चित्र इत्यादि लगाए जाते हैं। पूरे घर की सजावट होती है।

अपनी-अपनी विधा में पारंगत गायक तथा ढोलक-हारमोनियम बजानेवाले जो उस समय जनपद में विख्यात हुआ करते थे, हमारे गाँव में आते थे। यह पर्व तीन दिन तक चलता था। अष्टमी के दिन सायं पाँच बजे के पश्चात गायन एवं वादन का कार्यक्रम चलता था। हमारे यहाँ शिवालय के समीप रह रहे पंडित जी लोगों के परिवारों से दो प्रमुख सदस्य आते थे जिनमें से एक भगवान कृष्ण के जन्म का विधान तैयार करते थे और दूसरे भागवत कथा सुनाते थे। उन दिनों वामदेव पंडित जी सत्यनारायण कथा सुनाते थे और श्री दामोदर पंडित जी भागवत कथा सुनाते थे। हमारी बाल्यावस्था में बड़े बाबू जी (श्री चन्द्रभान मणि त्रिपाठी) यजमान के रूप में कथा सुनते थे और अब उनके पुत्र (श्री जयप्रकाश मणि त्रिपाठी) यजमान के दायित्व का निर्वहन करते हैं। बरामदे में कुर्सियाँ-चौकियाँ रखी रहती हैं, पाल-दरी-तिरपाल बिछी रहती है जिन पर बैठ कर सभी के द्वारा कथा का श्रवण किया जाता है। बहुत भीड़ होती है। अत्यन्त उत्साह एवं उमंग का माहौल रहता है। घर के अदंर महिलाओं की भीड़ होती है, समूचा घर भरा रहता है। भगवान के प्रकटोत्सव के पश्चात एक महत्त्वपूर्ण कार्यक्रम होता है जिसे 'सोहर' कहते हैं। इस आधे-एक घंटे के कार्यक्रम में गायक बाहर सोहर गाते हैं तथा महिलाएँ / देवियाँ घर के अदंर सोहर गाती हैं। बाहर सोहर गा रहे कलाकार पुरस्कृत भी होते रहते हैं। सभी इस भाव में आ जाते हैं कि जब ईश्वर प्रकट हुए होंगे तो क्या दृश्य रहा होगा मथुरा का, क्या दृश्य रहा होगा अयोध्या का और सभी को सम्मिलित होते हुए देख कर ऐसा प्रतीत होता है कि वे भगवान का प्रकट होना देख रहे हैं। सोहर सुख का प्रतीक होता है। अभी भी जब सन्तान का आगमन होता है तो सोहर गाया जाता है। यह परम्परा ईश्वर के प्रकटोत्सव से चली आ रही है। यह परम्परा चलती रहे, बढ़ती रहे, समृद्ध होती रहे। वस्तुतः इसी परम्परा में हमारी सभ्यता है, संस्कृति है और हमारे संस्कार हैं।

सोहर के पश्चात भोजन का कार्यक्रम होता है जो दो प्रकार का होता है। एक जो व्रत रखते हैं उनके लिए और दूसरा जो व्रत नहीं रखते हैं उनके लिए। व्रती भोजन में कुट्टू की पूड़ी, आलू-टमाटर की सब्जी और साबुदाने की खीर होती है। बाहर या समीपस्थ गाँवों से आए हुए लोगों के लिए भी

सादा भोजन तैयार होता है जिसमें दाल, चावल, रोटी (या पूड़ी), सब्जी होती है। खीर उन्हें भी वितरित की जाती है। व्रतियों एवं अव्रतियों की संख्या प्राय: दो सौ से पाँच सौ तक होती है। भोजन सभी के लिए सदैव पर्याप्त रहता है, किसी के लिए घटता नहीं है, बल्कि भोजन उस दिन बढ़ता रहता है, यह भगवान कृष्ण का प्रताप है, माँ अन्नपूर्णा का प्रताप है। भोजन में लहसुन-प्याज का प्रयोग नहीं किया जाता है। इस भोजन का विशेष स्वाद होता है। प्रसाद में सामयिक फलों के अतिरिक्त विशेष प्रसाद के रूप से 'पंजीरी' का वितरण भी किया जाता है जो कई दिनों तक सुरक्षित रहती है। फिर 'चरणामृत' जो सदैव कथा होने पर मूल प्रसाद के रूप में ही ग्रहण की जाती है। इसके जैसा स्वाद तो शायद किसी भी अमृत का ना होता हो। इस तरह प्रसाद के प्रति भी अत्यन्त लगाव और प्रतीक्षा रहती है कि कब यह हमें प्राप्त हो। प्रसाद में एक भाव ईश्वर के अनुग्रह का होता है, दूसरा भाव ईश्वर के आशीर्वाद का होता है तथा तीसरा भाव आचार्यों की कथा के पुण्य का होता है। इस प्रकार प्रसाद कल्याण के लिए बहुत आवश्यक होता है, बहुत महत्त्वपूर्ण होता है, बहुत उपादेय होता है।

हमारे गाँव में भी जो गायकों की टोली है वह प्रथम एवं द्वितीय रात्रि को समूहों में आते हैं तथा अपने गायन से सभी को प्रभावित करते हैं। इस कार्यक्रम में गाँव के सभी लोग जाति, वर्ण, वर्ग, भेद से ऊपर उठकर सम्मिलित होते हैं। ऐसा प्रतीत होता है कि यह सभी का उत्सव है और सभी इसकी प्रतीक्षा करते हैं। उन दिनों जब कभी बरसात नहीं होती थी तथा कृषि के वर्षा पर आश्रित होने के कारण एक मान्यता उसी समय से चली आ रही है कि जन्माष्टमी के दिन अवश्य बारिश होगी, और यह मान्यता यथार्थ में अब तक फलित होती रही है। रात्रि में भगवान कृष्ण के जन्म से पहले या जन्म के समय हमारे गाँव में बरसात अवश्य ही होती है, यह परम्परा अकाट्य सत्य की तरह अभी भी है। भले ही बरसात घनघोर न हो, हलकी ही हो लेकिन बारिश होती जरूर है। कभी-कभी जन्माष्टमी पर्व से पहले गाँव के जो ताल-तलैया हैं बरसात होने से पूरे भर जाते हैं। जन्माष्टमी के दौरान वर्षा होने से वातावरण में हरियाली भी व्याप्त हो जाती है। ऐसा लगता है कि प्रकृति भी भगवान कृष्ण के आगमन की प्रतीक्षा करती है और बारिश के साथ लहलहाने लगती है, अपनी उमंग-उत्साह व्यक्त करती है। यह एक ऐसी मान्यता है जो आज भी सच्चाई के रूप में हमारे गाँव में दिखलाई देती है।

पहले दिन गाने की परम्परा में मुख्यतः भजन होते हैं। मुझे याद है कि सलेमपुर के पास से एक केदार मिश्र जी आया करते थे जो बहुत अच्छे हारमोनियम वादक और भजन गायक थे। उनके साथ एक अलगू पांडेय जी थे जो बहुत अच्छा ढोलक बजाते थे, अपने समय के प्रख्यात ढोलक वादक थे। इस तरह जितने ख्यातिलब्ध वादक और गायक होते थे, हमारे गाँव में हमारे दरवाजे पर जन्माष्टमी के दिन जरूर आते रहे हैं। खोराराम से ढोलक वादक शहादत आया करते थे। उन्हें भी लगता था कि ऊधोपुर की मान्यता मिलते ही उनका महत्त्व बढ़ जाएगा। हरिकीर्तन का श्रीगणेश श्री बलदेव मणि त्रिपाठी द्वारा झाल के साथ होता था और गायक मंडली सहयोग में होती थी। तत्पश्चात् अन्य गाने वाले समूहों की बारी आती थी। हमारे गाँव के गानेवाले हर समूह से आते थे, अपने-अपने ढंग से झाल, ढोलक, हारमोनियम लेकर गाते थे - घरभरन, नरेश, फौजदार, बहादुर अन्यान्य सभी लोग एकसाथ बैठ कर भजन गाते थे। इनके भजन सुनाने के बाद हमारे मूल गाँव धतुरा से भी भजन गाने वाले आया करते थे जो पुनः भजन सुनाया करते थे। धतरा से अब राजू मणि के नेतृत्व में गायक मंडली आती है। यह परम्परा रात्रि के बारह बजे तक चलती थी जिसमें अनुभवी समूह पहले भजन सुनाया करते थे और बाद में युवा सुनाते थे। हमारी बनकटा शिव छावनी (भटनी के समीप) के समीपवर्ती क्षेत्र से एक झुल्लुर काका भी आया करते थे जो बहुत अच्छा आल्हा सुनाते थे। उनका कार्यक्रम दूसरे दिन हुआ करता था। वहाँ से सुखदेव यादव के नेतृत्व में लोग आते थे। फिर एक गाँव है पिपरहिया जहाँ से मेरे सम्बन्धी श्री देवता तिवारी जी के नेतृत्व में एक समूह आता था। यह मंडली बारह बजे के पूर्व भगवान कृष्ण के निर्धारित जन्म समय पर भयप्रकट कृपाला दीनदयाला का गायन करती थी और उसके पहले भी इनके द्वारा मानस पाठ किया जाता था। अद्‌भुत मीठे स्वर एवं भाव के साथ इनका मानस पाठ सुनते ही बनता था। गायन की यह प्रक्रिया 11 बजे रात्रि से लेकर पंचांग के अनुरूप निर्धारित भगवान कृष्ण के जन्म समय तक चलती थी। इसके पश्चात सभी लोगों में प्रसाद वितरण होता था और भगवान के लिए जो 'डोल' रखा जाता था उसमें लगे धागे को सभी के द्वारा क्रमशः पकड़ कर हिलाया जाता था, इस अनुभूति के साथ कि भगवान कृष्ण को हम सभी के द्वारा गोद में रख कर खिलाया जा रहा है। आज भी जन्माष्टमी के समय पूरा गाँव इस उत्सव के दौरान उपस्थित रहता है। हमारे परिवार

की मान्यता है कि सभी पर्वों पर संयुक्त परिवार के समस्त सदस्यों को एकत्र होना चाहिए। दो पर्व ऐसे हैं जिनमें सभी अनिवार्यतः एकत्र होते हैं—होली एवं जन्माष्टमी। पुरुब दुआर के वंश विस्तार की परम्परा की कहानी के मूल में भगवान कृष्ण के 'डोल' का रखा जाना है।

हमारे परदादा ललितामणि त्रिपाठी और गुदरीमणि त्रिपाठी दो भाई थे। ललितामणि अत्यन्त धार्मिक वृत्ति के थे। उनकी युवावस्था में गाँव में साधुओं की एक टोली दोपहर में अयोध्या से आई। ललिता जी उस टोली के साथ-साथ रहे और सायंकाल उस टोली के प्रस्थान के समय उनके साथ ही चले गए। उन्हे जाते हुए किसी ने नहीं देखा। इतना जरूर था कि साधुओं के समूह के गाँव में रहते समय ललिता जी उनके साथ ही थे। अँधेरा होने पर उनके भाई श्री गुदरी मणि जो किसी कार्य से क्षेत्र के बाहर गए थे, वापस लौटे। उन्होंने आते ही 'बाबू' (वे ललिता जी को ऐसे ही सम्बोधित करते थे) के बारे में पूछा। किसी ने कहा कि कहीं गए होंगे, आ जाएँगे। जब काफी रात होने के बाद भी ललिता जी घर नहीं आए तो गुदरी जी को चिंता हुई। गाँव में पूछताछ करने पर साधुओं के समूह के साथ ललिता जी के बैठने के बारे में पता चलने पर गुदरी जी को आभास हुआ कि वे उन साधुओं के साथ ही चले गए होंगे। साधुओं के अयोध्या से आने की बात पता चलने पर गुदरी जी ने अयोध्या जाने की योजना बनाई तथा उस मन्दिर / अखाड़े तक पहुँचे जहाँ से साधुओं का समूह चला था। वहाँ उन्होंने देखा कि ललिता जी साधु वस्त्रों में मगन घूम रहे हैं, कीर्तन कर रहे हैं। वे उनके समीप गए और उनसे पूछा कि आप कहाँ चले आए, हमारा परिवार आपके बिना कैसे रह पाएगा। इस पर ललिता जी ने तुरन्त उत्तर दिया कि यही मेरा स्थान है, अब मैं यहीं रहूँगा, अब मेरी वापसी नहीं होगी।

इन दोनों भाइयों के संवाद का अवलोकन मठ के महन्त द्वारा निरन्तर किया जा रहा था। गुदरी जी अब फूट-फूट कर रोने लगे थे, उन्होंने कहा कि यदि ललिता जी साथ नहीं आए तो वे यहीं प्राण त्याग देंगे, वे बाबू के बिना कैसे रह पाएँगे। यह कहते हुए वे वहीं लेट गए। तब महन्त जी उनके पास आए, उन्हें बिठाया और कहा कि आप अधीर न हों। हमने भाइयों का ऐसा लगाव नहीं देखा है। आमतौर पर ऐसा होता है कि एक भाई साधु हो गया तो परिवार में निश्चिन्तता आ जाती है कि चलो उसकी संपत्ति का बँटवारा शेष लोगों में हो जाएगा। लेकिन यहाँ आप भी अपने भाई के

वापस न चलने पर यहीं प्राण त्याग देने की बात कह रहे हैं, ऐसा हम नहीं होने देंगे। आपके भाई आपके साथ वापस जाएँगे। भक्ति का स्थान अत्यन्त महत्त्वपूर्ण है। लेकिन दो भाइयों के बीच ऐसी अनुरक्ति भक्ति से भी बढ़ कर है। इससे बड़ी भक्ति और क्या हो सकती है। आप अपने भाई के साथ ही यहाँ से जाएँगे। मैं ललिता जी को समझाता हूँ। महन्त जी ने दोनों भाइयों को बैठाया, समझाया जिसके पश्चात ललिता जी गाँव लौटने के लिए तैयार हो गए। चलने से पूर्व ललिता जी ने गुदरी जी से कहा कि हम चलेंगे लेकिन हमारी एक शर्त है। गुदरी जी ने कहा कि तुम्हारी सभी शर्तें हमें स्वीकार्य हैं, तुम बस चलने के लिए मान जाओ। तब ललिता जी ने कहा कि शर्त यह है कि प्रत्येक वर्ष हमारे यहाँ जन्माष्टमी का पर्व मनाया जाएगा और घर पर 'डोल' रखा जाएगा। गुदरी जी सहर्ष तैयार हो गए। दोनों भाई गले मिले, रोए। महन्त भी फूट-फूट कर रोए, कि अद्भुत है यह परिवार, अद्भुत है यह बन्धुप्रेम। महन्त जी ने उन दोनों भाइयों के अयोध्या से बाहर जाने का प्रबन्ध करवाया। जब दोनों भाई अपने गाँव पहुँचे तो समूचे गाँव में उत्सव-उल्लास मनाया गया और उसी वर्ष से हमारे घर पुरुब दुआर में जन्माष्टमी मनाने का क्रम उसी उत्साह-उमंग से चलता आ रहा है जिसे अब लगभग ढाई सौ वर्ष हो चुके हैं।

भक्तिभाव से परिपूर्ण इस कार्यक्रम को हमारे बँगले में आयोजित किया जाता था। 'डोल' की स्थापना हमारे बँगले के पुराने हिस्से में की जाती थी तथा गीत-संगीत-भोजन इत्यादि का आयोजन बँगले के नए हिस्से के बरामदे में किया जाता था। तीसरे दिन आवास के बाहर भजन का कार्यक्रम होता था जिसमें स्थानीय एवं बाह्य गायक-कलाकार होते थे। इस पूरे कार्यक्रम में समीपस्थ जितने गाँव हैं वहाँ से भी लोग आते थे। हमारे परिवार से जुड़े लोग दूर-दूर से आया करते थे, विशेषकर भजन-गायन के कार्यक्रम का अनुभव करने हेतु; यह क्रम अभी भी चल रहा है। इसी दिवस पर हनुमान जी के लिए पताका आती है, पूजन होता है। पताका की स्थापना के समय परिवार के पाँच सदस्यों द्वारा पताका पर हाथ लगाया जाता है। पूजा के पश्चात विशेष प्रसाद का वितरण होता है जिसे 'महाप्रसाद' कहते हैं। घी में बनी पाँच मोटी रोटियों और चीनी जिसे 'रोट' कहा जाता है, से इस प्रसाद को बनाया जाता है। यह परिवार के लोगों में वितरित किया जाता है, बाहर जो बैठे होते हैं उनमें भी थोड़ा-थोड़ा करके इसका वितरण किया जाता है।

इसका स्वाद अद्‌भुत होता है और ऐसा माना जाता है कि इस प्रसाद को ग्रहण करने के बाद व्यक्ति में नवीन ऊर्जा एवं चैतन्यता का संचार होता है तथा बाधाओं से निपटने की शक्ति आ जाती है। हम इस आयु में भी इस स्वादिष्ट प्रसाद की प्रतीक्षा करते हैं।

जन्माष्टमी के इस कार्यक्रम के सम्पन्न होने से पूर्व कृष्ण जी की विशेष पूजा होती है, इसके बाद सत्यनारायण की कथा के वाचन के पश्चात भजन के दौरान पंडित जी द्वारा दही में हल्दी मिलाते हुए इसे आम के पत्ते से बरामदे में बैठे सभी लोगों के सिर पर छींटा जाता है जिसे 'दधिकान्हो' कहा जाता है जिसके साथ ही जन्माष्टमी का यह पर्व सम्पन्न होता है। सब लोग ईश्वर से प्रार्थना करते हैं कि समूह का, गाँव का, जनों का, सन्तों का, जीव-पशुओं का, पशु-पक्षियों का, राष्ट्र का सभी का कल्याण हो।

वर्तमान में यह कार्यक्रम दो ही दिनों के लिए आयोजित किया जा रहा है और इसकी सम्पूर्ण देख-रेख इनुज सत्यप्रकाश के द्वारा बड़े भइया श्री रामप्रकाश मणि त्रिपाठी के संरक्षण में की जाती है। पहले दिन रात्रि में ईश्वर का प्रकटोत्सव और दूसरे दिन सुबह दधिकान्हो का कार्यक्रम। लोगों का कहना है कि सामयिक सन्दर्भों में कई प्रकार की व्यस्तताओं के कारणवश अधिक समय तक रुकना सम्भव नहीं हो पाता है। उन दिनों तीसरे दिन रात्रि में 'लोरिकाइन' गायन का कार्यक्रम होता था जिसमें सभी लोग बाहर सोते थे। एक 'लगनठठेर' हुआ करते थे जो 'लोरिकाइन' गाते थे। हमारे गाँव में चार लोग किस्सा सुनानेवाले होते थे जो कथा-कहानियाँ सुनाते थे जिनमें श्री सदीक मियाँ, बंसबहादुर, मुंशरीम और गयाहजाम। मैं जब पाँचवीं कक्षा का विद्यार्थी था। तब मैंने बंसबहादुर से 'गुलबकावली' की कथा सुनी थी कि कैसे इस धरती पर माँ नर्मदा के कारण गुलबकावली पौधे की उत्पत्ति हुई। मैं तब तक नहीं जानता था कि गुलबकावली क्या है। ज्ञात नहीं था कि माँ नर्मदा का स्थल कितना पवित्र, कितना महत्त्वपूर्ण, कितना आकर्षक, कितना मनोरम और कितना ऊर्जा से भर देनेवाला होता है। उस कथा का प्रभाव कहिए या माँ नर्मदा की कृपा कहिए कि मुझे पुण्य तीर्थ अमरकंटक आने का सौभाग्य मिला और यह जानने का सौभाग्य मिला कि सत्यनारायण कथा का श्रीगणेश भी इसी रेवाखंड से हुआ है, स्कन्दपुराण में ऐसा वर्णन मिलता है। और हम जब सत्यनारायण की कथा सुनते हैं तो प्रत्येक अध्याय के अन्त में लिखा होता है—श्री स्कन्दपुराणे रेवाखंडे

श्रीसत्यनारायणव्रतकथायां...अध्याय:। कहाँ से एक बात शुरू होती है और कहाँ तक पहुँचती है, किसी बात का जुड़ाव कहाँ से कहाँ तक होता है इस कथा के माध्यम से, इस अनुभव के माध्यम से, इस कार्यक्रम के माध्यम से विदित होता है। हमारे गाँव की, हमारे घर की यह परम्परा अनवरत चलती रहे, भगवान श्रीकृष्ण का आशीर्वाद हम सभी पर निरन्तर बना रहे तथा इस कथा को पढ़ रहे सभी वाचकों पर ईश्वर की निरन्तर कृपा बनी रहे।

●●●